D1870966

Anni Bürkl, Jahrgang 1970, ist seit Abschluss ihres Studiums der Publizistik als freie Journalistin, Autorin und mitunter Ghostwriter in Wien tätig. 2003 wurde sie mit dem Theodor-Körner-Förderungspreis ausgezeichnet, 2010 erhielt sie das Krimi-Stipendium »Trio Mortale« der Stadt Wiesbaden. Sie ist Mitglied bei den »Mörderischen Schwestern«, deren Österreich-Gruppe sie 2009/10 leitete, und der »IG Autorinnen Autoren«.

Dieses Buch ist ein Roman. Die Handlung ist frei erfunden, wenngleich im historischen Umfeld eingebettet. Einige Personen, Ereignisse und Orte sind historisch, einige sind es nicht.

ANNI BÜRKL

# Die Spionin von Wien

HISTORISCHER KRIMINALROMAN

Für Christian –
gute Lektüre
+ revolutionäre
Gedanken!
[illegible]
20.9.11

emons

MIX
Papier aus verantwortungsvollen Quellen
FSC® C083411
FSC
www.fsc.org

© Hermann-Josef Emons Verlag
Alle Rechte vorbehalten
Umschlagfotografie: Wien Museum
Umschlaggestaltung: Tobias Doetsch
Druck und Bindung: CPI – Clausen & Bosse, Leck
Printed in Germany 2011
ISBN 978-3-89705-900-9
Historischer Kriminalroman
Originalausgabe

Unser Newsletter informiert Sie
regelmäßig über Neues von emons:
Kostenlos bestellen unter
www.emons-verlag.de

*»Man zählt an 100 Barrikaden in der Stadt und in den Fenstern sind hunderttausend Granitsteine, wie sonst Blumentöpfe, aufgestellt, zwischen denen sich die Sturmblume an blanken eisernen Röhren rankt. Auch Wasser siedete in Kesseln in verschiedenen Häusern, während Kinder, Frauen in seidenen Gewändern, unzählige Arbeiter und Arbeiterinnen den Sturmbau der Barrikaden betrieben.«*

»Vorwärts«, politisches Volksblatt, Wien, am 1. Juni 1848

*»Augenzeugen erzählen das Gräßlichste aus Prag. Die Czechen wüthen fanatisch. – Für jetzt sollen die vielen Spottlieder, die die Czechen auf die Deutschen gesungen, die Veranlassung gegeben haben, daß Windisch-Graetz mit gefällten Bajonetten das Militär einschreiten ließ, worauf die Czechen feuerten. – Die Gemahlin des Windisch-Graetz ist ein Opfer der Mordlust geworden, dessen Sohn wurde verwundet.«*

»Wiener Tageblatt«, 14. Juni 1848

# 1

*Wien, Innere Stadt, 9. August 1848*

Rot.

Wohin der Blick auch fiel, alles leuchtete rot. Ganz Wien war in Rot getaucht. Die Farbe des Lebens und des Todes zerbarst vor Martes müden Augen in tausend rote Spritzer.

Sie hatte die Kutsche vor dem Palais Lazansky nahe der Mölkerbastei halten lassen. Die Unruhe ihres gut gekleideten Begleiters war beinahe körperlich zu spüren, obwohl sie einander nicht berührten. In seiner Naivität wirkte Georg fast jugendlich auf sie. Sie konnte sich kaum noch vorstellen, was sie früher an dem Bürgerssohn gefunden hatte. Damals hatte er so anders gewirkt, um so viel lebendiger als ihre vertrauten Kreise bei Hofe. Marte hatte sich Hals über Kopf in ihn verliebt und war gemeinsam mit ihm aus Wien geflohen, weil beide Familien die Liaison zwischen ihr, der Komtess Marianne Theresia von Marbach, und Georg Steiler, einem Kaufmannssohn, als unpassend verdammt hatten. Fünf Jahre hatten sie gemeinsam in der Fremde verbracht, fünf Jahre, in denen sie an interessanten Exkursionen teilgenommen hatten und bei aufregenden Menschen zu Gast gewesen waren. Kurz nach ihrem achtundzwanzigsten Geburtstag kehrte Marte nun zurück, wegen eines geheimen Auftrags, aber nicht nur deswegen …

Abwägend strich Georg über den dunkelgrauen Stoff seines Gehrocks, dann legte er seine Hand auf ihren Unterarm. »Ich wäre dir sehr verbunden, meine Liebe, wenn du dein Vorhaben noch einmal überdenkst«, sagte er leise und sah sie dabei unverwandt an.

»Du weißt, es geht nicht, Jiři«, sagte Marte. »Oder soll ich dich jetzt wieder Georg nennen, wo wir wieder in Wien sind?« Mit müden Fingern massierte sie ihre Stirn. Wie schwer ihr Kopf war, dazu die Unsicherheit, wie man sie in Wien aufnehmen würde. Ihr war heiß, und die stickige Luft in der Kutsche trug nicht gerade zu ihrer Erleichterung bei. Sie war die Diskussionen mit Georg so leid, den ganzen Weg von Aussig an der Elbe, ihrem letzten Aufenthaltsort, bis in die kaiserliche Haupt- und Residenzstadt Wien hatten sie gestritten. Die Situation war vertrackt, keiner konnte sich in die Position der anderen Seite einfühlen, so viel sie auch darüber redeten.

Marte stöhnte. Sie wollte endlich diese Anspannung loswerden. Unwillkürlich tastete sie nach dem Manuskript in ihrer Aktentasche. Ihr Verleger hatte brieflich angedeutet, dass sie darüber noch sprechen müssten. Stanislaus Weber, der ihre bisher drei Bücher herausgebracht hatte, hielt sich bedeckt, was eine neuerliche Veröffentlichung betraf, und hatte noch keine Zusage machen wollen. Zu freizügig sei ihr Text, er habe da Bedenken. Diese laue Antwort war zu dumm, Marte hoffte, nun, da sie in Wien angekommen war, im persönlichen Gespräch mehr zu erfahren und eine Entscheidung zu erhalten. Dazu kam die ständige Unsicherheit auf Reisen. Den Freiheitskämpfen der Czechen in Prag waren sie glücklicherweise rechtzeitig ausgewichen. Fürst Windisch-Graetz hatte die böhmischen Aufständischen mit aller Gewalt niedergeschossen, wie man hörte. Schon weit vor den Prager Stadtmauern waren ihnen Flüchtende entgegengekommen, viele von ihnen verletzt. Ein Mann hatte ein kleines Kind in den Armen getragen, dessen Gesicht blutverschmiert war. Marte hatte vom Kutschenfenster aus geglaubt, das Mädchen sei tot, doch dann hatte sie ein leises Wimmern wahrgenommen. Rasch hatte sie sich mit dem Fuhrmann verständigt. Während der Kanonendonner ihnen in den Ohren hallte, hatten sie die Flüchtenden hinter sich gelassen und eine andere Route Richtung Süden eingeschlagen.

Auch in Wien waren Marte und Georg in den Vorstädten an eingeschlagenen Fenstern, niedergebrannten Fabriken und aufgerissenen Gasrohren vorübergefahren. Über all dem wehte ein Gestank, bei dem man nicht genau wusste, kam er vom Gas, von Brandherden oder doch von den Toten, an denen sie ebenfalls vorbeikutschiert waren. Sie hatten Betrunkenen ausweichen müssen, die mit Eisenstangen bewaffnet plündernd durch die Straßen zogen. Das Mauthaus am Linienwall, der Wiener Zollgrenze, wo bisher die Verzehrsteuer auf eingeführte Lebensmittel kassiert wurde, bestand nur mehr aus geschwärzten Mauerresten. Der gewaltige Sturm der Entrüstung überraschte Marte nicht, hatte sie doch schon in ihrer

Jugendzeit die ständig mehr werdenden Armen beobachtet, die bettelnd von Haus zu Haus zogen.

Marte war selbst nicht in besonders großem Reichtum aufgewachsen. Immer wieder war das Geld in dem kleinen Haushalt, den sie mit ihrer Mutter teilte, knapp geworden, und sie hatten Verwandte, allen voran ihren herrschsüchtigen Onkel, um Hilfe bitten müssen. Doch im Vergleich zu den zerlumpten Gestalten war es ihr eigentlich immer gut gegangen. Selbst als sie mit Georg geflüchtet und zunächst vor dem finanziellen Nichts gestanden war, hatte sie sich schnell zu helfen gewusst, indem sie kleine Artikel und später Reportagen verfasste, die in der Wiener Heimat recht gut ankamen.

Hatte sie die Armut vor ihrer Flucht nur beobachtet und als quasi gegeben hingenommen, so hatte sie seit ihren Reisen mehr Erfahrung mit dem Thema. Der Hunger traf heute nicht nur einzelne Schichten der Bevölkerung. Mehr als einmal hatten ihr Handwerker ihr Leid geklagt, weil sie der Konkurrenz der Maschinen kaum noch etwas entgegenzusetzen hatten, sie verdienten mit der Arbeit ihrer Hände immer weniger und konnten ihre Familien kaum noch ernähren. Zu allem Unglück war der letzte Winter zu einem Hungerwinter geworden, das hatten sie in Nordböhmen selbst erlebt. All dies hatte für jede Menge Zündstoff gesorgt.

Nun befanden sich Barrikaden an vielen Einfallstraßen nach Wien, mehr als einmal hatten Georg und Marte um die Weiterfahrt bangen müssen. Man durchsuchte die Kutsche auf Waffen, verdächtigte sie, der Reaction anzugehören. Bei allem Interesse für den Freiheitskampf empfand Marte die Umstände als mühsam, insbesondere in ihrer jetzigen Situation. Doch was sie erlebten, war keine Ausnahme. Wie um Wien schien es um halb Europa bestellt zu sein.

»Hoffentlich wissen wir bald Genaueres, wie es um die Lage in der Stadt bestellt ist.« Marte glättete den Stoff ihres Reisemantels, um endlich aus der Kutsche auszusteigen.

»Du liest doch sowieso ständig Zeitungen«, murrte Georg.

»Jiři, du weißt genau, dass es in meiner Situation überlebensnotwendig ist, ständig über die neuesten Entwicklungen informiert zu sein«, entfuhr es Marte.

»Und was ist so wichtig daran, dass man in Frankreich König Louis Philippe abgesetzt hat?«

»Das war der Anfang, Georg, und man weiß nie, wie schnell der Funke auf andere Länder übergreift. Schließlich hat sich bald darauf auch in einigen deutschen Fürstentümern der Widerstand der Bauern geregt, was mich im Übrigen nicht recht wundert.«

»Marte, du und dein Freiheitsdrang, das wird noch ein böses Ende nehmen.« Jetzt blickte Georg besorgt drein. »Wenn nur endlich wieder Ruhe einkehren würde. Man muss sich direkt Sorgen um die täglichen Lebensmittel machen.«

»Dafür, Jiři, ist in Frankfurt ein Vorparlament zusammengetreten! Rechne doch nicht das tägliche Essen gegen den Wunsch nach Freiheit und Mitsprache auf!«

»Wer könnte diesen Wunsch besser verstehen als ich, wo ich selbst Probleme mit dem Adel habe.« Er grinste Marte an und für einen Moment war es fast so wie damals, als sie sich in ihn verliebt hatte. Doch gleich darauf wurde er wieder ernst. »Aber musste deswegen gleich das Ständehaus gestürmt werden?«

»Dafür gibt es endlich Pressfreiheit, Jiři! Ohne die neuen freien Zeitungen hätten wir nie erfahren, was sich in unserer Abwesenheit zu Hause getan hat.«

»Ja, ja«, Georg seufzte, »du magst recht haben. Zumindest sind wir beide froh, dass Metternich aus dem Amt gejagt worden ist.«

»Feige ist er geflohen, genau wie der Censurminister!« Mit Graf Sedlnitzky hatte Marte viele Kämpfe ausgefochten, seit sie sich als Dichterin einen Namen zu machen begann. Allzu oft sollten Passagen ihrer Werke gestrichen werden, dabei waren ihre Gedichte durch und durch harmlos. Sie hatte einen Freudenschrei ausgestoßen, als sie von der Auflösung der Censur-Hofstelle gelesen hatte. Kaiser Ferdinand, der Gütige, hatte sich indessen aus Sicherheitsgründen aus der Stadt zurückgezogen. »Und denk nur an den konstituierenden Reichstag, Georg! Er ist das erste aus freien Wahlen hervorgegangene österreichische Parlament! Wenn wir erst eine neue Verfassung haben …«

»Wer weiß, wie es wirklich weitergeht, Marte …«

»Du Zweifler.« Tumulte und Gerüchte gab es überall, aus halb Europa hörte man aufregende Dinge, der Geist der Freiheit, nach der sich Marte seit ihrer Jugend so sehr sehnte, war überall zu spüren. Deshalb war sie hier, mitten im Wirbel der Revolution.

»Wie du meinst, Marte.« Georg hatte sich in seine Ecke der Kutsche zurückgezogen. Es war gut, wenn sie sich eine Zeit lang nicht sehen würden. Zu groß waren die Unterschiede, die sich zwischen ihnen aufgetan hatten. Und damit meinte Marte nicht die Vorwürfe, die ihnen die feine Gesellschaft zu Beginn ihrer Liaison gemacht hatte. Auch dass Georg fast vier Jahre jünger war als sie, war ihr egal. Nein, es ging um seinen geistig-seelischen Zustand. Er schien kein Ziel im Leben zu haben. Ihn gelüstete es nur danach, gut zu leben. All die Jahre in der Fremde hatte er sein bequemes bürgerliches Leben immer stärker vermisst. Ein eleganter Ball, ein vornehmes Konzert – danach stand dem Bürgersohn der Sinn. Martes Mutter, Sophie von Marbach, würde schadenfroh lachen, war sie dieser Beziehung ihrer einzigen Tochter doch stets ablehnend gegenübergestanden. Ein Baron hätte es für Marte sein sollen, noch besser ein Graf. Oder jemand mit einem Amt bei Hofe. Seit jeher hatte die Mutter ihr klargemacht, dass nur angeheiratetes Vermögen ihre Familie zu retten vermochte. Dieser Pflicht hatte sich Marte widersetzt, war doch sowieso kein ernst zu nehmender Kandidat aufgetaucht, außer dem schmierigen Leutnant Anton Karner, den Marte nicht leiden hatte können.

Marte seufzte wehmütig. Wie lange war das alles schon her? Plötzlich fuhr sie zusammen, als von draußen Schreie und lautes Knallen zu hören waren, dazu Hufgetrappel. Sie zog den Vorhang zur Seite. Wurde geschossen oder war gar eine Explosion zu befürchten?

Sie konnte nichts erkennen. Die Kutsche stand nun schon eine Weile an ihrem Ziel vor dem Palais ihrer Freundin. Marte war es alles so müde. Sie sah Georg an. »Lass mich jetzt bitte aussteigen.« Marte schob die fein manikürte Hand ihres Liebsten von ihrem Arm weg.

»Natürlich«, murmelte Georg.

Draußen hatte sich die Dämmerung herabgesenkt. Am Wohnhaus der Familie Lazansky wehten rote Fahnen, sämtliche Fenster waren erleuchtet. Eben zeigte sich Violas Gestalt in der Tür, ihre Röcke wogten, während sie immer wieder nach links und rechts Ausschau hielt. Mit einem Mal fiel ihr Blick auf Martes und Georgs Kutsche. Etwas zögernd kam Viola näher. Ihre eher mollige Figur hatte sie in ein Korsett geschnürt, sie trug ein weit ausgeschnittenes Kleid aus grauer Seide mit gebauschten Ärmeln. Die Krinoline ließ ihre Taille schlanker erscheinen, als sie war. Das Gewand wirkte elegant und doch einfach. Das kannte Marte gar nicht von ihrer Freundin, die die Tochter eines Seidenfabrikanten war. Auch sie trug wie viele andere ein rotes Bändchen an die Brust geheftet.

Viola Lazansky war eine von Martes wenigen noch verbleibenden Verbindungen zu ihrer Heimatstadt. Neben Georg natürlich und ihrer Mutter, die diese bewegten Tage hoffentlich halbwegs sicher in ihrem Gartenhäuschen draußen vor dem Linienwall verbrachte. Dort hatte auch Marte den größten Teil ihrer Jugend verbracht, nachdem ihr Vater früh verstorben war. Nach seinem Tod war es im Schloss der Familie in Prag zu Vorfällen gekommen, die Marte heute noch schaudern machten. Die Kälte ihres machthungrigen Onkels, die Brutalität ihres Cousins Marte gegenüber – und niemand, der ihr hatte glauben wollen.

Wieder sah sich Viola nach allen Seiten um und riss dann den Schlag von Martes Kutsche auf, dabei klimperten ihre Ohrgehänge. Einen Moment stutzte sie. Marte lächelte ihr entgegen – ihre Verkleidung musste ihr wirklich gut gelungen sein. »Meine liebe Viola, wie schön, dich wiederzusehen.«

Marte atmete tief ein, sie sehnte sich nach frischer Luft, doch ein leichter Aschegeruch stieg ihr in die Nase. Zum Glück konnte sie nirgends Rauch oder Flammen erkennen. Jetzt nur noch ins Bett …

»Marte! Du bist schon zurück?« Viola reichte ihr mit einem herzlichen Lächeln die Hand. »Ich habe erst nächsten Monat mit dir gerechnet.«

»Es«, Marte sah Georg von der Seite an, »es war besser so.«

»Du kommst in einem ungünstigen Moment.« Viola raffte ihr Schultertuch enger um sich. Klein und mollig wie sie war, wirkte sie doch ungeheuer präsent, während ihre Blicke zurück zu dem Treiben vor ihrem Palais wanderten.

»Warum?« Etwas Klammes griff nach Martes Herz. Sie stieg aus und atmete tief durch. Behutsam strich sie den leichten Reisemantel glatt, der vom Sitzen in der Kutsche verdrückt war. Sie mochte gar nicht daran denken, in welchem Zustand sich erst der graue Gehrock darunter befinden mochte. Schlimm genug, dass sie sich wie eine Diebin in ihre Heimat zurückschlich. Insgeheim sehnte sie sich danach, einmal wieder ein Kleid zu tragen, dessen glatte Seide ihrer Haut schmeichelte. Doch jetzt war nicht der Moment für solche Sentimentalitäten.

»Wie siehst du überhaupt aus, Marte? Ich hätte dich kaum erkannt.« Viola starrte Martes kurz geschnittene Haare an, dann deutete sie auf die Hosen, die unter dem Mantel zu sehen waren.

»Das erkläre ich dir später. Jetzt sag schon, was geht hier vor?« Martes Blick fiel auf eine Gaslaterne, deren Glas zerbrochen war. Zum Glück sorgten die Lazanskys an ihrem Haus für genügend Beleuchtung. Ein paar Männer mit roten Kokarden am Revers verließen eben im Laufschritt das Palais, irgendwo wieherte ein Pferd. Selbst der Himmel war blutrot, keine echte Dunkelheit wollte sich einstellen.

»Eine Soiree, um die neue Freiheit zu feiern.« Viola schlug die Hände vors Gesicht. »Viele meiner adeligen Freunde haben es zwar vorgezogen, aus der Stadt zu flüchten. Doch die Kämpfer für die Freiheit sind hier. Sogar Strauss und Nestroy haben uns besucht, diese wunderbaren revolutionären Künstler. Und Betty Paoli, du kennst doch die Journalistin? Sie hat aus ihren Werken vorgetragen. Ganz wunderbar. Aber jetzt … Ach, es ist zu furchtbar.«

»Was ist denn? So sprich doch.«

Viola wirkte blass und seufzte tief auf, ihre Stimme zitterte ein wenig, als sie endlich zu sprechen fortfuhr. »Ein Toter. In meinem Salon. Die Polizey – sie wird gleich …«

»Marte?« Georgs Kopf schob sich durch die geöffnete Kutschentür. Wie schwer er sich auf neue Situationen einstellen konnte. Er nickte Viola kurz zu. »Guten Abend, Fräulein Lazansky. Marte, bitte, ich möchte weiterfahren.«

Umständlich setzte er sich wieder in der Kutsche zurecht. Seine Hilflosigkeit hatte in der Fremde noch charmant auf Marte gewirkt, als sie beide frisch verliebt beim Fürsten Sergej in der Bukowina

Asyl gefunden hatten. Sie war, das hatte Marte erkannt, eine Frau der Tat. Georg dagegen lebte in einer Welt von gestern. Einer Welt, in der es genügte, der Sohn eines vermögenden Mannes zu sein, einer Welt, in der man bedient und in der einem das Leben leicht gemacht wurde.

»Ja, natürlich, Georg, verzeih.« Träge und wie traumwandlerisch ergriff Marte Georgs Hand, deren Berührung sie einst so erregt hatte. Da war noch immer diese Wärme, das ja. Aber ... »Also dann. Mach's gut, mein Lieber!«

»Auf Wiedersehn, Marte. Wir sehen uns doch bald?«

»Ganz sicher, Georg. Adieu!« Sie hob winkend eine Hand.

Viola beobachtete sie neugierig, sagte aber nichts. Einige Herren kamen raschen Schritts aus dem Haustor und strebten zu ihren Pferden. Einer saß bereits im Sattel, als ein paar Uniformierte auf das Grüppchen zusteuerten.

»Hiergeblieben«, schrie einer von ihnen. »Niemand verlässt das Gebäude, bevor nicht alles untersucht wurde. Und keiner betritt das Haus.«

»An die Laterne mit den Verrätern!«, brüllte ein anderer. Seine blaue Jacke war abgerissen, der Kragen stand weit offen. Den Schlapphut, den er aufgesetzt hatte, zierte eine schwarze Feder. Die graue Hose war ihm augenscheinlich zu kurz. Er trug ein Gewehr, natürlich, heute trug ja jeder eine Waffe.

»Jaroslav Munčik«, sagte Viola, während ihr Blick bewundernd auf dem Mann ruhte. »Er ist ein echter Revolutionär, einer der besten Kämpfer, die unsere Nationalgarde in der Inneren Stadt hat.«

»Wer? Dieser Wilde?« Marte sah verdutzt zu dem Dunkelhaarigen.

Viola nickte, während sich der Mann eine schmutzige Haarsträhne aus der Stirn strich.

»Zurück!« Die Bewaffneten stießen einen Mann, der eben aus dem Palais trat, Richtung Haustor. Von der Schottenkirche her erklangen Kirchenglocken. Marte horchte auf. Kein Sturmläuten, immerhin.

»Du siehst, Marte ...«

»Aber ...«

»Kannst du nicht woanders bleiben?«

»Fahren Sie!«, rief Georg dem Kutscher zu, und die Pferde setzten sich in Bewegung.

»Und wer sind Sie?« Einer der Uniformierten war auf Marte zugestürmt.

»Nur ein Freund, er ist zufällig vorbeigekommen«, sprang Viola ein. »Das ist Malte Berends. Er hat nichts mit der Sache zu tun.«

Malte Berends war das männliche Pseudonym, unter dem Marte veröffentlichte. Viola war schnell von Begriff.

»Aha.« Zögernd ging der Mann in seiner grauen Hose und der blauen Jacke Richtung Haustor und rückte im Gehen seinen breitkrempigen Filzhut zurecht. Er drehte sich noch einmal um, bevor er im Haus verschwand.

»Auch ein Nationalgardist«, erklärte Viola auf Martes fragenden Blick.

»Ach ja? Solche Hüte trägt man jetzt? Nicht dass ich Zylinder so viel hübscher finden würd …«

»Die Kalabreser? Ja sicher. Die Garden sorgen für die Sicherheit der Bürger in der Stadt.«

»Hoffentlich auch die der Bürgerinnen.«

Violas Blick irrte wieder suchend umher. »Wie meinst du das?«

»Sorgen diese Garden auch für die Sicherheit unseres Geschlechts?«

»Ach, Marte, was du immer hast. Komm mit. Ich habe eine Idee.« Die Schöße ihres Kleides raschelten, als Viola voranging. Marte hätte sich wohlfühlen können, wenn die Situation nicht so eigenartig gewesen wäre.

Sie folgte Viola um das Gebäude herum zur Rückseite, wo es viel dunkler war als an der Vorderfront. Man hörte Grillen zirpen, irgendwo stritten sich zwei Katzen. Viola zeigte auf einen Hintereingang, der nur von einer kleinen Funzel erleuchtet dalag.

»Hier.« Viola öffnete eine Art Kohlenschütte. »Du musst da runterklettern, anders kommst du einfach nicht unbemerkt ins Haus. Sonst sehen dich die Garden, und na ja …« Demonstrativ wanderte ihr Blick über Martes Verkleidung. »Sie haben nämlich angeordnet, dass niemand das Haus betreten darf, solange die Untersuchung des Toten nicht abgeschlossen ist.«

»Na schön.« Marte knöpfte sich den Mantel zu und griff nach

einer ihrer Taschen, dann stieg sie über den Mauervorsprung und drehte sich zu Viola um. Aus dem Inneren des Kellers drang muffige Luft.

»Dass in meinem Salon jemand stirbt.« Viola reichte Marte ein Gepäckstück nach, wie gut, dass es nur wenige waren. »Das halte ich im Kopf nicht aus. Ich weiß nicht einmal, wie dieser widerliche Kerl hereingekommen ist. Jemand muss ihn mitgebracht haben, diesen Reactionär.«

»Wer ist der Tote?«

Einen Moment war es still oben, dann näherte sich das Geräusch klirrender Waffen.

»Rasch, lauf jetzt los«, flüsterte Viola, während sie sich von draußen zu ihr beugte. »Wenn du immer geradeaus durch den Keller gehst, kommst du zur Hintertreppe. Geh ins oberste Geschoss, zu den Dienstbotenkammern. Die meisten stehen leer. Die Leute haben sich der Nationalgarde angeschlossen. Ich kann den Einsatz der Hausangestellten nur befürworten, auch wenn mein Alltag jetzt etwas mühsamer ist. Aber das macht nichts, schließlich hat mir meine Mutter das Wichtigste beigebracht.« Sie lachte kurz auf. »Sie fand es so wichtig, dass ich weiß, wie man einen ordentlichen Haushalt führt. Was haben wir Obst eingekocht und Seife hergestellt. Heute gibt es das alles zu kaufen. Du weißt ja, dass ich lieber in der Seidenfabrik mitarbeite. Wie auch immer, such dir eine Kammer aus für den Moment.«

»Danke, Viola.«

»Und zieh etwas von Anna an, unserem einzigen Dienstmädchen. Niemand wird auf Bedienstete achten. Annas Arbeitskleidung müsstest du in der Küche finden.« Violas Stimme wirkte jetzt ein wenig heiser. »Geh jetzt, Marte, bevor uns doch noch jemand hier beobachtet! Später setzen wir uns zusammen, ich will alles von dir wissen.«

»J-ja«, stotterte Marte und ließ Viola draußen stehen. Ihre Heimkehr hatte sie sich wahrlich anders vorgestellt. Im Dunkel tastete sie sich durch den muffigen Keller. So sicher hatte sie mit ihrem Liebsten in der Fremde gelebt, aber sie musste Sehnsucht nach der Heimatstadt Wien bekommen. Und ein verlockendes, wenngleich gefährliches Angebot annehmen.

Seufzend wandte Marte sich der Treppe zu und schlich so leise wie möglich die eng gewundenen Stiegen nach oben. Zumindest fiel durch die kleinen Fenster ein wenig Dämmerlicht herein. Doch das half ihr auch nur für den Moment hier unten …

# 2

*Wien, Innere Stadt, 9. August 1848*

Lautes Poltern schreckte Marte auf. Stiefeltritte erklangen und schienen immer näher zu kommen. Sie musste weg hier, bevor jemand sie entdeckte.

Auf Zehenspitzen verließ Marte die winzige Kammer, in der sie sich notdürftig Schweiß und Schmutz der Reise abgewaschen hatte. In der ungewohnten schwarz-weißen Dienstmädchenuniform und mit einem weißen Häubchen auf dem Kopf schlich sie in die geräumige Küche. Der verdammte Stoff kratzte. Auch im Haus eines Seidenfabrikanten sparte man also an der Ausstattung der Dienstbotenkleider. Doch darauf konnte Marte jetzt nicht achten, ebenso wenig wie auf ihre heftiger werdenden Kopfschmerzen. Zum Glück war niemand rund um den großen gemauerten Herd zu sehen, neben dem man jede Menge Brennholz gestapelt hatte. Schmutzige Töpfe und Teller voller Hühnerknochen türmten sich überall. Vor der Feuerstelle war ein wenig Asche verstreut, ein Schürhaken lag achtlos davor. An der Wand hingen allerlei glänzende kupferne Backformen. Martes Magen knurrte, und sie nahm ein Stück Kuchen, das auf einem Teller lag. Dabei stieß sie gegen einen leeren Topf, sodass dieser scheppernd zu Boden fiel. Eine kleine weiße Katze huschte unter dem Küchentisch hervor und lief davon. Marte kaute so rasch, dass ihr davon direkt die Kiefer wehtaten, wobei sie kaum den Geschmack des Obstes genießen konnte. Es musste Rhabarber sein, diese neue Frucht, die erst seit Kurzem, von England kommend, auch in Europa bekannt geworden war. Marte steckte das letzte Stück Kuchen in den Mund, putzte sich die Brösel von den Handflächen und vom Kleid, schnappte ein Tablett, auf dem Gläser mit einer roten Fruchtsaftlimonade standen. So getarnt machte sich Marte vorsichtig auf den Weg in die Richtung, aus der die Stimmen drangen. Ihre Arme gaben fast unter dem Gewicht der vielen Gläser nach, aber sie zwang sich zu lächeln und betrat den großen Salon.

»Ah, das wird wohltun!«, rief ein junger Mann bei ihrem Anblick und griff gierig nach einem Glas, sodass Martes Tablett unerwartet schwankte. Mühsam balancierte sie es aus und ging weiter. Das Palais Lazansky war seit ihrem letzten Besuch neu ausgestattet worden. Die Wände des Salons waren sacht grün getüncht worden, eine rote Abschlussborte zierte die Wand. Ein farbenfrohes Gemälde hing an prominenter Stelle zwischen zwei Fenstern. Marte stellte das Tablett auf einem Konsoltisch aus hellem Kirschenholz ab, der unter dem Bild platziert war. Im Weitergehen fuhr sie mit der Hand kurz über einen mit leuchtend rotem Stoff überzogenen Sessel. Es sah aus, als hätte Viola die Farben der Revolution ins Haus geholt.

Jemand schob Marte unsanft zur Seite. »Macht Platz für Doktor Škoda!«, rief eine tiefe Männerstimme. »So lassen Sie doch den Arzt durch!«

Eine breite Gasse bildete sich für einen pummeligen Herrn mit Brille, der sich gesetzten Schrittes und mit ernstem Gesicht einen Weg bahnte. »Wo ist der Patient?«

»Oh, Professor Škoda«, murmelte jemand in Martes Nähe und verbeugte sich. »Das ging aber schnell.«

Nun, das Allgemeine Krankenhaus in der Alser Vorstadt war nicht weit von Violas Zuhause entfernt. Dort hatte man vor über vierzig Jahren eine der ersten Lehrkanzeln für Gerichtsmedizin etabliert. Marte erinnerte sich noch zu gut daran, wie ihr Cousin Rudolph zum Universitätsstudium nach Wien gekommen war und sie auf ihren brennenden Wunsch hin zu Medizinvorlesungen eingeschmuggelt hatte. In ihrer frühen Kindheit, noch in Böhmen, hatte sie gemeinsam mit ihm Unterricht im Lesen und Schreiben bekommen. Von Kindheit an hatte sich Marte für die menschlichen Leiden interessiert, die sie gern heilen gelernt hätte.

Sämtliche Jugendfreundinnen hatten nach und nach geheiratet und fanden es schick, zu säuseln: »Ach, von der großen Politik verstehen wir Frauen doch nichts.« Oder: »Der verehrte Gatte schätzt es, dass ich mich von Geld und Erwerbsdingen fernhalte.« Und sie wandten ihre anmutig gesenkten Augen von den Gräueln der Armut ab, die ständig auf den Straßen Wiens zu sehen war, wenn man darauf achtete. Marte hatte immer weniger Gesprächsstoff mit den früheren Freundinnen gefunden. Nur Rudolph hatte sie ernst genommen und Martes Wissensdrang unterstützt. Was hatten sie gelacht, wenn er sie als Mann verkleidet heimlich in die Universität geschleust hatte. Und anders als einigen männlichen Studenten war ihr bei Leichenöffnungen nicht übel geworden, dabei sahen die Toten allesamt nicht schön aus. Zu gut erinnerte sie sich an diese verstorbene Kleinkrämerin, ihre grauen Haare hatten die tiefe Wunde am Kopf kaum verdeckt, und auch das Gesicht war von Blut bedeckt gewesen. Jemand hatte sie erschlagen, weil er die Schulden, die er bei ihr im Laden hatte, nicht begleichen wollte oder konnte. Was für eine Welt!

Wenn sie nur den medizinischen Beruf hätte erlernen dürfen. Sich einen Lebensunterhalt mit Schreiben zu verdienen lag ihr auch, selbst wenn sie sich mitunter dafür verteidigen musste, dass sie nicht wie andere Frauen nur für den privaten Kreis dichtete. Doch das war ein Grund mehr, sich hinter dem Pseudonym Malte Berends zu verstecken …

Marte drängelte sich hinter Professor Škoda durchs Gewühl und schob alle beiseite, die sich ihr in den Weg stellten. Ein Mann tippte ihr auf die Schulter. Mit einer unangenehmen, spitzen Bewegung bohrte er ihr seinen Finger ins Fleisch und fragte dabei mit schriller Stimme: »Wo ist mein Mantel?«

Marte ließ ihn stehen.

»So was von unhöflich!«, schrie er ihr nach.

Marte überlegte kurz, ob sie den Mann kannte. Aber nein, er war ihr unbekannt. Sie musste achtsam sein, um ihre Mission und sich selbst nicht zu gefährden. Für einen Moment stand ihr Peter Earl of Markham vor dem inneren Auge. Der hell gelockte Brite war eines Tages im Palais des russischen Adeligen Raschkunin in Petersburg erschienen, wohin auch Georg und Marte geladen gewesen waren. Der Engländer hatte sofort Martes Aufmerksamkeit erregt. Was für eine Abwechslung hatte der athletische Mann inmitten der Salontiger dargestellt. Er war weit gereist, sogar bis Indien, erzählte er freimütig. In seiner draufgängerischen Art fand Marte ihn sofort charmant. Nächtelang debattierten sie über die Beschaffenheit der Welt und die Beeinflussbarkeit des eigenen Schicksals, während Georg es vorzog, früh zu Bett zu gehen. Und immer war da dieses schelmische Zwinkern in den Augen des jungen Briten gewesen. Der Earl wusste sich so anders zu geben als Georg. Lässig, fröhlich, anstatt des immer trübseliger dreinblickenden Wieners an Martes Seite, der ständig vom Schinken zu Hause schwärmte und dass er seinen Kammerdiener vermisse. Ha! Der Earl dagegen war ein verführerischer Bursche. Endlich hatte sie jemanden kennengelernt, mit dem sie sich über ihre Gedichte und Reportagen austauschen konnte. Und wie jung der Earl wirkte mit seinen glattrasierten Wangen.

Marte biss sich auf die Lippen. Verführerisch, ha! Ihre Gedanken waren kein bisschen geistreicher als diese trivialen Romane von Amalie Schoppe oder Luise Mühlbach, die so beliebt waren.

»Können Sie auch Berichte verfassen?«, hatte der hübsche Earl Marte eines Tages gefragt und an seinem hellen Rock gezupft, dabei war sein Äußeres wie immer tadellos.

»Was meinen Sie damit?«

»Besondere Berichte. Höchste Geheimhaltung. Sie verstehen?«

»Nicht ganz.«

»Wir möchten mehr über Ihre Heimat wissen.«

»Wir?«

»Ich vertrete das britische Königshaus. Es besteht Interesse an den – nun ja – Hintergründen der Dinge, die sich am Hof in Wien zutragen. Man hört so einiges ...«

»Sie meinen, ich soll ein Spitzel werden?«

»So möchte ich es nicht nennen. Sie stünden im Dienst einer großen Sache.« Der Earl hatte ihr einen guten Zuverdienst in Aussicht gestellt, dafür erwarte er nur ein paar vertrauliche Nachforschungen in Wien. Ob sie sich das vorstellen könne? Zu diesem Zeitpunkt hatten Georg und sie längst über eine Rückkehr nach Österreich gesprochen. Sie hatten gehofft, dass endlich Gras über ihre Liebesgeschichte gewachsen wäre und man sie in Frieden zusammenleben ließe. Und jetzt war Marte zurück in Wien – als Spionin im Auftrag der britischen Krone. Was natürlich niemand erfahren durfte.

»Wer du bist denn?« Ein weibliches Wesen rannte im Rauchsalon in Marte hinein, einen mit Holzspänen gefüllten Spucknapf in der Hand. Das Tabakkauen war also in Wien noch Usus, das Pfeifenrauchen schien aber ebenfalls in Mode zu kommen, wenn sie sich so umsah.

»Du mich nicht hören?« Ein Dienstmädchen rüttelte an Martes Arm. Sie war noch ziemlich jung und hatte ihre braunen Haare etwas nachlässig unter ihre Haube gesteckt. Sie trug ein Gewand, das dem von Marte zum Verwechseln ähnlich sah. Das Dienstmädchen starrte sie mit bohrendem Blick an und betastete den billigen Stoff ihrer Kleidung, dabei zwickte sie Marte kurz in den Arm. »Und was das sein?«

Madonna! »Lass mich los!« Marte schüttelte sie ab, drängte mit Hilfe ihrer Ellbogen ein paar Leute weg, wollte endlich dorthin, wo sie den Mittelpunkt des Geschehens vermutete. In dem großen Esszimmer nebenan waren mehrere Sessel umgefallen, Marte spürte geborstenes Holz unter ihren Sohlen, wie von einem Kampf vielleicht.

»Ich dich nicht kennen.« Das junge Mädchen, deren flacher Busen nicht zu ihren molligen Hüften passen wollte, war ihr gefolgt. Sie hinkte ein wenig, war aber schneller, als Marte gedacht hätte. Schon krallte die junge Frau ihre Finger fest in Martes Schulter, sodass sie einen Aufschrei unterdrücken musste. Sehr sorgfältig hatte sich das Mädchen nicht gekleidet, das Oberteil hing an einer Seite nachlässig herunter, wo der schwarze Stoff zerrissen war. Marte schüttelte sie ab, doch wieder griff das Dienstmädchen nach ihr. Ihre dunklen Augen funkelten irgendwie boshaft.

»Lass mich in Ruhe, Fräulein Lazansky wird alles klären.« Marte machte sich los und trat dem Mädchen auf den Fuß, dadurch war es kurz abgelenkt. Sie drängte sich weiter durch die Menschenmenge. Eine Frau wollte in die andere Richtung an Marte vorbei, zerrte den zerrissenen Saum ihres roten Kleides hinter sich her, und sie schrie, während blutrote Fähnchen von grellen Kristalllustern wirbelten und im Lichtschein der Gaslampen Schatten an die in diesem Raum hellroten Stofftapeten warfen. Dazu die Vasen mit üppigen Sträußen aus dunkelrosa und weißen Rosen mit ihrem überwältigenden Duft.

Von draußen drang ein Donnerhall an Martes Ohren. Ein Gewitter war im Anmarsch, warmer Wind bauschte die dünnen weißen Vorhänge vor den in der Sommerhitze weit offen stehenden Fenstern. Viola lief hin, um sie zu schließen, ihr Vater tauchte hinter ihr auf. Der Seidenfabrikant Ferdinand Lazansky stammte wie Georgs Familie ursprünglich aus Böhmen, dem seit 1526 zu Österreich gehörenden Kronland. Lazansky war als junger Mann nach Wien gekommen und hatte sich mit Glück und Fleiß hochgearbeitet. Er war seinerzeit einer der wenigen gewesen, der Martes Verhältnis mit Georg nichts entgegenzusetzen hatte. Er hätte sie beide auch jetzt freimütig bei sich aufgenommen, hatte Viola Marte brieflich versichert. Doch Georg war nicht auf dieses Angebot eingegangen. Wahrscheinlich war es besser so.

Ein Klimpern war zu hören, das Marte an ihre Kindheit erinnerte. Die Lazanskys besaßen ein Piano. Das war neu. Marte trat näher. Sie hatte lange nicht mehr Klavier gespielt, seit sie das Schloss ihrer Kindheit verlassen hatte müssen.

Marte wäre beinahe auf einigen Papieren ausgerutscht, die vor dem Musikinstrument auf dem Boden lagen, wahrscheinlich Notenblätter. Die rot gekleidete Frau schrie immer noch: »Mein Buch, wo ist nur mein Buch hingekommen?« Aber niemand achtete auf sie.

»Lass gut sein, meine liebe Elisabeth, es wird sich schon finden.« Eine andere Frau mit glatten dunkelbraunen Haaren strich der Rotgewandeten sachte über den Rücken.

»Betty, was soll ich denn nur machen ohne das Buch?«, fragte die Suchende.

»Um was für ein Buch handelt es sich?«, fragte Marte.

Ein herablassender Blick aus kühlen grauen Augen traf sie. »Bist du so dämlich, oder wie? Mein eigenes natürlich. Auch so ein böhmischer Trampel, ja?«

Marte zog eine Braue hoch.

»Aber falls du intelligent genug bist, um mir beim Suchen zu helfen: Mein neuestes Werk trägt den Titel ›Das geheimnisvolle Grab an der Donau‹. Wenn du es irgendwo siehst …«

»Aha.« Marte runzelte die Stirn. »Ich werde die Augen offen halten.«

»Tu das«, befahl die Frau mit etwas zu lauter Stimme.

»Elisabeth Hagenberg, meine Beste, haben Sie Ärger?«, sprach jemand die Rotgewandete an.

Marte machte, dass sie wegkam. Da spürte sie mit einem Mal einen Blick auf sich ruhen. Sie sah sich um, konnte aber niemanden erkennen in dem Durcheinander. Verstohlen tastete sie unter dem Kleid nach dem kleinen Dolch, den sie wie immer mit sich trug. Da huschte Viola an ihr vorbei.

»Beruhig dich«, flüsterte sie Marte zu, »niemand ahnt etwas.«

»Wer ist der Tote?«, fragte Marte leise, doch die Freundin war schon wieder verschwunden.

Marte befühlte ihre Haare. Wie kurz sie waren, sie hatte sich noch immer nicht recht daran gewöhnt. Aber das fiel hoffentlich unter dem weißen Häubchen nicht auf. Überhaupt sah kaum jemand sie richtig an. Ein wenig beruhigter ging Marte weiter.

Weinrote Seide an Frauenkörpern, rote Bänder am Revers der Männer. Marte entspannte sich, als sie sich weiter durch die Menge schob, dann nahm sie einen unangenehm süßlichen Geruch wahr, der die Parfüms der Anwesenden überdeckte. Endlich konnte sie auch etwas sehen. Männerbeine, die verdreht am Boden lagen. Zwischen der schwarzen Beinkleidung der umstehenden Gäste versuchte sie, mehr zu erkennen. Auf dem Boden vor ihr lag ein herrenloser Schuh. In all dem Getümmel ging von ihm eine eigentümliche Bewegungslosigkeit aus. Marte schob die letzten Leute zur Seite, die noch zwischen ihr und dem Mittelpunkt des Geschehens standen, und achtete nicht auf deren Gegenwehr. Die Luft im Raum war furchtbar verbraucht, sie dampfte fast. Professor Škoda beugte sich eben nieder und öffnete seine Tasche.

Sie musste ein paarmal schlucken. Da war Rot, zu viel Rot. Eine Blutlache um einen grau gelockten Kopf, die dunkelrote Flüssigkeit stockte bereits auf dem teuren Sternparkett. Der Mann lag auf dem Bauch, sein Gesicht, das unter den Haaren nur halb zu sehen war, war vom Schmerz verzerrt. Etwas an dem Toten kam Marte vertraut vor. Ein Gestank nach Knoblauch drang in ihre Nase, vermischt mit übel riechendem Schweiß. Angstschweiß.

»Weber!«, schrie jemand in der Menge, den sie nicht ausmachen konnte. »Das ist der feige Stanislaus Weber!«

Marte trat auf die andere Seite des Toten. Und unterdrückte einen Aufschrei: Der Tote war in der Tat niemand anderer als Stanislaus Weber, der Verleger ihrer drei Bücher.

# 3

*Wien, Innere Stadt, 9. August 1848*

Die weiße Katze schlängelte sich, weiß der Teufel, woher sie kam, zwischen Männer- und Frauenbeinen hindurch und hielt bei dem Toten inne.

Marte war kaum zwanzig gewesen, als sie Stanislaus Weber kennengelernt hatte. Zum ersten Mal hatte sie aus ihren Gedichten vorgetragen, sehr zum Missfallen ihrer Mutter, die fand, dass sich so etwas für eine junge Dame von Stand nicht gehöre. Eine Dame verfasste allenfalls hübsche Zeilen für den privaten Gebrauch. Marte hatte es dennoch getan. An jenem Abend war Georg Steiler unter den Zuhörern gewesen, und so hatten sie sich kennen und lieben gelernt – in Violas Salon. So vieles in Martes Leben hatte sich rund um die Freundin ereignet. Der schon damals recht korpulente Stanislaus Weber hatte Marte nach ihrer Darbietung angesprochen und sie dabei eindeutig umworben, auch wenn er zum Glück nie konkret geworden war. Als Mann hätte sie der ungesund beleibte, viel ältere Verleger sowieso nie im Leben interessiert. Doch als Verleger schien er eine gute Wahl zu sein, und seinen Verleger brauchte man nicht zu heiraten, da galten andere Kriterien. Sie hatte Weber ihr Manuskript anvertraut, als es fertiggestellt war, und er hatte ihr erstes Buch unter dem Titel »Reise in die 1001. Nacht« herausgebracht. Dass Weber als kaisertreu galt, hatte Marte bislang nichts ausgemacht, waren ihre Werke doch unpolitisch: Beobachtungen von ihren Reisen, von Land und Leuten. Wieder zurück in Wien hatte sie Weber nun ihr neuestes Buch vorstellen wollen. Es trug den Arbeitstitel »Die Freiheit der menschlichen Beziehungen«, in dem es um ein revolutionär neues Zusammenleben der Menschen ging. Dem Thema Männer und Frauen widmete sie dabei auch einigen Raum.

Doch damit wurde es wohl nichts mehr, so tot, wie der Verleger auf dem teuren Parkett lag, seltsam hingestreckt, ein Bein unnatürlich nach hinten abgewinkelt. Eben drehte Professor Škoda vorsichtig den Kopf des Toten und strich die Haare aus dessen Stirn.

»Ich hab Weber vorhin noch gesehen«, murmelte einer der Zuschauer in der ersten Reihe, ein eher klein gewachsener junger Mann. »Er hatte ganz winzige Pupillen.«

»Ja?« Eine Frau an seiner Seite zappelte vor Neugier.

»Weit aufgerissen hat der die Augen, als hätte er furchtbare Angst gehabt.«

»Kein Wunder, ich hätt mich an seiner Stelle auch gefürchtet.«

»Ehrlich?«

»Natürlich. Viele werden jetzt auf Rache sinnen ...«

Marte stutzte bei diesen Worten, konzentrierte sich aber wieder auf den Toten, mit seinem bläulich-rot angelaufenen Gesicht. Dabei ignorierte sie einen Herrn, der ihr von weiter links hektisch winkte.

»He, was ist, schläfst du?« Er kam auf sie zu und hielt sie an der Schulter fest. »Ich will was trinken.«

»Loslassen, aber sofort. Sie tun mir weh!« Marte stieß ihn weg.

»Trampel!«, rief der Mann. Sie achtete nicht weiter auf ihn. Ihr Blick kehrte zu Professor Škoda zurück.

»Weber hat furchtbar gekeucht«, rief ein junger Mann neben ihm.

»Haben Sie den Herrn vor seinem Tod gesehen?«, fragte der Arzt.

»Ich? Nun ja, eigentlich nur kurz.«

»Aha, so, so. Und was ist Ihnen aufgefallen?«

»Eigentlich nur, dass er schwer atmete. Ich habe ihn noch gefragt, ob es ihm nicht gut geht, ob man ihm helfen kann. Aber er hat abgewinkt, ohne etwas zu sagen. Ich habe einen Fauteuil herangeschoben, er hat jedoch den Kopf geschüttelt.«

»Er hat gejammert, dass ihm so heiß sei.« Die in Rot gekleidete Dichterin Elisabeth Hagenberg war herangekommen. »Bei dem sommerlichen Wetter nicht ungewöhnlich.« Sie zuckte die Achseln.

»Kurz darauf ist Weber dann gestürzt und hat sich nicht mehr bewegt. Ich hab ihn kaum noch atmen gesehen. Der Schweiß stand ihm im Gesicht.«

Ein Mord! Marte schluckte krampfhaft. Sicher war es Mord. Sie hatte genügend unnatürlich zu Tode Gekommene gesehen, um das zu vermuten. Marte konzentrierte sich auf den Anblick Webers vor ihr. Der Verleger sah gealtert aus, stark gealtert sogar. Natürlich hatte sie ihn einige Jahre nicht persönlich getroffen, aber trotzdem. Sein Bauch unter dem golddurchwirkten Stoff war viel kleiner, als Marte ihn in Erinnerung hatte. Der Mann wirkte abgezehrt, ganz gegen seine sonstige Art. Sie erinnerte sich nur zu gut, wie gern er das fette Fleisch in sich hineingestopft hatte. Übel hatte einem davon werden können.

»Nichts zu machen, leider.« Škoda erhob sich langsam. »Ich habe die Befürchtung, hier liegt allem Anschein nach kein natürlicher Tod vor.«

Den Worten des Doktors folgte eine gespannte Stille. Der Medicus blickte auf – und Marte direkt in die Augen. Schnell zog sie sich zurück, tauchte ab in der Menge, richtete dabei das Dienstbotinnenkleid, dessen Oberteil ihr verrutscht war. Was konnte ihr der ganze Zinnober jetzt noch helfen? Die Behörden würden alles genau untersuchen, das war bekannt. Metternichs geheime Polizeyagenten waren auf Spitzeln und Stöbern gedrillt, sicher auch nach der feigen Flucht des Staatskanzlers. So schnell hatte man den übermächtigen bürokratischen Apparat wohl kaum abgebaut. Wenn sie erst anfingen zu schnüffeln, würden sie bald alles über Marte herausgefunden haben … und dann Gnade ihr.

Luft, Marte brauchte unbedingt Luft. Am besten war sowieso, sie verschwand, bevor die Polizey auftauchte. Sie schlüpfte hinter ein paar Kübelpalmen, die sich rund um eine große Voliere mit kleinen bunten Vögeln gruppierten, und öffnete ein Fenster. Schon jetzt vermisste sie es, sich den größten Teil des Tages unter freiem Himmel aufzuhalten wie auf ihren Reisen. Die Mongolei war ihr in besonderer Erinnerung, die Zelte der Nomaden, ihre Gastfreundschaft, Teetrinken vor dem Lagerfeuer, während die Pferde friedlich grasten. Auch darüber hatte sie in ihrem neuesten Buch geschrieben, insbesondere über die Frauen der Nomaden. Ach, zu dumm, was mochte aus ihrem Manuskript werden, wenn ihr Verleger nun tot war.

Marte hörte dem Zwitschern der Vögel sehnsüchtig zu. Sie waren ebenso eingesperrt wie sie jetzt wieder, hier in dieser traditionsreichen Stadt. Sie kam einen Moment lang ins Sinnieren, bis laute Stimmen vom anderen Ende des Raumes ihre Aufmerksamkeit erregten.

Eine tiefe Männerstimme übertönte alle anderen und schrie: »Niemals nachgeben!«

Ein schwacher Akzent war zu erkennen, den Marte nach kurzem Lauschen als böhmischen einordnete. Es war der Revolutionär, dessen Namen Viola vorhin genannt hatte, Munčik oder so ähnlich.

»Freiheit für Böhmen!«, skandierte er. Den Hut hielt er währenddessen in der Hand. Immer mehr Leute wiederholten seine Worte, lautstark und leidenschaftlich. »Freiheit! Es lebe die Freiheit!«

»Er ist ein großer Geist!« Viola war unbemerkt an Martes Seite getreten.

»Er sollte sich lieber sein Haar schneiden lassen«, brummte Marte. »Und Waschen täte ihm auch wohl.«

»Aber Marte! Wie nebensächlich. Wir leben in erhabenen Zeiten! Von dir hätte ich mehr Engagement erwartet.« Violas sanftbraune Augen glitzerten, während sie dem Redner lauschte.

»Die völlig überbezahlten österreichischen Beamten«, war der Mann aus Böhmen zu vernehmen, »und ihre Handlanger werden sehen, was sie mit ihrer Haltung bewirken. Vom Adel, der sich überall selbst bedient, ganz zu schweigen. Böhmen hat sich lange genug ausbeuten lassen von den Habsburgern. Denken Sie an den Prager Fenstersturz.« Abfällig sah er auf den Toten.

»Ja, ja«, tönte eine Stimme von weiter weg, »für Fensterstürze seid ihr Czechen bekannt! Aber bedenkt, wohin euch diese Haltung geführt hat. In einen Krieg und in die Unterwerfung.«

»Nieder mit der Unrechtsherrschaft! Tod Habsburg!«

»Tod Habsburg!«, erklang es vielstimmig. Waffen klirrten, eine Pistole wurde in die Höhe gereckt, ohne dass Marte erkennen konnte, zu wem sie gehörte.

»Die nationale Wiedergeburt Böhmens«, donnerte Munčik, dabei hörte sich »Böhmen« eher wie »Behmen« an, »wird nur eine Frage der Zeit sein. Vivat Slavia!«

»Entschuldige«, flüsterte Viola Marte zu, »ich muss besser Frieden stiften. Wer weiß, was sonst noch passiert.« Sie eilte weg, sodass sich der silbrig graue Stoff ihres Kleides wie eine Standarte hinter ihr bauschte. Bald darauf wurde es ruhiger. Aber nur kurz.

»Da hat der Tod sich den Richtigen ausg'sucht!«, sagte ein feiner Herr im grauen Gehrock. »Den feinen Herrn Censor.«

»Was wollte der Reactionär überhaupt hier?«, schrie ein blasser Student, der eine dieser farbigen Kappen trug, wie allgemein üblich.

»Im Salon einer Republikanerin! Unglaublich.«

Weitere Stimmen wurden laut. »Der mit seinem reactionären Zylinder, verstecken hat er ihn wollen, aber das ist ihm nicht gelungen.«

»Dieses Aas!«

»Geschieht ihm recht, dass er tot ist.« Jaroslav Munčik stand nun bei den Schaulustigen, die sich um den Leichnam gesellt hatten. In seinen Augen leuchtete etwas Unbezähmbares, Gewalttätiges auf, während er wie von einem Sieg trunken den Arm reckte.

»Jetzt auf einmal ist dieser Weber um alle herumscharwenzelt«, ergänzte ein Jüngling neben ihm, dabei presste er krampfhaft ein schmales Büchlein an seine Brust. »Als wäre er ein ach so netter Förderer der Dichtung und der Freiheit.« Er spie die Worte mit schriller Stimme aus. Gleich bildete sich eine kleine Gruppe um ihn, die eifrig an seinen Lippen hing. »Dass Weber nicht rot geworden ist, wenn er das Wort Pressfreiheit in den Mund genommen hat.«

»Du hast es wirklich schwer gehabt bei ihm, nicht wahr, Ernst?« Eine junge Frau blickte zu ihm auf.

»Und wie!«, rief Ernst. »Keines meiner poetischen Werke passierte bisher seine Censur, erst jetzt hatte ich eine Chance, nachdem mir ein Gönner einen Verleger aus dem revolutionären Paris vermittelt hat.« Er hob das dünne Werk kurz hoch. Ein paar der Umstehenden applaudierten.

»Dutzende Dichter hat Weber in den Freitod getrieben«, fuhr Ernst fort. »*Non admittitur*, schrieb er in seiner Amtsstube auf dem Fleischmarkt unter die verbotenen Schriften. Dann hat der Autor sein Werk vergessen können. Wir hatten eine der strengsten Censurbehörden hier in diesem Land, habt ihr das gewusst? Jetzt darf man endlich offen über diese Dinge reden.«

»Ich weiß. Es gab ja diese Petition einiger namhafter Schriftsteller, wenigstens ein geregeltes Censurverfahren zu gewährleisten.« Der blasse Student blickte den jungen Dichter an. »Sie erinnern sich sicher?«

»Selbstredend.« Ernst schob sein Buch von einer Hand in die andere. »Sogar Grillparzer und Stifter haben das Schreiben an Kaiser Ferdinand unterzeichnet. Ich hätte es auch getan, doch ich war zu diesem Zeitpunkt im Ausland.«

»Genutzt hat dies nichts. Statt einer Erleichterung im künstlerischen Schaffen«, der Student nahm während des Redens seine Kappe ab, »wurde die Unterdrückung der Meinungsfreiheit sogar noch drückender.«

»Reine Willkür herrschte. Furchtbar.« Die junge Frau, die Ernst so bewundert hatte, blickte sich zustimmungheischend um.

»Kein Wunder, dass die Kollegen im Exil publiziert haben.«

»So wie die Sibillynischen Bücher, nicht wahr?« Der Student spielte immer noch mit seiner Kappe. »Aber jeder Wiener hat sie gelesen. Stimmt's?«

Alle nickten.

»Gut, dass Weber tot ist.« Die junge Frau schüttelte sich.

»Ein durch und durch widerlicher Kerl. Ihr wisst ja, dass ich Gedichte schreibe. Als ich einmal mit ihm zu tun hatte deswegen ...«

»Nicht genug mit seiner verabscheuungswürdigen Tätigkeit, hat er sein Mäntelchen jetzt nach dem Wind g'hängt.« Endlich setzte der Student seine Kappe wieder auf, dafür wusste er jetzt nicht, wohin mit seinen Händen.

»Mit allen Schreibern wollte er auf einmal Geschäfte machen, ihre zuvor verbotenen Schriften verbreiten und gute Münze in seine Taschen spülen. Jetzt, wo er sein Gehalt als Censor nicht mehr erhalten hat.«

»Gar nicht schad um ihn.« Die Rotgewandete mischte sich unter die Schaulustigen, ihr Gesicht wirkte erhitzt. »Meine Schauergeschichten durften zwar veröffentlicht werden, doch ich und einige Kolleginnen hatten andere Sorgen. Weber war hinter jeder Kittelschürze her. Ekelhaft.« Sie hatte offenbar ihr Buch wiedergefunden und hielt es mit beiden Händen fest. Es trug einen blutroten Einband.

Doktor Škoda richtete sich auf, dabei ließ er den Toten nicht aus den Augen. Rundherum wurde es still. »Es ist seltsam«, murmelte er.

Ein paar junge Leute, wahrscheinlich seine Studenten, rückten näher an ihn heran.

»Ja, Herr Professor?«

Auch Marte war nun neugierig zu hören, was der Arzt über den Toten herausgefunden hatte.

»Ich kann mir nicht erklären, wie er zu Tode kam«, sagte Škoda mit lauter Stimme. Nachdenklich wiegte er seinen Kopf mit den halblangen Naturwellen.

»Haben Sie irgendeine Vermutung?« Viola war zum Doktor geeilt, elegant wie immer, wenn sie Gäste empfing.

Der Arzt sah ihr einen Moment zu lange in die Augen. »Wenn er nicht«, sagte er leise und riss sich vom Anblick der Gastgeberin los, »eines natürlichen Todes gestorben ist, was bei seinem Alter zwar durchaus vorkommen kann …«

»Ja?«

»Dann muss es wohl ein Gift gewesen sein. Jemand hier sagte doch etwas von verengten Pupillen, nicht wahr?« Er wandte sich an die Umstehenden. Der junge Mann, der diese Behauptung vorhin gemacht hatte, tat einen hinkenden Schritt auf die Leiche zu und nickte.

Škoda starrte den Toten an, als könne dieser ihm eine Antwort geben. »Bleibt die Frage offen, wie er das Gift zu sich genommen hat. Und was es genau war. Ich denke, ich habe da einen Verdacht.« Er fuhr in die Taschen des Toten, aber sie waren leer. Einen Moment lang ratlos, zuckte Škoda die Achseln. »Ich werde den Verstorbenen untersuchen müssen.« Er wies die zwei Männer, die eben mit einer Tragbahre hereinkamen, an, mit dem Abtransport des Leichnams noch zu warten. »Zunächst wollen sicher die Herren vom Criminalgericht ihre Arbeit tun.« Dabei deutete der Arzt zur Tür des Salons.

Unruhe entstand, mehrere Herren in schmucklosen schwarzen Gehröcken drängten herein. Škoda nickte ihnen grüßend zu.

Marte fiel etwas Helles unweit des Toten auf, ein herrenloser Schuh lag darauf. Niemand schien das Blatt Papier bisher bemerkt zu haben. Sie konnte den Text auf die Entfernung nicht entziffern. Schon wollte sie die lose Seite aufheben, da erklangen Stiefeltritte. Gemurmel erhob sich, wurde lauter. »Aha, jetzt haben s' den Militärstreifen was Neues an'zogen«, murrte ein Student, »glauben wohl, wir erkennen s' nimmer.«

»Wir wollen keinen Polizeystaat mehr!« Das war Munčik.

»Nieder mit der Schlägerpolizey!«, ließ sich eine andere Stimme vernehmen. Ein kräftiger junger Mann riss einen der Uniformierten am Kragen, sodass dieser fast hintenüberfiel, sich aber gerade noch auf den Beinen halten konnte und seinerseits den Burschen packte.

Zuerst erhob sich nur ein sanftes Summen im Raum. Doch im nächsten Moment stimmten viele Stimmen ein Lied an. »Wer da Czeche ist, ergreife das Schwert!«, tönte es, zornig und zum Angriff bereit.

Marte hatte den Text dieser Hymne der Prager Freiheitskämpfer in der Zeitung gelesen, die Zeilen stammten von Smetana. Mit einem Mal bemerkte sie, dass Viola mitten unter den Sängern war. Die Freundin legte Munčik eine Hand auf den Arm. Die Hand von Viola zu spüren … das hätte Marte jetzt ein wenig beruhigt. Sie spürte den Blick eines der Beamten in Zivil, sah ihn näher kommen. Er durfte sie nicht erwischen, sie am besten gar nicht bemerken. Marte sah sich um, huschte davon, weg vom Mittelpunkt des Geschehens. Irgendwo schnappte sie einen Stapel schmutziger Teller, der viel zu schwer war, viel zu viele Teller. Sie bewegte sich geduckt durch die Menge wie ein Äffchen, nur raus hier, weg von den Beamten! Sie eilte in die Küche, zwang sich, langsamer zu gehen, um unverdächtig zu wirken. Ihr Atem keuchte, laut klapperten ihre Schritte, oder war das nur ihr Herzschlag? Zum Glück war niemand außer ihr in dem Raum, der sparsam beleuchtet dalag. Sie stellte das Geschirr ab, wo gerade Platz war, und rannte weiter, immer weiter, über die Hintertreppe in den Keller, in das rettende Dunkel. Wieder glaubte sie Schritte zu hören. In der feuchten Luft roch sie Moder, doch sie lief weiter, so schnell sie konnte.

# 4

*Wien, Innere Stadt, 9. August 1848*

Ihren Namen, bitte!, wollte Franz Gerstl, Beamter beim Criminalgericht, gerade rufen, doch das Mädchen war weg. Etwas an der Dienstbotin war ihm seltsam vorgekommen. Er hatte den Verdacht, dass sich ein Zeitungsreporter verkleidet Zutritt verschafft haben könnte, dabei hatte er den überengagierten jungen Mann am Eingang abgewimmelt.

Nachdenklich strich sich Gerstl über das nicht mehr ganz so gut rasierte Kinn. Er war ein guter Menschenkenner. Er hatte bereits manchen überführt, der etwas zu sein vorgab, was er nicht war. Diese Fähigkeit erleichterte ihm die tägliche Arbeit ungemein. Nur jetzt war Gerstl erschöpft, wieder einmal, wie so oft in den letzten Wochen, ja, Monaten. Er konnte sich kaum mehr daran erinnern, wie es sich anfühlte, ausgeschlafen zu sein. Dabei hatte sich Gerstl gedacht, mit der Versetzung ans Criminalgericht der ermüdenden Streifentätigkeit ein Ende setzen zu können. Aber dem war nicht mehr so, seit in Wien die Revolution ausgebrochen war. Seit Neuestem hatten sie auch noch eine Inspektion am Hals. Oder Schwerpunktaktion. Wie immer man das nennen wollte. Die Bewohner der Kaiserstadt – der der Kaiser abhandengekommen war, aber bitte! – sollten sich so sicher wie immer fühlen, lautete die Devise seiner Vorgesetzten. Die Criminalbeamten hatten den Auftrag bekommen, gemeinsam mit den anderen Ordnungskräften für die Sicherheit aller in der Stadt zu sorgen, gleich welcher politischen Couleur. Besonders die Vertreter der alten Ordnung schwebten dieser Tage beständig in Gefahr. Rache war mehr als ein zündendes Wort, wegen dem schon mal ein Geschäft oder eine Wohnung in Flammen aufging. Diebe und Räuber nutzten die unüberschaubare politische Situation für ihre eigenen Zwecke. Gerstl war schon seit einem Weilchen den Umtrieben einer Schmugglerbande auf der Spur, ohne genau zu wissen, wohin die Ermittlungen führen würden. Auch dass sich die Beamten brav rasierten, darauf achtete sein Vorgesetzter. Als ob das heutzutage nicht gleichgültig wäre. Vielleicht würde es sogar die Ermittlungen unter den durchwegs vollbärtigen Revolutionären erleichtern, wenn er sich ebenfalls einen Bart wachsen ließe. Aber nein, Hauptmann Stern wollte vollkommene, glatt rasierte Criminalbeamte mit bestens gepflegter Zivilkleidung in seinen Reihen.

Gerstl sah ein Dienstmädchen im Salon auftauchen, doch es war nicht dasselbe, das er vorhin zu Gesicht bekommen hatte.

Ach, wer hatte die Revolution wirklich gebraucht? Diese Dienstbotin hier? Sie schien der Freiheitskampf kaum zu berühren. Gerstl unterdrückte ein Gähnen. Sicher, ihm fiele auch so einiges ein, das verbesserungswürdig wäre. Doch wen kümmerten schon die Ansichten der kleinen Leute? Gerstls Vater hatte noch František geheißen und sich als armer Schustergeselle aus einem mährischen Bauerndorf auf den Weg nach Wien gemacht. Zu Fuß war er von daheim bis in die Kaiserresidenz gewandert, in der Hoffnung auf ein besseres Auskommen. Denn im Heimatdorf, so hatte er es Franz als Kind gern geschildert, hatte es zu wenig zu essen für alle gegeben. In der Hauptstadt der Monarchie hatte sich der Vater nach ein paar Jahren, mittlerweile Schustermeister, unweit der Leopoldstädter Kaserne mit einer eigenen Werkstatt etabliert, wo sich die Herren Officiere gern mit schönem Schuhwerk eindeckten. Bald darauf hatte der Vater den böhmischen Familiennamen eingetauscht gegen den seiner Frau, einer geborenen Magdalena Gerstl. Ein deutscher Name erleichterte das Leben in der Residenz, überhaupt das Geschäftsleben. Die Mutter hatte darauf gedrungen, dass ihr Kind Franz getauft wurde, nicht František wie sein Vater.

Franz Gerstl selbst verdiente nun als Beamter fast genauso schlecht wie sein Vater, aber wenigstens stand ihm sein monatliches Salär sicher zu. Auch wenn es im Moment schwer verdient war. Er gähnte wieder und rieb sich die Nasenwurzel. Und jetzt auch noch dieser Einsatz an der Mölkerbastei, ein Toter namens Stanislaus Weber. Dabei hatte Gerstl gehofft, heute einmal früher nach Hause zu kommen, in seine kleine Wohnung im Prater, die er gerade so bezahlen konnte. Er lebte allein, seit seine Eltern letzten Winter kurz hintereinander an der Grippe gestorben waren. Wenn nur endlich jemand etwas gegen Armut und Krankheiten tun könnte. Gegen das Leid der vielen Waisenkinder …

»Ich bin Viola Lazansky.« Die etwas mollige Dame des Hauses war unbemerkt an Gerstl herangetreten. In seinem an den Ellbogen abgewetzten Gehrock fühlte er sich unterlegen und gleichzeitig hingerissen von ihrer Art. Sie schüttelte ihm mit reizendem Lächeln die Hand. Ach, wenn er nur nicht im Dienst wäre! Was für lustige Augen, dazu der wache Blick, dem kaum was entgehen mochte. Und sie wirkte erholt. Gehobene Gesellschaft eben. Neid drohte in ihm aufzuflackern. Gerstl ermahnte sich. Er war im Dienst, seit ungezählten Stunden, und diese Dame war außerhalb seiner Reichweite, gesellschaftlich und überhaupt. Er wusste wirklich nicht, was mit ihm los war. Schließlich war er bisher gern unverheiratet geblieben, sosehr ihm seine Eltern auch zu einer Verehelichung zugeredet hatten. Es hatte sich nicht so recht ergeben, und jetzt war er beinahe vierzig, nur ein paar Monate fehlten noch bis zu diesem »Jubeltag«. Doch mit seinem kargen Lohn wäre es sowieso schwierig, eine Familie zu ernähren.

»Sie haben zwei Dienstmädchen?«, fragte er und wandte sich an Fräulein Lazansky. »Wo ist die andere junge Frau hin verschwunden?«

Viola Lazansky sah ihn mit großen Augen an. »Aber nein, es gibt nur Anna.« Sie legte ihm eine Hand auf den Unterarm, sodass sich Gerstl ganz warm und weich fühlte. »Sie müssen sich irren«, betonte sie mit sanfter Stimme.

»Ach so, ja?« Er blickte ihr in die Augen und meinte etwas anderes darin zu erkennen, als das, was sie gesagt hatte, doch da lenkten ihn Stimmen ab. Jemand hatte zu singen begonnen, eine dieser Freiheitsballaden. Für Gerstls Ohren klangen sie alle nicht besonders melodisch, dafür wurden sie umso leidenschaftlicher vorgetragen.

Mademoiselle Lazansky hatte ihm ihre Hand wieder entzogen, weshalb ein jäher Verlustschmerz Gerstl durchzuckte. »Der Tote heißt Stanislaus Weber«, erklärte sie. »Er war Censor, machte sich aber jetzt auch als Verleger wichtig, wie so viele heutzutage.«

»Aha.«

»Viola?« Ein leidenschaftlich aussehender junger Mann mit dunklen Locken war an die Dame des Hauses herangetreten. Die beiden standen sehr nahe nebeneinander, näher als allgemein üblich. Ein seltsames Gefühl packte Gerstl, ein ganz und gar eigenartiger Zustand herrschte plötzlich über ihn. Es dauerte einen Moment, bis er diesen als Eifersucht erkannte. Er wollte einem anderen Menschen so nahestehen, einem Menschen wie Viola.

»Also, wo ist der Tote?«, fragte er. Gefühle wie eben waren höchst lächerlich und unangebracht. Er kannte Fräulein Lazansky keine fünf Minuten. Als Beamter blieb man immer ein Fremder, überall, für die meisten Menschen. Als Criminaler erst recht. Und doch! Gerstl mochte dieses Außenseitertum mit einem Mal nicht mehr.

Ein Knall unterbrach seine Gedanken. Schluss mit den sentimentalen Überlegungen. Er musste seinen Dienst tun und hier nach dem Rechten sehen, bevor wer weiß was noch geschah. Rasch blickte er sich um, konnte aber keine weiteren Attacken bemerken. Jemand war zu einem der großen Fenster gerannt und schloss es geräuschvoll. Ach so, der Wind hatte wohl das Fenster zugeworfen. Gerstl suchte sich zu entspannen. Er wies ein paar Kollegen an, das Gebäude zu durchsuchen. Korrekt würde er seinen Dienst tun, jawoll, und dann alles zu einem guten Ende bringen.

Hoffentlich würde sich der Todesfall wenigstens mit natürlichen Ursachen erklären lassen. Nach den Gesten des Arztes zu schließen, brauchte Gerstl sich darauf allerdings keine Hoffnungen zu machen. Die Pendeluhr in dem großen Salon schlug zehn Uhr. Wenn er Pech hatte, würde er bis über seinen Dienstbeginn am nächsten Morgen hinaus hier beschäftigt sein und überhaupt nicht zum Schlafen kommen.

»Kollege?« Thomas Stauner, sein jüngerer Mitarbeiter vom Criminalgericht, schob sich an Gerstl heran. »Sieh dir mal diesen Zettel an. Er lag unweit des Toten.«

»›Libertas Bohemia‹«, las Gerstl laut. Er runzelte die Stirn. »Ein Flugblatt?«, wandte er sich an Stauner. »Aber ich verstehe kaum Latein. Das ist doch Latein, oder?«

»Ja. Das bedeutet etwas wie Freiheit und Böhmen.«

Gerstl überlegte. »Freiheit für Böhmen? Etwas daran kommt mir bekannt vor.«

»So ähnliche Flugblätter hatten wir bereits öfter, das weißt du doch?«

»Ja, ja, seitdem die Slavia im Sperl-Gebäude zusammengekommen ist und dieser Kongress getagt hat. Und erst recht seit dem Aufstand in Prag. Das weiß ich wohl. Aber dennoch ...«

Stauner überlegte. »Die anderen Flugblätter waren allerdings in deutscher Sprache gehalten. Ob es da einen Zusammenhang gibt?«

»Das müssen wir herausfinden. Wenn es denn mit dem Todesfall hier zusammenhängt.«

»Das ist anzunehmen, meinst du nicht auch, Kollege?« Stauner blickte Gerstl in seiner offenen Art an. Der Kollege war ein begabter und aufstrebender Criminalist, dem die Müdigkeit noch nicht so in den Knochen saß wie Gerstl.

»Na so was.« Ein Student versuchte, einen Blick auf das Flugblatt zu werfen. »Jetzt hat sich dieser Fiesling sogar mit den Czechen eingelassen.«

»Unglaublich«, warf eine Frau ein, die sich ein blutrot eingebundenes Buch an den Leib presste. Stimmen erhoben sich, immer mehr Menschen drängten näher.

Gerstl winkte ein paar Uniformierten und wies sie an, den Platz rund um den Toten gegen die schaulustigen Gäste zu sichern.

»Ein solches Flugblatt kann, so fürchte ich, nichts Gutes bedeuten«, wandte sich Gerstl leise an Stauner.

»Das glaube ich auch. Sieht nach Mord aus.«

»Nach politisch motiviertem Mord, unter Umständen.«

Stauner seufzte. »Und ich ahne jetzt schon, dass ein solcher Verbrecher mit einem Toten nicht genug haben wird.«

»Als hätten wir nicht so schon zu viele Todesopfer in Wien.« Gerstl dachte an die Märzkämpfe, bei denen auch sein Freund Philipp unter den Verletzten gewesen war. Damals hatte sich der Feuerwehrkommandant vor der Hofburg geweigert, die Kanonen auf das Volk abzufeuern. Dennoch hatte es Tote gegeben, die man danach in aller Ehre begraben hatte. Hoffentlich ging es wenigstens Philipp besser. Gerstl wollte ihn endlich einmal wieder besuchen.

Doch zunächst musste er seine Befragungen hier durchführen. Er würde sich von der Dame des Hauses zunächst die Gäste beim Namen nennen lassen. Unwillkürlich lächelte er bei diesem Gedanken. Doch als er sich umdrehte, war Viola Lazansky verschwunden.

# 5

*Wien, Innere Stadt, 9. August 1848*

Wieder drängte sich das Dienstmädchen der Lazanskys durch die Menge. Auf Gerstl wirkten die Bewegungen der jungen Frau seltsam eckig, weil ihr rechtes Bein ein wenig weiter ausholte als das andere. Was für eine linkische Person. Es fehlte nicht viel, und er wäre ihr zu Hilfe geeilt. Ihre Hand zitterte so sehr, dass die Gläser auf dem Tablett klirrten. Es sollte wohl Zitronenwasser sein, was sie servierte, daneben Punsch. Etwas seltsam an einem heißen Sommerabend, aber bitte, bei so einem Vorfall … Wenn diese verwirrte Seele das alles selbst zubereitet hatte, würde er lieber nicht davon kosten. Gerstl musterte die junge Frau genauer: Nein, diese Göre konnte nicht das Dienstmädchen sein, das er zuvor gesehen hatte, er hatte ein hervorragendes Personengedächtnis. Außerdem hatte die Frau, die er suchte, blonde Haare.

Auch einige andere Gäste im Raum sahen das Hausmädchen misstrauisch an. Dieses schien seine Umgebung jedoch gar nicht wahrzunehmen und blickte nur immer wieder schniefend zur Leiche hin, dabei bot sie völlig unkonzentriert die Getränke von ihrem Tablett an. Ihr Verhalten erinnerte Gerstl an den Tod eines Freundes, den er beim Militär kennengelernt hatte. Noch in der Ausbildung war er bei einem Schusswechsel ums Leben gekommen. Das Dienstmädchen erinnerte Gerstl an das Gefühl eines unnötigen und vermeidbaren Verlusts, das er seitdem mit sich herumtrug. Auch deswegen war er Criminalist geworden. Sie rührte Gerstl, diese junge Frau, die erst fünfzehn oder sechzehn Jahre zählen mochte. Dazu ihr gebrochenes Deutsch, während sie die Gäste ansprach. Wahrscheinlich war sie aus den Kronländern auf die Reise geschickt worden in Richtung Hauptstadt, aus einem böhmischen Dorf vielleicht oder aus der ungarischen Ebene. Er stellte sich ein Mütterchen vor, irgendwo im Karst Istriens, das auf die Rückkehr der Tochter wartete. Die Tränen saßen dem Dienstmädchen locker, sehr locker, ihre Augen glitzerten und sie schniefte immer wieder leise. Wie leicht man in dem Alter zu beeindrucken war, Gerstl erinnerte sich melancholisch daran.

Gerstl folgte dem Dienstmädchen. »Ich möchte mich mit der Dame des Hauses unterhalten«, sprach er es an.

Sie sah überrascht auf. »Ja? Ich nicht weiß«, stotterte sie, dabei strich sie wie abwesend über den schwarz glänzenden Stoff ihres Kleides mit der weißen Schürze. Zumindest passte ihr die Dienstkleidung, wenn auch der Stoff billig wirkte und etwas derangiert, aber das mochte von dem Geschehen verursacht sein. Viele Herrschaften gaben ja ihren häufig wechselnden Dienstmädchen immer dasselbe Kleid zu tragen, ob es nun passte oder nicht. Als Dienstbotin hatte es die junge Frau hier wohl halbwegs gut getroffen. Sie blickte aus verquollenen Augen zu Gerstl auf, der sie um einen guten Kopf überragte.

»Ich weiß nicht, wo Herrschaft … tut mich leid.«

Er nickte ihr zu. Dann musste er eben andere zuerst befragen. Als er sich umdrehte, hatte sich etwas in dem Salon, in dem der Tote gefunden worden war, verändert, ganz unmerklich und doch wahrnehmbar. Gerstl konnte nicht sagen, was es war. Immer noch redete die unüberschaubare Menge laut durcheinander. Der Tote lag wie zuvor am Boden. Auch der gleiche stickige Geruch lag immer noch in der Luft.

Dann also Befragungen der Zeugen. Gerstl stöhnte innerlich, so viele Menschen waren hier versammelt. Und sie waren natürlich zu wenige Beamte. Das änderte sich nie.

Ein Herr mit grauen Schläfen und im grauen Frack trat auf ihn zu. Gerstl kannte den Hausherrn, Ferdinand Lazansky handelte in der ganzen Monarchie erfolgreich mit seinen exquisiten Stoffen. »Sie sind der leitende Criminalbeamte?«

Er nickte und verbeugte sich knapp. »Franz Gerstl ist mein Name.«

»Sie brauchen sicher einen Raum für Ihre Befragungen, nicht wahr?«

Wieder nickte Gerstl.

»Kommen Sie mit, ich zeige Ihnen den Damensalon. Dort sind Sie ungestört.«

Gerstl ließ sich von Lazansky zu einem etwas abgelegenen, kleineren Raum führen, der mit einer hellblauen Blümchentapete ausgestattet worden war. »Danke«, sagte er, und der Seidenfabrikant verließ den Raum wieder.

Um einen runden Tisch gruppierten sich mehr Sessel, als er brauchen würde, die Lehnen waren in Lyraform gearbeitet. Die blitzblauen Sitzflächen zierten weiße Ziernägel, ein hübscher Kontrast. Gerstl mochte schöne Dinge, auch wenn er sich nicht sehr oft eine solche Anschaffung leisten konnte. An der Seite beim Fenster stand neben einem gemütlichen Sofa ein Korb mit Handarbeiten, aus dem ein paar Wollknäuel quollen, eine Stricknadel war aus dem Korb gefallen. Gerstl musste kurz grinsen. Unter einigen Pflanzenzeichnungen an der Wand zwischen den Fenstern stand eine Vase mit echten Blumen. Aufgeschlagen daneben lag ein Buch, auf dem Titelblatt eine pikante Zeichnung. Die Dame des Hauses las also gerne frivole Romane, sieh an. Doch Gerstl hatte auch seine Geheimnisse, genehmigte er sich doch für sein Leben gern die Lektüre Jane Austens. Auch das musste niemand wissen.

Er hörte Schritte und wandte sich um. Als Ersten brachte Kollege Stauner einen der lauten Nationalgardisten von vorhin herein. Widerspenstig blieb der große, grimmig dreinblickende Kerl in der Tür stehen und rupfte an seiner blauen Jacke. Blau, immer wieder Blau.

»Was bilden Sie sich ein?«, rief der Mann. »Wollen Sie wieder einen Polizeystaat errichten? Jetzt, wo Metternich endlich weg ist?«

»Bitte, kommen Sie herein. Es geht nur um Ihre Zeugenaussage.« Gerstl straffte sich und bedeutete seinem Gegenüber, Platz zu nehmen. Der trat von einem Bein auf das andere, als wolle er noch etwas hinzufügen, überlegte es sich dann aber offenbar anders und setzte sich.

»Was ist jetzt?«, stieß er hervor. »Sie wollen etwas von mir wissen? Dann legen Sie los.« Dabei tastete der Mann nach der Waffe.

»Wie lautet Ihr Name?«, fragte Gerstl, als der Gerichtsschreiber Konstantin, ein junger Bursche, der für alles unendlich viel Zeit zu haben schien, endlich seine Utensilien bereitgelegt hatte. »Wo geboren? Familienstand? Religion?«

Der Schreiber hielt abwartend die Feder in der Hand.

»Miroslav Krahulin. Ich bin gebürtig aus Brno. Ledig und katholisch.« Widerwillig spuckte er ein Wort nach dem anderen aus, als müsste er es hervorwürgen. Beim Wort »katholisch« wurde sein Tonfall verächtlich.

»Brno, also Brünn, so, so.« Gerstl musterte den Mann. Er sprach einigermaßen ordentlich Deutsch. Sonst hatten die Böhmen alle ihre Schwierigkeiten, vor allem mit den Umlauten, wie Gerstl noch von seinem Vater wusste. Er selbst hatte die Sprache des Vaters nur bruchstückhaft erlernt, schließlich war er in eine der üblichen Schulen hier in Wien gegangen. Der Mann vor ihm jedenfalls schien die deutsche Sprache besser zu beherrschen als unter seinen Landsleuten üblich.

»Von Brünn ist es nicht allzu weit nach Prag. Waren Sie zufällig in der letzten Zeit in der böhmischen Residenzstadt, Herr Krahulin?«

»Nein.« Der Blick des Mannes glitt zum Schreiber, dann wieder zurück zu Gerstl.

»Wo waren Sie, als der Aufstand in Böhmen von Windisch-Graetz niedergeworfen wurde?«

Krahulin zögerte kurz, als würde er nicht gleich verstehen. »Bei meiner Mutter. Sie lebt … in einer kleinen Hütte, am Stadtrand von Brünn.«

»Nun, wir haben neben dem Toten hier ein Flugblatt mit einer böhmischen Losung gefunden. Libertas Bohemia – sagt Ihnen das was?«

Krahulin fuhr sich mit beiden Händen übers Gesicht, dabei rutschte er unruhig auf dem Sessel umher. Ein seltsamer Geruch wehte mit einem Mal zu Gerstl herüber, irgendwie chemisch, auch wenn er nicht sagen konnte, was es war.

»Nein. Soll das Latein sein?« Krahulin faltete die Hände vor seiner Brust.

»Sieht so aus.«

»Ich spreche kein Latein.« Der Mann konzentrierte kurz seinen Blick auf die Tür, dann schüttelte er sich.

»Freiheit für Böhmen, lautet die Botschaft übersetzt auf Deutsch.« Gerstl ließ Krahulin nicht aus den Augen.

»So? Und was habe ich damit zu schaffen?«

»Hm, hm«, machte Gerstl.

»Fragen Sie doch diese neunmalklugen Studenten. Wahrscheinlich stammt die Losung von ihnen!« Krahulin schlug mit seiner großen Hand auf den Tisch. »Mit mehr Auskunft kann ich nicht dienen.«

Gerstl sah ihn streng an. »So? Was machen Sie in Wien, Herr Krahulin?«

»Arbeiten.«

»Aha. Wo? Und lassen Sie sich doch bitte nicht alles aus der Nase ziehen.«

»Wie bitte? Ich verstehe nicht.«

»Was und wo arbeiten Sie?«

»Hausdiener einer herrschaftlichen Familie.«

»Deren Name?«

»Tut nichts zur Sache, ich bin dort nicht mehr in Diensten.«

»Ach, das ist ja interessant. Wie kam es zu Ihrer Entlassung?«

Krahulin schwieg sich eine Weile aus, sodass Gerstl fast die Geduld verlor. Da sagte Krahulin endlich: »Wie es eben so passiert. Man war mit meinen Diensten nicht mehr zufrieden.« Die kehlig hervorgestoßenen Konsonanten machten seine Stimme hart.

»Aha. So, so. Jetzt ist es aber angebracht, dass Sie den Namen Ihrer früheren Dienstgeber nennen!«, donnerte Gerstl ohne Vorwarnung, dass sogar der Schreiber zusammenzuckte.

»Muss das sein?«

Gerstl nickte.

Krahulin machte einen tiefen Seufzer. »Gut, aber bitte, lassen Sie mich deswegen ungeschoren. Ich bin dort nicht gerade im Frieden geschieden.«

»Das dachte ich mir schon. Aber es tut im vorliegenden Fall nichts zur Sache. Nehme ich an. Sie waren doch nicht …«

»… kriminell? Natürlich nicht. Sie werden meine Vorsicht gleich verstehen. Es handelte sich um die Familie Schamutzki.«

»Schamutzki, so, so?« Mit der Familie des russischen Gesandten war nicht zu spaßen, das wusste jeder in der Stadt. Das aufbrausende Temperament des Familienoberhauptes war weit und breit berüchtigt, sogar die Polizey hatte schon beschwichtigend einschreiten müssen, wenn der Hausherr wieder einmal Drohungen ausgestoßen hatte.

»Was haben Sie heute Abend beobachtet, Herr Krahulin?«

»Nichts, gar nichts. Nur das, was alle gesehen haben.« Ein listiges Grinsen stahl sich in die Augen von Gerstls Gegenüber. »Moment, eine Sache war da noch. Eine Frau, mehr ein Mädchen noch, hat sich mit Weber vor dem Tor getroffen. Die beiden sind etwas abseits beisammengestanden, während ich darauf gewartet habe, eingelassen zu werden. Die beiden haben sich in den Schatten des Hauses gedrückt, es war sehr merkwürdig. Ich habe genau aufgepasst und tatsächlich, sie hat ihm etwas in die Hand gedrückt. Eine Botschaft oder einen Liebesbrief vielleicht?«

»Aha.« Gerstl wandte sich an den Schreiber. »Sie haben das notiert?«

»Jawoll, Herr Criminalrat.« Konstantin nickte etwas zu unterwürfig.

Einen Liebesbrief hatte man beim Toten seines Wissens nach nicht entdeckt. Vielleicht hatte es sich bei der Botschaft doch um das Flugblatt gehandelt? Aber nur ein Exemplar davon zu verteilen war merkwürdig.

»Herr ... Gerstl, ja?« Krahulin rieb seine Hände aneinander, sodass ein leise schabendes Geräusch entstand. »Vielleicht fragen Sie einmal an der Universität den Professor Fiala. Er spricht gut Latein. Und die böhmischen Studenten schwärmen von ihm. Vielleicht kann er Ihnen helfen.«

»Weiß Ihr Fürst eigentlich von Ihren Umtrieben, Herr Krahulin?«

»Aber ich bin doch nicht –«

»Schon gut. Der Fürst Schamutzki ist ja nicht mehr Ihr Dienstherr. Ein Russe hätte wahrscheinlich sogar Verständnis für die Angelegenheiten der Slawen.« Gerstl konsultierte kurz die Notizen seines Schreibers. »Noch einmal zu Ihrer Beobachtung vor dem Haus. Wissen Sie, wer die Frau war? Haben Sie sie erkennen können?«

»Es war ziemlich dunkel, selbst für einen Sommerabend. Die Gaslaternen leuchten nicht alles aus. Die Frau hatte sich noch dazu eine Kapuze tief ins Gesicht gezogen. Und sie schien etwas schlecht zu Fuß zu sein, aber das können auch Schatten gewesen sein. Ich habe sie nur kurz gesehen, Weber hingegen habe ich erkannt, an seinen grauen Locken. Dazu der edle Stoff seiner Kleidung, Goldbrokat. Weber hat sich immer gebrüstet, nur Kleidung aus heimischer Werkstatt zu tragen. Die Böhm' mit ihrer Schneiderei ihm können gestohlen bleiben, er hat gesagt.«

»Sie kannten Weber?«

»Ja.«

»Woher?«

»Er war zumal bei meiner Herrschaft zu Gast.«

»Nun, wir werden das alles natürlich überprüfen. Ich habe noch eine andere Frage. In welcher Beziehung stehen Sie zu den Gastgebern hier?«

»In gar keiner. Mein Freund Jaroslav Munčik hat mich mitgebracht. Er ist ...«, Krahulin zögerte einen Moment, wie um das richtige Wort zu suchen. »Er ist Student und gehört der Akademischen Legion an. Er kennt die Dame des Hauses. Woher, weiß ich nicht.«

»Sie sind mit einem Studenten befreundet, Herr Krahulin?«

»Warum nicht? Wir sind Landsleute, wir stehen zusammen.«

»Aha. Nun gut. Das war's für den Moment. Sie können gehen, Herr Krahulin. Lassen Sie beim Schreiber Ihre Wohnadresse, bitte. Warten Sie, einen Moment noch, wie sieht Ihr Freund aus, dieser ...«

» Munčik? Ich zeige ihn Ihnen.«

Gemeinsam verließen sie den Damensalon und gesellten sich zu den anderen.

»Nanu«, Krahulin kratzte sich am Kopf, »ich kann ihn nicht entdecken. Sie müssen ihn später suchen. Er hat schwarze Haare und ist etwas kleiner als ich. Sie werden ihn schon finden.«

Gerstl ließ Krahulin ziehen und seinen Blick über die Menge schweifen. Einen Moment blieb er in der offenen Tür stehen, dann ging er zurück in den Damensalon und öffnete ein Fenster. Er atmete tief durch. Mit Daumen und Zeigefinger rieb er wieder seine Nasenwurzel. Diese ewige Müdigkeit. Gleichzeitig ließ ihn das Gehörte nicht zur Ruhe kommen, so war das immer bei einer neuen Ermittlung. Die ersten Informationen waren die wichtigsten. Rasch nahm er seinen Notizblock und warf seine ersten Überlegungen in Stichworten aufs Papier. Er musste herausfinden, welche Verbindung zwischen Stanislaus Weber und der Familie Schamutzki bestand. Und dann war da noch die geheimnisvolle Frau, die Weber eine Botschaft übergeben haben sollte. Unwillkürlich trat das Dienstmädchen, dessen Beine ungleich lang zu sein schienen, vor Gerstls inneres Auge. Vielleicht hatte sich die junge Frau mit dem späteren Todesopfer getroffen.

Er klappte seinen Block zu und bedeutete der nächsten Zeugin, die Stauner hereinführte, sich zu setzen. Es war die Rotgewandete, die sich noch immer nicht von ihrem Büchlein trennen wollte. Sie beklagte sich schwer darüber, dass sie gegen ihren Willen hierbleiben musste. »Die neuen Freiheiten …«, setzte sie an, aber Gerstl winkte ab.

»Ich mache meine Arbeit, so gut ich kann«, sagte er und sie nickte. Was er nicht sagte: Hoffentlich genügte das in diesem heiklen Fall mit so vielen teils prominenten Zeugen, wie er ahnte. Er wandte sich der Zeugin zu.

»Wie lautet Ihr Name, Madame?«

»Hagenberg«, sagte sie, »Elisabeth Hagenberg. Sie haben sicher von meinen Büchern gehört.« Sie sah ihn wartend an und drapierte dabei die roten Stoffbahnen ihres Kleides um die geschwungenen Sesselbeine. Dumm nur, dass er auf diese Weise den zerrissenen Saum ihres Rockes deutlich zu sehen bekam.

# 6

*Wien, Innere Stadt, 9. August 1848*

Marte war über den Keller in eine der verlassenen Dienstbotenkammern geflüchtet und wartete dort ab, bis Ruhe im Haus einkehrte. Als sie keine Stimmen mehr hören konnte, schlich sie endlich hinunter. Dafür war sie wieder in ihren Gehrock geschlüpft. So gewandet, machte sie sich auf die Suche nach Viola und fand sie in einem ganz in Blau gehaltenen Salon. Die Freundin hatte sich ebenfalls umgezogen und trug jetzt ein lose fallendes Kleid aus hellblauer Seide.

»Puh, endlich bin ich das Korsett wieder los«, hörte Marte sie murmeln, da sah Viola auf und bemerkte sie. »Es ist kaum zu ertragen, aber was soll ich machen, wenn die Mode es vorschreibt.« Sie ließ sich erschöpft auf eine Chaiselongue fallen und schob eine aufgeschlagene Zeitung zur Seite. Auf dem Titelblatt gewahrte Marte das Konterfei von Anna Plochl, der bürgerlichen Gemahlin Erzherzog Johanns. »Die Postmeisterstochter, eine anspruchslose, demütige, gütige Frau, die Frau des Reichsverwesers«, stand darunter. »Möge sich manche Dame an ihr ein Beispiel nehmen.«

»So ein Blödsinn«, murrte Marte. »So was liest du?«

»Schön, dass du da bist, du Liebe«, rief Viola und zog die Freundin zu sich in die Polster, sodass die Zeitung raschelte.

»Schsch, leise.« Marte sah sich nach allen Seiten um.

»Alle anderen sind gegangen, Liebe«, antwortete Viola, »auch die Criminalbeamten. Du kannst dich entspannen.« Etwas zu laut kichernd befummelte sie Martes Gehrock. »Mein lieber Schwan, Herr Berends, feine Garderobe ist das.«

Marte fand Violas Verhalten lächerlich. »Lass das«, sagte sie leise und schob die Hand der Freundin weg.

Viola zuckte mit den Schultern. »Puh, was für eine Soiree …« Unerwartet zeigte sich Müdigkeit in ihrer Miene. Marte bekam eine Ahnung davon, wie die jüngere Freundin in einigen Jahren aussehen mochte. Sie lockerte den obersten Hemdknopf. Herrenkleidung hatte nicht nur Vorteile. »Meinst du, die Criminalbeamten haben schon einen Verdacht, wer der Mörder war?«

»Mörder? Du bist gut. Noch steht nicht einmal fest, dass es Mord war, oder?« Viola strich über den Stoff ihres Kleides.

»Man könnte ihm irgendein Gift verabreicht haben, meinte doch dieser Professor Škoda.«

»Stimmt. Škoda ist ein kluger Mann. Aber Weber könnte auch selbst zu viel von einer Arznei genommen haben.« Nachdenklich wiegte Viola den Kopf. »Vielleicht ist er ja im Krieg verletzt worden. Irgendeine Überdosis … was weiß ich.«

»Hm«, machte Marte, »du hast Weber doch auch gekannt.« Sie nippte an einem Glas Wasser. Es war immer noch heiß, trotz des Gewitters. Die Luft fühlte sich stickig an. Jemand sollte das Fenster öffnen, aber sie war zu müde, um aufzustehen.

»Aber nicht so gut wie du.« Viola sah Marte an.

»Warum war Weber dann heute hier?«

»Ich weiß es nicht. Jemand muss ihn mitgebracht haben, ich hätte ihn jedenfalls nicht eingeladen. Ich bin Weber nur flüchtig begegnet. Wie man sich so kennt, wenn man in derselben Stadt lebt. Gegen unsere Seidenfabrik hat er halt intrigiert, weil ein Teil der Familie aus Böhmen stammt.«

»Aber deine Mutter war doch Wienerin.«

»In der Tat.« Violas Augen glänzten verdächtig feucht, sie zwinkerte heftig. »Nur das interessiert solche Leute selten.«

»Du vermisst sie immer noch.«

»Natürlich. Dabei ist sie schon sieben Jahre tot.«

Sie schwiegen. Marte fielen fast die Augen zu, bis sie merkte, dass Viola in ihren Haaren spielte. Entspannend war das.

»Es ist seltsam«, sie setzte sich auf, und Viola schenkte ihr einen schwer deutbaren Blick, »dass ein kaisertreuer Mann wie Stanislaus Weber heute ausgerechnet bei dir zu Gast war. Du unterstützt doch die Revolution. Hat er sich so gewandelt?«

»Er war auf Geschäfte aus, das habe ich von vielen Künstlern gehört. Seit die Censurbehörde aufgelöst war, hat er sich allen als Verleger aufgedrängt. Du hast doch selbst gehört, wie die Leute reden. Weber war ein Mann ohne Ideale, ohne echte Ideale. Bedauernswert.«

»Meinst du?«

»Sein Herz hat nur für einen Sack voll Gulden gebrannt. Und für die Macht. Wo Geld und Macht waren, war auch Weber. Ich denke ...« Ein Knarren ließ Marte herumfahren.

Viola legte ihr beruhigend den Arm um die Schultern. »Keine Angst, das ist nur der Wind.«

»Bist du sicher?«

Viola nickte. »Na gut. Dann warten wir ab, was der Leichenfledderer über den Toten sagt. Die Gerichtsmedizin ist bekanntermaßen sehr eifrig in Wien.«

»Die Wiener medizinische Schule hat aber auch viele Erkenntnisse gewonnen.« Marte ließ sich weiter nach hinten sinken, um ihren schmerzenden Nacken zu entspannen. »Das weiß ich von meinem Cousin Rudolph. Die Beamten werden schon auftauchen, wenn sie dich oder mich verdächtig finden.«

»Dann halten wir aber beinhart zusammen, nicht wahr, mein Herr?« Viola umschlang die Freundin mit ihren Armen. Marte ließ es geschehen. Sie fühlte sich so verstanden wie lange nicht mehr. Nur dieses scheußliche Ereignis, dieser Todesfall, überschattete ihr Wiedersehen.

»Dieser Gerstl war ein bissl anstrengend, gell?«, meinte sie.

»Dafür ist er fesch.«

»Fesch, fesch, was hilft mir das? Ich hoff nur, er ahnt nicht, wer ich wirklich bin.« Marte schob Violas Hand weg. So beruhigend es war, wieder bei der Freundin zu sein, jetzt wollte sie ihre Ruhe haben.

Viola blickte verblüfft auf. »Aber es verrät dich doch niemand. Und so richtig vorangebracht haben die Beamten nichts, oder irre ich mich?« Viola beugte sich vor.

»Stimmt. Auch wenn Weber kein sympathischer Kerl war, er war schließlich mein Verleger. So einen Tod wünsch ich niemand. Das muss aufgeklärt werden. Je schneller, umso besser. Bevor noch mein Inkognito auffliegt deswegen. Am besten, ich hör mich ein wenig um. Ich muss sowieso in Webers Verlag, um das Salär für meine Bücher abzurechnen.«

»Ja, ja.« Viola nickte abwesend. Das Dienstmädchen kam eben herein und stellte ein Tablett mit leeren Gläsern am Buffet ab. Kritisch verfolgte Violas Blick Annas Bewegungen. »Was ist eigentlich mit dir los, Anna? Sind diese Gläser überhaupt sauber?«, fragte sie aus der Tiefe der Polsterung heraus.

Das Dienstmädchen knickste hastig. »Natürlich, gnä' Frau.«

Viola sprang schwungvoll auf und nahm ein Glas in die Hand. »Sieht mir nicht danach aus. Wasch sie noch einmal, bitte.«

»Ja, gnä' Frau.«

Viola schüttelte den Kopf. »Was bist du nur für ein Wesen, Anna? Hat dich jemand verhext?«

Die junge Frau schüttelte den Kopf, nahm das Tablett auf und wandte sich in Richtung Rauchsalon.

»Anna, die Küche ist in der anderen Richtung«, begann Viola und fixierte das Dienstmädchen. »Irgendwas stimmt nicht mit dir. Also, heraus mit der Sprache! Ich weiß, es war ein furchtbarer Abend ...«

Anna heulte auf, sie ließ das Tablett sinken, ein paar Gläser rutschten, ehe sie es mit leichtem Klirren wieder abstellte.

»Is sich guter Mann.« Das Dienstmädchen schniefte.

»Meinst du den Toten? Herrn Weber?«, fragte Viola.

Anna nickte. Sie zog die Nase hoch und kramte in den Tiefen ihrer Schürze nach einem Taschentuch. »Is sich schad um ihn«, plärrte sie.

»Anna? So nah geht dir der Tod unseres Gastes, den wir nicht einmal besonders gut kannten?« Viola hatte jetzt den Blick eines unnachgiebigen Forschers. Oder eines Wolfes, der sich von seiner einmal aufgenommenen Fährte nicht mehr abbringen ließ, wie Marte auf ihren Exkursionen mit Georg beobachten hatte können. Kritisch streifte dieser Blick nun die Figur ihrer Dienerin. Die wiederum sah ihrer Herrin nicht in die Augen, sondern stand nur da, den Blick zur Decke erhoben.

»Steh nicht da wie ein Ölgötze«, rief Viola. »Wie siehst du überhaupt aus? Komm her!«, befahl sie. Folgsam, die Augen nun zu Boden gerichtet, näherte sich das Mädchen.

»Hast du zugenommen?«

Anna zuckte mit den Achseln.

Viola zupfte an Annas nur lose gebundener Schürze. »Anna, du bist doch nicht ...?«

»Es ist alles in Ordnung, Madam.« Der Blick der Dienstbotin wanderte unruhig durch den Raum, zur Tür und wieder zurück.

»Das glaube ich nicht. Das glaube ich wirklich nicht. Weißt du, was ich glaube?«

Das Mädchen schüttelte den Kopf.

»Ich glaube, du erwartest ein Kind. Stimmt's? Du warst doch immer sehr schlank, seit du in meinen Diensten bist.«

»Ich«, stotterte die junge Frau, »ich weiß nicht, gnädige Frau.«

»Du solltest zu einem Arzt gehen, Anna«, fuhr Viola fort. »Besser früher als später. Ich werde dir eine Adresse geben. Wer ist der Vater?«

Prompt heulte Anna wieder los. »Ich nicht kann sagen.«

Marte seufzte. »Was ist mit Ihnen, Anna?«, mischte sie sich ein. »Haben Sie vielleicht etwas beobachtet heute Abend, als Stanislaus Weber starb?«

»Nein.« In einer einzigen Bewegung drehte sich Anna um, streifte ein Glas, das klirrend zu Boden fiel, und rauschte hinaus.

»Aber Anna!«, rief Viola, doch da waren nur mehr die Schritte des Mädchens im Gang zu hören.

Viola trat wieder ans Sofa. »Was soll ich mit ihr machen? Nun ja. Morgen ist auch noch ein Tag. Jetzt gehen wir beide erst einmal zu Bett. Du schläfst natürlich in dem hübschen Gästezimmer, das ich für dich hergerichtet habe. Anna wird dir in der Früh mit deinen Sachen helfen. Und ich muss mich endlich um die Entwürfe für die Seidenstoffe der nächsten Saison kümmern. Mein Vater wartet schon sehnlichst darauf.« Sie schüttelte ihre braunen Locken. »Dass er an Geschäftliches denken kann in so einer Zeit.« Sie seufzte. »Und wenn mir das letzte Dienstmädchen schwanger wird, was mach ich dann? Anna hat die neue Freiheit wohl zu wörtlich genommen.«

»Hm«, machte Marte. Sie hatte Viola von Anfang an für ihre freien Reden gemocht. Die Freundin hatte nie ein Blatt vor den Mund genommen, nicht einmal gegenüber dem Personal, selbst dann nicht, als die Censur noch alles beherrscht hatte. Die Dienstboten dankten es ihr mit einem fast freundschaftlichen Verhältnis. Es war für Marte so gut wie undenkbar, dass ein Dienstmädchen etwas getan hätte, dass der Familie Lazansky schaden könnte.

Marte wollte aufstehen, doch ein neuerliches Knarren ließ sie innehalten. »Hast du das gehört?«

Viola lachte. »Entspann dich endlich. Das ist das Wetter, das Gewitter ist noch nicht vorbei.«

»Ja, sicher«, setzte Marte an. »Wir sind alle überreizt.«

Wieder ein Knarren, lauter diesmal, näher. Marte sah sich vorsichtig um.

Eine raue Stimme war zu vernehmen: »Sind alle weg?« Und dann schob sich etwas Längliches, Metallisches von hinten in ihr Blickfeld. Marte schrie.

# 7

*Wien, 9. August 1848, nachts*

Nachdenklich entfernte sich Franz Gerstl vom Palais Lazansky Richtung Schottenkloster. Er hatte von keinem weiteren Zeugen mehr darüber erfahren, wer die Frau gewesen sein mochte, die Weber vor dem Tor getroffen hatte. Im Dunkel der Nacht, das in den Nebengassen kaum erhellt wurde, atmete er tief durch. Jetzt nichts wie heim! Er hätte nach getaner Arbeit große Lust auf ein Pfeifchen gehabt, doch das Rauchen war nun einmal wegen der Brandgefahr in der Öffentlichkeit verboten. Als Criminalbeamter musste er wohl mit gutem Beispiel vorangehen – auch wenn sich die revolutionären Studenten nicht daran hielten.

Während Gerstl noch seinen Gedanken nachhing, hörte er Schritte hinter sich. Nahe Schritte, die hinter ihm verstummten. Nur noch ein leises Keuchen war da. Gerstl ging betont langsam weiter. Die Schritte blieben hinter ihm. Er bog an der nächsten Ecke ab und drückte sich, einer Eingebung folgend, in ein Haustor, dabei wandte er seinen Blick nicht von der Straße ab. Eine große, leicht gebeugte Gestalt kam ebenfalls um die Ecke – und blieb suchend stehen.

Flach atmend wartete Gerstl, bis sich der Unbekannte zu ihm drehte. Das Profil … auch wenn sich der Mann seinen Mantelkragen hoch bis zu den Ohren gezogen hatte … Gerstl war sich sicher, es war dieser Krahulin. Interessant. Nach einigen unschlüssigen Momenten ging der Mann langsam weiter, dabei verweilten seine Blicke suchend auf jedem Haustor und jedem Winkel.

Ein Glück, dass er ihn nicht bemerkt hatte. Gerstl beschloss, den Spieß umzudrehen. Leisen Schrittes folgte er nun dem Mann aus Böhmen. Vielleicht würde er so auch den Freund von Krahulin treffen, diesen Munčik, von dem jener gesprochen hatte und der nicht mehr bei den Lazanskys aufgetaucht war. Sie durchquerten knapp hintereinander verwinkelte Gassen, während sich der Mann ab und zu umdrehte. Gerstl mobilisierte trotz der schwülen Luft all seine Kräfte, das Jagdfieber hatte ihn gepackt, und er ließ seinen Verdächtigen nicht aus den Augen.

Als sie die Kirche am Hof passiert hatten, näherte sich Krahulin einem Souterrainfenster und klopfte in einem bestimmten Rhythmus. Zweimal langsam, dann dreimal schnell. Kurz darauf vernahm Gerstl ein Klappen, und Krahulin war verschwunden. Der Criminalbeamte rieb sich die Augen. Ausgerechnet hier war es düster, die einzige Straßenlaterne befand sich viel zu weit weg. Er rannte auf das Gebäude zu. Gerade noch hörte er eine Tür ins Schloss fallen, die in dieser finsteren Ecke kaum zu sehen war. Das Geräusch kam von der linken Seite. Aha, ein kleiner Durchgang in einen engen Pawlatschenhof, der von einer einzelnen kleinen Funzel notdürftig erhellt wurde. Von dort führte eine schmale Tür ins Innere des Hauses. Gerstl rüttelte daran. Verschlossen. Er klopfte und wartete ungeduldig.

Von einem Moment zum anderen schwang das Türchen von innen auf und traf Gerstl so heftig im Gesicht, dass er rückwärts taumelte. Seine Nase schmerzte, der Türgriff hatte ihn hart am Bauch erwischt. Einen Moment verschwamm alles vor seinen Augen. Undeutlich vernahm Gerstl mehrere Stimmen, doch er verstand die Worte nicht. Sein Blick fiel auf ein kleines Schild neben der Tür: »Böhmischer Studenten-Turnverein«. Ein czechischer Klub also, schau an. Was dahinterstecken mochte, musste er noch herausfinden. Hinter der Tür sah er stapelweise Schriftwerke am Boden liegen. Gerstl schluckte ein paarmal, hielt sich den Kopf und trat näher.

*»Kdo je tady? Miroslav, copak chceš?«*

Was willst du hier? So viel verstand Gerstl gerade noch. Mit einem Mal bedauerte er, die böhmische Sprache nur rudimentär zu beherrschen. Während er überlegte, was er tun sollte, tauchte Krahulin wieder auf.

»Was machen Sie hier?«, fuhr er Gerstl an.

»Und Sie?«

»Ich? Kann ich nicht gehen, wohin ich will?«, raunzte der Mann mit hartem Akzent.

»Geben Sie Antwort, bitte. Sie behindern ansonsten meine Ermittlungen.«

»Ich treffe mich mit meinen Landsleuten. Wir helfen einander in Notsituationen. Wie Sie wissen, ich bin derzeit ohne Stellung.«

»Studenten helfen einem wie Ihnen?«

»Landsleute, das sagte ich doch. Wir halten zusammen.«

»Ach. Und was ist das hier?« Gerstl tippte mit der Schuhspitze die Schriften an, die gestapelt und zusammengeschnürt im Eingangsbereich lagen. »Sieht mir nach Flugblättern aus. Öffnen Sie ein Paket, bitte, oder muss ich mich selbst darum kümmern?«

»Warum stehen Sie uns Böhmen so feindlich gegenüber? Wir haben Ihnen nichts getan. Wir sind friedliche Zeitgenossen.«

Hinter Krahulin waren unmerklich weitere Männer aufgetaucht.

»Das hier ist der böhmische Studentensportverein in Wien«, fügte ein ziemlich großer Mann hinzu.

»Und so ein Verein hilft einem stellungslosen Diener?«

»Wieso sollten wir das nicht tun? Wir alle stammen aus dem Land Böhmen.«

»Freiheit für Böhmen!«, rief einer, andere setzten ein, die Stimmen hallten in der nächtlich stillen Straße.

Ein Fenster wurde über ihnen geöffnet. »Ist da jetzt endlich eine Ruh!«, schimpfte jemand mit tiefer Stimme. »Immer dasselbe! Anständige Leut müssen morgen früh aufstehen und arbeiten.«

»Ja, ja, schon gut«, rief Krahulin nach oben. Dann blickte er Gerstl böse an. »Und Sie? Was wollen Sie hier?« Sein Akzent hörte sich noch härter an als zuvor.

»Wo ist eigentlich Ihr Freund Munčik? Ich habe ihn nicht mehr angetroffen, obwohl wir Anweisung gegeben haben, dass niemand das Haus verlässt.«

»Bin ich der Hüter meines Freundes?« Krahulin stemmte die Arme in die Seiten.

»Nun, dann öffnen Sie jetzt wenigstens dieses Paket Flugblätter. Ich will sehen, was darauf steht. Vielleicht finde ich gar etwas über diese Libertas Bohemia?«

»Wie bitte?«

»So machen Sie schon, bitte.«

»Wir haben Meinungsfreiheit, schon vergessen?«, fuhr einer der anderen Männer auf, die sich zwischen Gerstl und dem Durchgang zur Straße aufgebaut hatten. »Wir können drucken, was wir wollen.«

»Natürlich.« Gerstl nickte und wollte fortfahren, doch die Worte blieben ungesagt. Bevor ihm aufging, was geschah, spürte er einen harten Schlag auf seinem Hinterkopf. Dann gaben seine Beine nach, obwohl er sich dagegen wehren wollte. Und er fiel, fiel immer weiter, ruderte mit seinen Armen, um Halt zu suchen, fand keinen. Ein höllischer Schmerz im Knie durchzuckte ihn, als er auf dem Straßenpflaster landete. In der Ferne verschwand eine Frau mit weit schwingenden Röcken, deren Farbe er in der Dunkelheit nicht erkennen konnte. Sie erinnerte ihn an jemanden, ohne dass ihm einfallen wollte, an wen. Sie wirkte wie ein verschwommenes Spiegelbild …

# 8

*Wien, 9. August 1848, nachts*

Marte schrie auf. Das hinter ihr war der Lauf einer Waffe. Einer Pistole, um genau zu sein. Sie rührte sich nicht, ebenso wenig wie Viola.

»Sie sind doch weg, alle?«, knarzte die Stimme wieder, hart wurden die einzelnen Worte hervorgestoßen. Mit einem irgendwie eckig anmutendem Akzent, registrierte Marte. Sie hielt den Atem an, drehte sich vorsichtig um. Da sagte Viola gelassen: »Ja, die Luft ist rein, Jaroslav, komm nur.«

»Wirklich?« Munčik, der Revolutionär von vorhin, schloss eben eine Tapetentür hinter sich, die Marte zuvor nicht aufgefallen war. Sie hatte eigentlich gedacht, dass sämtliche Gäste das Haus verlassen hatten, nachdem die Erlaubnis dazu von den Criminalbeamten gekommen war. Jetzt musterte sie Munčik genauer. Er sah gar nicht so übel aus. Ohne den fanatischen Ausdruck wirkte sein Gesicht freundlich, nur seine Augen wanderten rastlos durch den Raum.

»Jaroslav? Alles in Ordnung?« Über Violas Gesicht huschte ein Ausdruck von Besorgnis. Munčik nickte vage und ließ die Waffe sinken.

Marte atmete tief durch. Sie fühlte sich wieder wie elektrisiert, so geheimnisvoll, wie die Dinge standen, war sie begierig darauf, zu erfahren, was hier gespielt wurde. Der eigenartige Revolutionär machte es sich in einem Lehnstuhl gemütlich. Spuren von Schweiß, aber auch von Schmutz verunzierten sein Gesicht, als er sich durch den Bart strich. Viola blickte ihn neugierig an.

»Hast du etwas zu trinken für mich, Liebe?«, wandte er sich an die Dame des Hauses.

»Natürlich.« Viola nickte und zog an der Klingelschnur, die an der Wand hinter ihr, direkt neben dem Sofa, angebracht war. Munčik beantwortete Violas leidenschaftliche Blicke mit der Kühle eines grünen Eismeers.

»Was ist mit Ihnen?«, fragte Marte höflich. Lieber die Sache voranbringen, freundlich, aber bestimmt. Lieber das, als noch eine Eiszeit lang hier zu sitzen bei diesen beiden Turteltäubchen, zwischen denen sie sich überflüssig vorkam. Ihr war nicht ganz klar, was Viola an dem Böhmen fand, aber bitte. Ob der Mann überhaupt an ihr interessiert war?

»Ich … ähm …«, stotterte Munčik. »Die Polizey und ich … sie verhaften uns Böhmen gern, wissen Sie.« Er drehte seine Waffe unruhig in den Händen hin und her.

»Sie halten euch alle für Diebe«, murmelte Viola. »Es ist erschreckend. Aber sei so lieb und leg die Pistole zur Seite, ja?«

»Natürlich.« Munčik öffnete wie spielerisch die Trommel der Waffe und füllte Munition nach. »Heutzutage muss man bewaffnet sein. Manche Landsleute schrecken in ihrer Armut tatsächlich nicht vor Verbrechen zurück.«

»Zum Glück sind Männer wie du bei der Nationalgarde«, Viola lächelte Munčik an, »da fühlt man sich beschützt.«

Munčik steckte endlich die Pistole ein. Etwas klirrte. »Oh.« Er bückte sich rasch unter den Tisch und hob ein Fläschchen auf. »Meine Medizin, ich hatte sie ganz vergessen. Neulich hatte ich schrecklichen Husten, Viola, denk dir.« Er schob das Glasfläschchen vorsichtig in seine Tasche.

Bevor jemand etwas erwidern konnte, öffnete sich die Tür zögerlich einen Spalt. Anna, das Dienstmädchen, schlurfte geduckt und mit furchtsamem Blick in den Raum, noch dunklere Ringe um die Augen als zuvor. Müde fragend sah sie Viola an, dann Munčik, dann gab sie sich einen Ruck. »Bitte, was wünschen Sie?«

»Unser Freund hier«, Viola deutete auf den Nationalgardisten, »ist etwas erschöpft. Bring bitte ein paar Brötchen oder was sonst noch in der Küche zu finden ist. Ich nehme an, es ist einiges übrig geblieben nach dem abrupten Ende unserer Soiree. Jaroslav, möchtest du Tee?«

»Ja gern. Etwas Kräftigeres wäre auch nicht schlecht.«

»Tee und Cognac, Anna, bitte. Das ist alles, danke.«

Das Dienstmädchen kam schon wenig später zurück und stellte ein reich gefülltes Tablett ab, auch Kuchen hatte sie gebracht.

»Oh, Fräulein Anna«, Munčik strahlte, »das sieht sehr appetitlich aus. Wie komisch, dass ich schon wieder hungrig bin. Das muss die überstandene Aufregung sein«, murmelte er mehr zu sich selbst.

»Natürlich.« Viola ließ den Blick nicht von dem Gardisten. »Mir ist selbst ganz schwummerlich zumute.« Sie sah Anna an. »Hat man den – hat man Weber, also – die Leiche, hat man sie schon abgeholt?«

»Ja, gnädige Frau, eben vorhin.«

»Dann ist es gut, wir können also beruhigt schlafen. Danke, Anna. Geh nun endlich zu Bett.«

»Ja, gnädige Frau.« Sachte schloss sich die Tür hinter der Bediensteten.

Viola starrte das Essen an. »Vielleicht nehme ich auch einen Happen.« Sie griff nach einem Stück kaltem Brathuhn und legte es auf eine Scheibe dunkles Brot. Es roch verlockend, doch Marte war der Appetit vergangen. Eine Weile hörte sie nur die anderen kauen. Marte lehnte sich zurück und griff nach einer der herumliegenden Zeitungen.

*»Wer ist reif für die Republik?«*, fragte das Blatt. *»Die Republik ist diejenige Staatsform, in welcher Alles für das Volk und durch das Volk geschieht«*, las Marte weiter, *»in welcher daher nicht der Vortheil und die Laune einer Fürstenfamilie, oder einige Familien von Adeligen, von Beamten oder Geldsäcken, sondern nur das Wohl des Volkes den Ausschlag gibt. Reif für die Republik sind diejenigen, welche Kraft und Entschlossenheit genug besitzen, sich wider ihre Unterdrücker zu vereinigen …«*

»Wo hast denn heut die fesche Mitzi lassen?«, fragte Viola plötzlich. Marte ließ die Zeitungsseiten auf ihren Schoß sinken.

»Wie bitte? Ich verstehe nicht …« Munčik verbeugte sich leicht, während er die Worte in akkuratem Hochdeutsch aussprach.

»Die Mitzi. Sie heißt doch Mitzi, die Blonde? Ich habe sie heute nicht hier gesehen.«

»Nein, Mitzi ist heute nicht mitgekommen. Dabei hat unser verehrter Freund Weber so für sie geschwärmt. Nun, sie hat wohl ein anderes Rendezvous gehabt.«

»Wer ist diese Mitzi?«, fragte Marte neugierig.

»Eine leidenschaftliche Kämpferin für unsere Freiheit«, antwortete Viola. Sie und Munčik warfen sich Blicke zu, die Marte nicht zu deuten wusste.

»Mitzi ist eins von vielen Freudenmädchen, die den Freiheitskampf mittragen.«

»Wie bitte?« Marte faltete die Zeitung zusammen. »Du scherzt, Viola, oder?«

»Die Huren haben gemeinsam mit uns die Barrikaden verteidigt. Wir ziehen alle am selben Strang. Eine ganze Partie Frauen vom Spittelberg ist im März mit uns gezogen, als die große Sache ihren Anfang nahm.«

»Na dann …« Marte war sich nicht sicher, was sie sagen sollte. Sie hatte auf ihren Reisen alles Mögliche erlebt, doch ein solches Bündnis war ihr neu.

»Wo ist eigentlich dein Freund Miroslav Krahulin?«, fragte Viola an Munčik gewandt. »Ist er nicht auch in Gefahr?«

»Weiß nicht«, murmelte Munčik knapp und biss in ein neues Brot, als hätte er tagelang nichts zu essen bekommen. »Sehr köstlich, Viola. So einen Genuss kann ich mir kaum je leisten.«

»Ja, ich weiß.« Viola lächelte. »Schlag zu, iss, so viel du kannst!«

Eine Weile kauten sie wieder schweigend. Da gab es also in Wien auch eine Frauenbewegung für die Revolution. Wie interessant, hoffentlich würde sie mehr darüber erfahren. Marte machte sich eine geistige Notiz darüber, mehr zu erforschen.

»Nun gut, ihr Lieben«, Viola stand auf, »ich für meinen Teil gehe jetzt wirklich zu Bett. Wie ist es mit dir, Mar… Malte?«

Munčik ließ seine schwarzen Augen nicht von ihnen.

»Es ist an der Zeit, in der Tat«, sagte Marte leise und stand auf.

»Jaroslav, du kannst eines der Gästezimmer nehmen«, wandte sich Viola großzügig an den Czechen. »Du kennst den Hausbrauch.«

Er nickte und schien zu überlegen.

»Dann wünsche ich gute Nacht, mein Herr.« Eine Hand am Herzen, verabschiedete sich Viola von Munčik und riss die Tür auf. Viola stoppte abrupt. Draußen war das Dienstmädchen zu sehen. »Anna, was machst du noch hier?«, rief sie.

»Ich wollt nur … gnä' Frau …« Annas Blick irrte zu Munčik und dem Geschirr auf dem Tisch.

»Schon gut, Anna. Gute Nacht.«

Und dann wurde endlich das Licht gelöscht. Als sich Marte für die Nacht umgezogen hatte, war es ruhig geworden im Palais. Bis auf ein Poltern in der Nacht, das Marte undeutlich wahrnahm. Sie fuhr auf, horchte – doch jetzt war es still. Ihr Zimmer lag dunkel da. Kurz dachte sie, dass sie dem Earl schreiben sollte, dann träumte sie weiter.

# 9

*Wien, 9. August 1848, nachts*

Gerstl griff sich an den Kopf und sah sich um. War er etwa bewusstlos gewesen? Mühselig rappelte er sich auf. Wo war er überhaupt? Immer noch in dem Pawlatschenhof? Das Dunkel vor ihm wirkte schier undurchdringlich. Er konnte kaum seine Hand vor Augen sehen. Kein Laut war zu hören. Wie viel Zeit war seit der Attacke vergangen?

Er stützte sich mit den Händen am Boden ab und belastete vorsichtig sein Knie. Dann probierte er aufzustehen. Schmerz fuhr jäh durch sein Bein. Gerstl unterdrückte einen Fluch, biss die Zähne zusammen und stand auf. Er machte zaghaft einen kleinen Schritt, knickte halb ein, streckte hilfesuchend eine Hand aus, ertastete einen Mauervorsprung. Er keuchte, machte einen weiteren Schritt. Nirgends rührte sich etwas. Lauerten ihm die Böhmen irgendwo auf? Diese Frau womöglich? Gerstl riss die Augen weit auf, aber es blieb pechschwarz rund um ihn.

Noch ein Schritt. Er tastete sich eine Mauer entlang, in die Richtung, in der er das kleine Türchen vermutete, an das zuvor Krahulin geklopft hatte. Es kam ihm endlos lange vor, bis er einen Türstock unter seinen Fingern ertastete, dann das Holz des Türblattes. Herrisch klopfte er. Diese Böhmen, die würde er sich holen! Und die Frau erst recht! Einen Criminalbeamten zu überfallen, das würde er nicht auf sich sitzen lassen.

Er hämmerte mit der Faust gegen das Holz, aber nichts geschah. Die nach seinem Klopfen einsetzende Stille dröhnte in seinen Ohren. Gerstl humpelte weiter an der Wand entlang. Ein fahler Lichtschein war zu erkennen, auf den er sich nun zutastete. Dann stand er im Durchgang zur Straße. Er trat, immer noch hinkend, hindurch und stand auf dem Platz Am Hof. Draußen leuchtete eine einsame Straßenlaterne, Regenlachen glitzerten in ihrem Schein. Gerstl war weit und breit allein auf der Straße. Er drehte sich langsam um die eigene Achse.

Nirgendwo waren auch nur leise Schritte auszumachen. Die Kirche lag verlassen da, in einem Fenster gegenüber brannte ein einsames Licht. Wieder glitt sein Blick zu dem Durchgang in den Pawlatschenhof. Da, ein Geräusch! Gerstl duckte sich hinter einen Mauervorsprung, schlich sich näher an den Durchgang heran. Ein Schatten glitt auf ihn zu, Gerstl ballte die Fäuste, holte aus – und erkannte eine fette Ratte, die in die andere Richtung lief. Gerstl sackte in sich zusammen.

Es war aussichtslos. Hier war niemand mehr. Wer aber war die Frau gewesen? Woher war sie so plötzlich aufgetaucht? Und wie ihn dieses Weibsbild attackiert hatte, einfach so! Attackiert und dann abgehängt hatte sie ihn. Eine Frechheit. Dass ihn jetzt schon eine Frau dermaßen ausmanövrieren konnte! Das wollte, das durfte er nicht auf sich sitzen lassen. Wurde er tatsächlich zu einem der Schwächlinge aus Jane Austens Büchern? Mit dem Gefühl, an diesem Abend nichts mehr ausrichten zu können, entschied sich Gerstl, nach Hause zu gehen. Einmal musste Schluss sein, auch für einen Criminalbeamten.

# 10

*Wien, Vorstadt Jägerzeile, 10. August 1848*

Am nächsten Vormittag machte sich Marte auf den Weg zu Webers Verlagsbureau in der Jägerzeile.

Von Anna hatte sie erfahren, dass Herr und Fräulein Lazansky bereits in ihr Bureau in der Seidenfabrik gegangen waren. Marte erinnerte sich an die Liegenschaft am Schottenfeld, wo die Familie Lazansky unzählige Maulbeerbäume für die Seidenraupenzucht besaß. Das Rohmaterial wurde nebenan gleich weiter zu exquisiten Seidenstoffen verarbeitet. »Wir wollen uns nicht mehr gängeln lassen«, hatte Viola ihr erklärt, weshalb sie so sehr für die Revolution war. Die Lazanskys wollten sich wie viele andere Bürger nicht mehr den Mund verbieten lassen, so viel hatte Marte begriffen. Und sie wäre die Letzte, die gegen die Wünsche nach Mitsprache wäre, nach Constitution und Information. Adel und Kaiser sahen das naturgemäß anders …

Ob Herr Munčik noch im Haus war, hatte Anna nicht gewusst. Das Dienstmädchen hatte Marte gnadenlos prüfend von oben bis unten gemustert. Marte war sich so gut wie sicher gewesen, dass Anna sie wiedererkannte. Doch sie sagte zum Glück nichts. Gut, dass sie nun wieder Herrenkleidung trug, und so sollte es bleiben. An diesem Tag hatte sie einen hellen Leibrock zu hellen Hosen gewählt, eine für den Morgen passende Kleidung, das hatte sie von Georg gelernt, er hatte sie auch zu einem verschwiegenen Schneider geführt, der ihr die neuartige Garderobe angefertigt hatte. Glücklicherweise stand in Martes Gästezimmer eine Psyche mit großem Spiegel, sodass sie die Herrenkleidung auch alleine korrekt anzulegen vermochte. Wenn Anna sie nur nicht als jene Frau im Dienstmädchenkleid wiedererkennen würde oder, schlimmer noch, in ihrem Gästezimmer herumschnüffelte. Marte hatte sich ihr gegenüber bemüht, ruhig zu bleiben, ruhig und arrogant, aber leicht fiel ihr das nicht, es war so gar nicht ihre Art. Niemand außer Viola und ihrem Vater sollte auch nur ahnen, wer wirklich hinter Herrn

Malte Berends steckte. Anna hatte hoffentlich mit dem Tod von Weber genug am Hals und würde sie in Ruhe lassen.

Draußen war es nach dem nächtlichen Gewitter endlich ein wenig kühler. Die Luft war frisch und klar, am blauen Himmel trieb ein leichter Wind wenige Wolken vor sich her. Marte beschloss, zu Fuß zu gehen. Die Lazanskys hatten nur eine Kutsche und zwei Pferde behalten, die anderen Fahrzeuge hatten sie den Freiheitskämpfern zur Verfügung gestellt. Marte hätte natürlich einen Fiaker mieten können, doch auf dem Fußweg konnte sie sich gleich wieder mit der Stadt vertraut machen und ein wenig nachforschen für ihre geheime Mission. Sie war von ihren Reisen her gewohnt, sich viel draußen zu bewegen, und wollte dies nicht mehr missen.

Sie überquerte die Fahrbahn beim Schottenkloster und staunte nicht schlecht: Die Gasse, die früher die Herrengasse gewesen war, hieß jetzt Freiheitsgasse, wie das Schild an der Ecke Aufschluss gab.

Wie interessant! Sie eilte weiter und überquerte die Freyung, so gut das auf dem holprigen Pflaster ging. Es war schon ein großer Vorteil, dass die Straßen hier in der Inneren Stadt gepflastert waren und nicht so übel morastig wie oft in den Vororten oder über Land. Die flachen Herrenschuhe und die Hosen erleichterten Marte das Gehen ungemein. Gut, dass sie gleich bei ihrem ersten Spionageauftrag auf diese Idee gekommen war. Auch die wallenden orientalischen Kaftane würden ihr im Notfall helfen, unerkannt zu bleiben. Die dunkelblonden Haare hatte sie schon in der Fremde kurz schneiden lassen, auch wenn der Friseur in Konstantinopel sonst was über sie gedacht hatte.

Auf den Straßen fielen ihr die vielen Damen mit den schmalen Taillen auf. Sich in ein Korsett zu schnüren war also tatsächlich wieder in Mode gekommen. Noch besser, dass sie sich als Vertreter des männlichen Geschlechts ausgab.

Beim Stephansdom wurde Marte von einem Grüppchen junger Männer überholt. Die Studenten strebten mit einer schwarz-rot-goldenen Fahne in Richtung Universität, die nahe der Jesuitenkirche gelegen war. Die Burschen ähnelten einander alle mit ihren bunten Käppchen. Einer von ihnen rempelte Marte an und warf ihr einen herausfordernden Blick zu. So viel hatte sich in der Stadt verändert, aber vielleicht hatte auch sie sich durch die Jahre in der Fremde verändert und war einfach älter geworden. Die jungen Männer waren mutig geworden, wagemutig direkt, sie rauchten sogar öffentlich Pfeife. Hoffentlich war wenigstens in Webers Verlagsbureau alles beim Alten geblieben, auch wenn Weber selbst gestern zu Tode gekommen war. Marte eilte weiter. Sie hatte die Räumlichkeiten vor Jahren zum letzten Mal betreten, kurz vor ihrer überstürzten Abreise aus Wien.

Eine Windböe traf sie unerwartet, sodass sie unter der Kleidung erschauerte. Düstere, kleine Wolken jagten einander am Himmel, hoffentlich würde es nicht regnen. Zum Glück passierte sie das Rothenturmtor ohne Probleme, obwohl es von grimmigen, unrasierten Kerlen bewacht wurde. An diesen Mangel an Gesichtspflege konnte sich Marte nicht so recht gewöhnen. Der Bart galt als Zeichen der Revolutionäre, doch Marte schätzte glatte Männerwangen mehr. So wie bei den Offizieren, die eben auf stolzen Rössern an ihr vorbei über die Ferdinandsbrücke Richtung Prater ritten.

Etwas polterte. Marte blieb stehen, der Klang eines umfallenden Kübels erinnerte sie an etwas. An ein Geräusch, letzte Nacht. Sie hatte es fast vergessen. Doch sosehr sie auch nachdachte, ihr fiel nicht mehr ein. Wahrscheinlich war sie gleich wieder eingeschlafen, erschöpft wie sie nach dem Reisetag und den Aufregungen wegen Webers Tod gewesen war. Vielleicht war das nächtliche Poltern von der Straße gekommen, sie war eben das Leben in der Stadt nicht mehr gewohnt und nicht ihre Enge, die vielen Menschen, die ständig unterwegs waren.

»Gehen S' weiter, wir haben net ewig Zeit!« Eine Marktfrau mit einem Buckelkorb voller Gemüse polterte mit ihren groben Schuhen in Marte hinein. Rasch setzte sie sich wieder in Bewegung, passierte am Leopoldstädter Ufer des Donaucanals das elegante Café Stierböck, auf das einige Einkehrwirtshäuser in der Jägerzeile folgten. Kurz blieb Marte vor dem Carltheater stehen. Sie hatte von dem Neubau gelesen, der an Stelle des vormaligen Leopoldstädter Theaters errichtet worden war. Mit seiner gelben Fassade und den hohen Säulen wirkte das Gebäude fast wie ein italienischer Palazzo. Viola wollte unbedingt Johann Nestroys neues Stück dort besuchen, hatte sie am Vortag noch erwähnt, vielleicht würden sie gemeinsam hingehen. Die Freundin hatte himmelhoch von dem vielseitigen Theaterkünstler geschwärmt, der ebenfalls für die Revolution kämpfe. Weiter links lag das Odeon, ein großer Veranstaltungssaal, der neuerdings als Versammlungsort der Demokraten diente.

Endlich stand Marte vor Webers Verlagsgewölbe. Eine Auslagscheibe war zu Bruch gegangen, aber niemand war in der Nähe zu sehen. Das Haus befand sich schräg gegenüber einem Kirchenneubau, den Marte noch nicht kannte. An der Straßenseite lagen Überbleibsel einer Barrikade, man konnte jedoch passieren. Sie trat durch das offen stehende Haustor. Der Eingang zu Webers Geschäftslocal, in dem ihre schriftstellerische Karriere vor so vielen Jahren begonnen hatte, befand sich im Innenhof. Die Tür war nur angelehnt, drinnen war es düster. Martes Augen mussten sich erst an den Lichtwechsel gewöhnen. Dann nahm sie weiter hinten eine gebückte Gestalt wahr, die klirrend mit Schaufel und Besen zugange war. Auch unter Martes Sohlen knirschten Glasscherben, einige Schriften lagen verstreut auf dem Boden, Zugluft wehte lose Blätter vor ihre Füße. Zögernd ging sie weiter, stolperte über den zerbrochenen Rahmen eines Gemäldes, darunter ein Buch, die Seiten zerfetzt. Es war zu dunkel, um den Titel zu erkennen. Ein kleiner Flaschenverschluss rollte bei ihren Schritten davon, ein paar Papiere flatterten im Luftzug auf. »Libertas Bohemia«, entzifferte Marte mit Mühe und wollte das Blatt herumdrehen, wurde aber von einem erneuten kühlen Hauch abgelenkt. Sie schauerte.

Ein Mann kam aus dem Inneren des Gewölbes auf sie zu. Obwohl sich sein Haar bereits lichtete, trug er es im Nacken schulterlang. Marte meinte, ihn schon einmal hier gesehen zu haben, war sich aber nicht sicher, ob sie wirklich einen Mitarbeiter Webers vor sich hatte.

»Guten Tag, was kann ich für Sie tun?«, raunte der Mann mit einer leisen, gedrückten Stimme.

»Ich bin Malte Berends«, stellte sich Marte ohne Zögern vor. »Und Ihr Name?«

»Guten Tag, Herr …«, der Angesprochene hüstelte zögernd, »Herr Berends. Mein Name ist Karl. Sepp Karl. Ich arbeite für Stanislaus Weber. Habe für ihn gearbeitet, will ich sagen.«

»Carl, wie der Herr Carl vom Carltheater?«

»Nein – Karl mit K, wie Karl … ach, ich bin ganz schön durcheinander.«

»Das kann ich mir vorstellen. Ein Überfall?« Marte deutete auf das Chaos in den Räumlichkeiten.

»Ach, nichts … nichts Besonderes heutzutage.« Karl räusperte sich ausgiebig. »Wie kann ich Ihnen helfen?«, fragte er dann und blickte sie dabei von unten her an, forciert unterwürfig.

»Vielleicht«, sagte Marte zögernd, »hat Herr Weber Ihnen von meinen Büchern berichtet?«

»Natürlich, jetzt weiß ich wieder, woher ich Ihren Namen kenne, Herr Berends. Ihre Bände verkaufen sich recht annehmlich.«

»Das freut mich. Ich würde gern die Aufstellungen der Verkäufe sehen. Wenn das möglich ist?« Sie lächelte freundlich. »Da ist auch noch die Sache mit dem Honorar.«

»Da muss ich erst nachsehen … Wo könnten nur die Kontobücher hingeraten sein?« Er kratzte sich am Hinterkopf, während sein Blick im Raum umherirrte.

»Was ist denn vorgefallen?«

»Die Studenten. Sie hassen Weber, er ist – er war ein Vertreter des alten Systems.« Karl wischte sich mit einem Taschentuch die Stirn. »Und jetzt ist der liebe Weber tot. Vorgestern noch haben sie ihm faules Obst bei der Tür hereingeworfen und ihr Werk der Zerstörung angerichtet. Und jetzt ist er selbst …«

»Meinen Sie, die Studenten haben Herrn Weber auf dem Gewissen?«

»Wer weiß? Möglich wäre es. Diese Aggression, die die Burschen ausstrahlen. Sie gehen über Leichen, das hat man schon bei den Märzkämpfen gesehen. Es ist ungeheuerlich. Herr Weber hatte von Anfang an furchtbare Angst. Er hielt sich nur mehr hinten in seinem Bureau auf, schickte immer mich nach vorne, wenn jemand hereinkam. Er hat sich vor jedem gefürchtet, der das Geschäft betreten hat.«

»Zumindest können Sie offen halten.«

»Nicht immer. Als im März wild geschossen wurde, saßen wir im Keller. Ich und Herr Weber. Herr Weber und ich, meine ich. Ach. Kommen Sie mit, damit wir in Ruhe reden können.« Karl ging nach hinten, in die Dunkelheit hinein. Widerwillig folgte ihm Marte.

Etwas in ihr sträubte sich gegen die Finsternis, dagegen, mit diesem Mann allein zu sein. Weiter hinten war nur das Licht einer kleinen Funzel zu erkennen.

»Ich habe gehört, Herr Weber war im bosnischen Krieg vor mehr als zehn Jahren, in dem Österreich um die Vorherrschaft in Bosnien gekämpft hat«, sagte Marte. »Ist Herr Weber dabei verletzt worden? Er hinkte doch, sagt man.«

Karl blieb abrupt vor Marte stehen und drehte sich langsam um. »So, sagt man das?« Er musterte Marte trotz der Dunkelheit von oben bis unten.

Sie nahm seinen fauligen Atem wahr. Wie zufällig wandte sie sich etwas ab. »Wissen Sie, ich möchte zu gern erfahren, woran er gestorben ist. Schließlich haben wir jahrelang zusammen gearbeitet. Hat er ein Beruhigungsmittel genommen gegen die Schmerzen?«

»Sie meinen, dass er versehentlich eine Überdosis genommen haben könnte?«

»Halten Sie das für möglich?«

»Nun ja, er hatte tatsächlich eine Schussverletzung am Bein. Die hat ihm zeitweise arg zu schaffen gemacht. Was er allerdings dagegen genommen hat, weiß ich nicht.« Karl bückte sich und hob etwas auf, einen kleinen, runden Gegenstand. »Was ist das wieder?«, murmelte er und schob das Ding in seine Rocktasche. »Was Sie andeuten wollen, Herr Berends«, Karls Stimme wurde schrill, »dass Herr Weber wie ein gemeiner Kerl von Schmerzmitteln abhängig gewesen sein soll, dagegen muss ich mich wirklich verwahren. Ich kann es zwar nicht genau sagen, dazu sprach Herr Weber zu ungern von Privatem. Aber eine Sucht halte ich für ausgeschlossen. Nicht Weber, er war ein ehrbarer Mann.«

»Ich will Ihnen wirklich nicht zu nahe treten, Herr Karl. Stanislaus Weber war jahrelang mein Verleger, umso schlimmer finde ich es, dass er auf so seltsame Weise zu Tode gekommen ist. Sie halten eine Überdosis also für undenkbar?«

»Falls Sie darauf anspielen, Herr Weber hätte selbst aus dem Leben scheiden wollen – das kann ich mir beim besten Willen nicht vorstellen. Er wollte sich noch rächen für den entstandenen Schaden, den diese Republikaner«, er spuckte das Wort geradezu aus,

»hier verursacht haben. Die rechte Ordnung, darauf war Weber erpicht. Lebensmüde? Nein, das war er beileibe nicht.«

»Dann ist's ja gut. Wissen Sie zufällig, welche Apotheke er aufzusuchen pflegte?«

Kurz starrte Sepp Karl sie stumm an. Marte dachte schon, ihre Frage würde unbeantwortet bleiben, da schoss es aus ihm heraus: »Den Pharmazeuten Moser in der Grünangergasse. Bei ihm war Weber Stammkunde.«

»Könnte denn jemand etwas für Weber besorgt haben, ohne dass Sie es wüssten? Sehen Sie, ich weiß gar nicht, hat Weber geheiratet? Ich war die letzten Jahre außer Landes, vielleicht haben Sie davon erfahren.«

»Ach so, ja.« Sie waren an einer Tür angekommen, die Marte fast übersehen hätte. Karl kramte umständlich in seiner Jackentasche, zog einen mehrzackigen Schlüssel hervor und steckte ihn in das Schloss. »Nein, der liebe Verleger Weber hat sich nicht in den Stand der Ehe begeben. Aber ich habe ihm natürlich gern geholfen, wenn er Medizin brauchte.«

»Also hat er doch etwas eingenommen?«

»Nur die üblichen Mittel, die man bei Husten oder so etwas benötigt. Aber ich kenne Herrn Weber auch erst seit ein paar Jahren. 1844 war das, als ich ihn erstmals traf. Damals hat er mich vor Schwierigkeiten gerettet.«

»Ach ja?« Marte sah Webers Mitarbeiter fragend an.

»Ja.« Karl hielt ihr die Tür auf. Sie blinzelte in dem plötzlichen hellen Licht, das durch unerwartet hohe Fenster in den Raum drang. Ein dicker Baumstamm war draußen zu sehen und wucherndes Grün rundherum. In diesen Raum waren die Studenten offenbar nicht vorgedrungen, denn alles war intakt. »Herr Weber hat mir geholfen, mein Theaterstück durch die Censur zu bringen. Mit kleinen Änderungen ist das gelungen. Aber bitte, setzen Sie sich, Herr Berends. Ich werde gleich die Buchhaltung überprüfen.«

Während sich Marte einen Sessel heranzog, steckte sich Herr Karl eine Brille auf die große Nase. Umständlich kramte er dann in den Regalen zwischen schwarzen Aktendeckeln. »Hier haben wir es endlich.« Er warf eine dünne Mappe auf den Arbeitstisch und setzte sich ebenfalls. »Da sind die Zahlen. Von Ihrem ersten

Buch, ›Reise in die 1001. Nacht‹, haben sich 4141 Stück verkauft, Herr Weber hat alles vorbildlich notiert. Dann der zweite Band sogar 10.401 Stück. Und jetzt das dritte Werk, aha, ein echter Erfolg.«

»Wie erfreulich.«

»In der Tat.«

»Weber hatte mir zwar brieflich davon berichtet, aber nicht so im Detail. Mein Honorar …«

»Ja leider …« Karl hüstelte und fuhr mit der Schuhspitze über den Fußboden. »Was das Honorar betrifft, muss ich Sie leider enttäuschen, Herr Berends. Ich habe nicht einen Gulden, wir wurden völlig ausgeraubt.«

»Wie bitte? Was haben Sie mit dem Honorar gemacht, das mir zusteht?«

»Es ist kein Geld da, so leid es mir tut.«

»Das ist Betrug, Herr Karl.«

Er schüttelte heftig den Kopf. »Aber woher denn, Herr Berends. Sie kennen doch die Lage in der Stadt.«

»Kaum, ich war lange verreist.«

»Ach ja. Nun, ich bitte Sie um Geduld, einen kleinen Aufschub. Wenn alles wieder normal läuft, bekommen Sie Ihr Geld. Das verspreche ich Ihnen hoch und heilig.« Theatralisch legte er bei den letzten Worten eine Hand an seine Brust. »Halten Sie sich bitte vor Augen, Herr Berends, Weber hat mich selbst schon eine Weile nicht entlohnen können. Unsere Geschäfte gingen schlecht, ich seh ja, was ich seh. Die Kämpfe wirkten sich nachteilig auf den Buchverkauf aus, wir mussten aus Sicherheitsgründen oft geschlossen halten. Herr Weber hat mich wieder und wieder vertröstet. Und jetzt ist er tot. Erschreckend.« Karl schluckte. »Herr Weber war verzweifelt darüber, dass die Bücher aus der Druckerei kaum geliefert werden können. Die Buchhändler in der Stadt haben ihre Geschäfte oft versperrt gehalten wegen all der Schießereien. Die Absatzwege fehlen, die Druckwerke kommen kaum zu den Lesern, dabei sind sie so gefragt wie nie zuvor. Ich kann verstehen, dass Weber Probleme hatte, aber ich muss halt auch von was leben. Nun«, er richtete sich auf und wirkte auf einmal viel größer, »ich werde das Beste draus machen.«

»Wie meinen Sie das?«

»Indem ich Webers Werk weiterführe.«

»Ach so?«

»Wissen Sie nichts davon? Wir waren Teilhaber.«

»Teilhaber? Herr Weber und Sie? Das ist mir neu. Wie kam es?«

»Erst seit ein paar Monaten. Herr Weber war dankbar, dass ich ihm in der neuen Zeit zur Seite stand. Er tat sich nicht so leicht mit den … Veränderungen. Er als früherer Censor, nun, Sie wissen schon. Daher haben wir die Rechtsform des Verlags in eine registrierte Genossenschaft geändert. Es wird nötig werden, den Verlag neu auszurichten. Um auch heute erfolgreich zu agieren.«

»Und Sie wollen das nun angehen? Ganz alleine?« Dass dieser ungepflegte Mann verlegerische Geschäfte machen wollte … zweifelhaft, ob er wirklich von einer solchen Tätigkeit viel verstand. Wenngleich er in den Jahren, die er hier arbeitete, doch einiges mitbekommen haben musste.

»Ja, was bleibt mir übrig? Ich muss von etwas leben. Es wäre schade, einen Verlag, wie Stanislaus Weber ihn aufgebaut hat, vor die Hunde gehen zu lassen. Mit all den hervorragenden Autoren.« Schmeichelnd grinste er sie an.

»Haben Sie denn Interesse an meinem neuen Manuskript?«

»Äh …« Karl kaute kurz auf seiner Unterlippe herum. »Dazu müsste ich mehr über Ihr Werk wissen.«

»Herr Weber hat es Ihnen doch wahrscheinlich gezeigt oder zumindest davon erzählt?«

»Ich weiß gerade nicht …«

»›Die Freiheit der menschlichen Beziehungen‹ lautet der Titel.«

»Ja, ja, jetzt erinnere ich mich.« Karl kratzte sich wieder in den schütteren Haaren. »Aber … Nun, ich weiß nicht …«

»Sie wollen es nicht?«

»Es ist mir zu wagemutig, für den Moment jedenfalls. Das hat Ihnen Herr Weber sicher schon angedeutet. Für den privaten Kreis mag es ja passend sein. Aber …«

»Aha, gut, dass ich das erfahre. Dann möchte ich Sie um die Rückgabe des Manuskripts bitten, Herr Karl. Die Texte sind vertraulich.«

»Natürlich. Wenn Sie mir in Webers Wohnung nach oben folgen möchten? Ich meine, das Konvolut dort liegen gesehen zu haben.«

Sorgfältig sperrte Karl alle Türen wieder hinter sich ab und führte Marte in den Hof. Einige lose Blätter Papier flatterten hoch, sie mussten wohl aus den Verlagsräumen stammen, wahrscheinlich waren sie vorhin durch den Luftzug hinausgeweht worden.

»Was ist das denn?«, fragte sie, weil sie den gleichen Text wie vorhin auf dem Flugblatt erkannte. *Bohemia* – Böhmen. Sie musste an Georg und seine Familie denken, die ebenfalls von dort stammte. »Was soll diese Losung bedeuten?«

»Libertas Bohemia? Freiheit für Böhmen, nehme ich an, oder so was in der Art. Keine Ahnung, woher diese Flugblätter alle kommen, dauernd verteilt irgendwer irgendwas.« Karl bückte sich und hob die losen Blätter auf, knüllte sie zusammen und steckte sie rasch in seine Tasche. »Kommen Sie, Herr Berends.«

Sie stiegen eine Treppe hinauf und gingen über einen der außen liegenden Pawlatschengänge zu Webers Wohnungstür, wo Karl einen weiteren Schlüssel aus seinem Rock zog. Er wollte ihn eben ins Schloss stecken, als die Tür mit großem Schwung von innen aufgestoßen wurde. Karl schrie auf und wich einer jungen Frau aus, die aus der Wohnung mehr flog als lief. Sie stieß Marte, die näher getreten war, zur Seite und lief die Treppen hinunter und aus dem Hof hinaus zur Straße. Hinter ihr bauschten sich graue, mehrfach geflickte Rockschöße. Etwas an dem Gang kam Marte vage bekannt vor. Ohne weiter nachzudenken, rannte sie der Figur mit dem weißen Kopftuch nach.

# 11

*Wiener Criminalgericht, 10. August 1848*

Im k.u.k. Magistratischen Criminalgericht am Glacis Nummer 2 bis 3 angekommen, marschierte Gerstl schnurstracks in Stauners Kammer. Der Kollege brütete bereits wieder über den neuesten Presseerzeugnissen, die Aktenberge ignorierte er geflissentlich.

»Auf, Kollege, mitkommen! Ermittelt wird statt Zeitung gelesen.« Gerstl tastete nach den Beulen an seinem Kopf. Diese Schmach von letzter Nacht würde er nicht auf sich sitzen lassen!

Stauner sah überrascht auf, sagte aber nichts, sondern faltete sein Blatt zusammen und steckte es ein. Er folgte Gerstl, der bereits die Treppe hinabeilte. Draußen schien die Sonne, hoffentlich wurde es nicht wieder so heiß wie zuletzt. Auch das noch! Unten nahmen sie einen Polizeywagen, und Gerstl trieb den Fahrer an, der schon um diese frühe Stunde nach Schnaps roch. »Los, schnell, zur Kirche am Hof«, kommandierte Gerstl.

In der Kutsche wagte Stauner endlich nachzufragen. Gerstl fasste in knappen Worten zusammen, was letzte Nacht passiert war, nachdem sie sich getrennt auf den Heimweg gemacht hatten.

»Unglaublich!« Er setzte sich gerade hin. »So kann das nicht weitergehen! Ich werde alles tun, damit wir diese Menschen finden. Die Böhmen werden immer dreister.«

»Wem sagst du das. Die Frauen der Böhmen überhaupt.«

Bei der Kirche am Hof verließen sie die Kutsche. Sie legten sich unweit des böhmischen Vereins, wo Gerstl gestern auf Krahulin und die anderen getroffen war, auf die Lauer und warteten. Bei Tageslicht wirkte alles ruhig und verlassen. Im vorderen Bereich des Hauses war eine christliche Mission untergebracht, wo niemand anwesend zu sein schien. Ein Schild wies auf einen Mittagstisch für Arme hin, doch dafür war es wohl noch zu früh.

Beim Warten ließ sich Stauner die Frau beschreiben, die Gerstl attackiert hatte. Aber jetzt brachte er das Bild auf einmal nicht mehr recht zusammen. Irgendetwas fehlte, ein kleines Detail. Etwas, das ihm in der Nacht aufgefallen, aber wieder verloren gegangen war. Immer noch fühlte er sich wie benebelt, als würde der Schmerz sein Gehirn besetzen. Sie teilten sich auf, Gerstl würde draußen vom Eingang der Kirche aus die Straße beobachten, während Stauner in dem Innenhof die Augen offen hielt.

Die Angreiferin musste irgendwo sein, musste zur Arbeit gehen, wenn sie eine Stellung hatte, Essen kaufen, irgendetwas tun, sie musste auftauchen, wie gut auch immer sie sich versteckt halten mochte, wer auch immer ihr Unterschlupf bot.

Und dann erschien sie tatsächlich, ganz plötzlich ging sie mit schwingenden Röcken die Straße entlang. Gerstl musste zweimal hinsehen, immerhin war es letzte Nacht dunkel gewesen, jetzt knallte bereits wieder die Sonne vom Himmel. Die Haare der Frau wehten im leichten Sommerwind offen hinter ihr, während sie über den Platz ging, gemächlich, aber zielstrebig.

»Stauner, da ist sie!« Gerstl deutete in ihre Richtung und ging schon los, der sich Entfernenden nach. »Hast du gesehen, wo sie herkam?«

»Ich? Leider nein. Sie war plötzlich einfach da.«

»Das weiß ich auch, verdammt«, fluchte Gerstl halblaut. Die Schritte der Frau wurden schneller. Er wies Stauner an zu bleiben, wo er war, um die Gasse im Auge zu behalten. Gerstl musste sich beeilen, um die Frau nicht wieder zu verlieren. Er kam immer noch nicht darauf, an wen sie ihn erinnerte. Die langen Haare, dieses Rotbraun, das ein wenig gebleicht wirkte, von der Sonne vielleicht. Er folgte ihr unerbittlich, mit leisen Schritten und genügend Abstand, während sie über den Judenplatz eilte, vorbei an der Böhmischen Hofkanzlei, ohne das nunmehrige Innenministerium eines Blickes zu würdigen, und weiter über das kleine Gässchen namens Stoß im Himmel.

Immer rascher schritt die Frau aus, drehte sich aber nicht um. Womöglich ahnte sie, dass ihr jemand folgte. Die Gassen füllten sich nach und nach mit immer mehr Menschen, und Gerstl konnte dadurch zwar leichter untertauchen, doch er musste noch besser darauf achten, das Objekt seiner Verfolgung nicht aus den Augen zu verlieren. Er spürte den Schlafmangel in seinen Beinen. Wenn er wenigstens einmal den Sonntag frei hätte. Einmal wieder tanzen gehen im Prater oder ein Boot mieten an der Donau und den Herrgott einen guten Mann sein lassen. Wieder sehnte er sich nach jemandem an seiner Seite – unwillkürlich erschien der Anblick von Viola Lazansky vor seinem inneren Auge. Dummkopf, schimpfte er sich gleich darauf, so was von aussichtslos.

Er konzentrierte sich wieder auf die fremde Frau. Sie trampelte die Fischerstiege hinunter und strebte an einer Essigfabrik vorbei zum Fischer Tor, das sie fliegenden Schrittes und unter den argwöhnischen Blicken der Stadtwache hinter sich ließ.

Sie überquerte den stinkenden Donaucanal und drehte sich mitten auf der Brücke kurz um. Ihr Blick streifte die Passanten, Gerstl wich in den Schatten einer Marienstatue aus, doch offenbar zu spät. Ihr Blick kreuzte sich mit seinem. Bei einer Beschattung entdeckt zu werden war Franz Gerstl jahrelang nicht mehr passiert, schließlich war er kein Neuling. Es war eine Schande. Das musste an der Überarbeitung liegen, sie waren eindeutig zu wenige Polizisten, für all die vielen Aufgaben.

Kaum drüben am Leopoldstädter Ufer angekommen, legte die Frau eine noch schnellere Gangart an den Tag und strebte nach rechts, Richtung Jägerzeile. Und dann hatte er sie mit einem Schlag aus den Augen verloren. Weil auch seine Gedanken durch den Schlafmangel ständig abschweiften. Unkonzentriert war das, jawohl, schalt er sich selbst. Sie musste eines der Häuser betreten haben, anders konnte er sich ihr Verschwinden nicht erklären. Da standen herrschaftliche Palais, wie er als Criminalbeamter nie eines bewohnen würde. Er musste mit einer Zimmer-Küche-Wohnung weiter draußen Am Schüttel vorliebnehmen. Seine Blicke streiften eine zum Teil abgebaute Barrikade, Reste von Ziegelsteinen und alten Möbeln lagen am Straßenrand herum. Gerstl blieb stehen. In dem Gewimmel von Leuten konnte er die Frau nirgends ausmachen. Er strebte weiter die Jägerzeile entlang. Irgendwo da vorne musste das Bureau des toten Stanislaus Weber liegen. Dort wollte er sich sowieso umsehen.

Er passierte ein Lebensmittelgeschäft und ein kleines Beisl, aus dem Bierdunst waberte. Zwei Rauchfangkehrer verließen eben laut lachend das Lokal. Ein Brauereiwagen kam vor der Hofeinfahrt zum Stehen und verstellte Gerstl den Weg, die Pferde stampften auf der Stelle, der Kutscher kletterte herab und verschwand in dem Beisl, um gleich darauf wieder herauszukommen. Bierfässer wurden abgeladen und polternd ins Haustor nebenan transportiert. Gerstl wich nach links aus. Mehrere Nationalgarden kamen ihm mit geschulterten Gewehren entgegen, ein weiterer Kutscher rief Unverständliches. Gerstl blickte durch den Eingang in das Beisl. Und da saß sie, die junge Frau, im Dunkel des Lokals. Eigentlich war dies kein Aufenthaltsort für ein weibliches Wesen. Er stutzte. War sie es wirklich? Die rotbraunen Haare waren zusammengebunden worden, und ihr Rock … er war sich ganz sicher, dass der Stoff nicht so hell gewesen war. Hatte sie sich umgezogen? Dazu fehlte doch die Zeit. Gerstl zwinkerte ein paar Mal, um sich zu konzentrieren, und betrat forsch das Lokal.

»Sie sind das also!«, fuhr er die junge Frau nach einem Moment an. Dann blieb ihm der Mund offen stehen, denn in der Tür stand eine zweite Frau, die der anderen zum Verwechseln ähnlich sah.

# 12

*Wien, Vorstadt Jägerzeile, 10. August 1848*

Die junge Frau entkam Marte schnell, zu schnell. Sie rannte mit fliegenden Röcken den Pawlatschengang entlang und die Treppe hinunter in den Hof, dann durch die Einfahrt hinaus auf die Jägerzeile. Dabei bewegte sie sich irgendwie eigenartig, ein wenig eckig, ungelenk.

»Hilfe«, schrie sie im Laufen. Atemlos hechtete Marte ihr nach, wie sie Richtung Innenstadt stürmte. Wo Sepp Karl abgeblieben war, wusste Marte nicht, sie hatte gar nicht mehr auf ihn geachtet. Die Flüchtende verlangsamte ihre Schritte vor einem Beisl, wie unschlüssig, ob sie eintreten sollte, drehte sich halb nach Marte um, rannte weiter.

Wegen eines Fuhrwerks, das Bierfässer geladen hatte, musste die Läuferin kurz darauf wieder anhalten. Vom Donaucanal tutete ein Lastkahn. Die junge Frau trat von einem Bein aufs andere, tastete ihre Hüfte ab, nestelte an ihren Röcken. Marte holte auf, die viele Bewegung auf ihren Reisen machte sich bezahlt. Endlich hatte sie die Frau erreicht. Marte griff ungeduldig nach ihrem Ellbogen, riss sie herum. Das Mädchen stolperte, fiel Marte in die Arme.

»Was machst du denn hier?«, entfuhr es ihr. Doch ehe Marte mehr sagen konnte, hörte sie eine gebieterische Stimme hinter sich.

»Im Namen des Gesetzes, stehen bleiben. So bleiben S' stehen, Marandanna.«

Der Criminalbeamte von gestern, dieser Franz Gerstl, blieb keuchend vor ihnen stehen. Auch das noch.

»Weg da! Amtshandlung!«, brüllte er ein paar Marktfrauen an, die ihn aus dem Weg schieben wollten, und auch der Bierkutscher bekam einen bösen Blick ab.

»Was halten Sie hier so krampfhaft?«, wandte sich der Beamte an das Mädchen, das sich von Marte befreit hatte. Er zog ihren Arm von ihrer Hüfte weg.

»Loslassen. Ich krank.« Sie zeigte auf ihre etwas vorspringende Hüfte.

»Aha, hm, hm«, machte Gerstl.

»Ich haben Angst vor Mann«, stammelte das Mädchen dann und deutete auf Marte, dabei schob sie sich das verrutschte weiße Kopftuch aus der Stirn.

»Warum verfolgen Sie das Mädchen denn?«, wandte sich Gerstl an Marte und musterte sie dabei eingehend. Das Mädchen sah furchtsam zu dem Gesetzeshüter auf.

»Anna, was machst du hier?«, kam Marte endlich zu der Frage, die ihr die ganze Zeit auf der Zunge brannte. Dabei drehte sie sich ein wenig von dem Criminalbeamten weg. Wenn ihre Verkleidung nur gut ging!

»Sie kennen einander?« Scharf sah der Polizist von einer zur anderen. In seinen Augen blitzte Erkennen auf. »Jetzt weiß ich es wieder. Der Todesfall letzte Nacht. Sie sind Dienstmädchen im Hause Lazansky, richtig?«, wandte er sich an Anna.

»Ja.«

»Wer war die andere Frau in dem Beisl, die Ihnen zum Verwechseln ähnlich sieht? Sie schien auf Sie zu warten. Ich war bereits in dem Lokal, als Sie durch die Tür gekommen sind. Sie wollten sich mit ihr treffen, richtig?«

»M-meine Schwester«, stotterte Anna.

»Aha, verstehe. Dacht ich's mir doch, dass sie mir bekannt vorkam.« Gerstl schüttelte den Kopf. »Treibt sie sich mit den Böhmen herum?«

»Das ich nicht wissen.«

»Ihre Schwester hat mich niedergeschlagen. Eigentlich müsste ich sie verhaften lassen.«

»Bitte, seien Sie gut zu ihr. Sie arm, keine Stellung, jetzt wo … er tot. Ihr es tut sicher leid.« Anna blickte unterwürfig zu Gerstl auf.

»Wer? Weber?«

»Ja – sie war bei ihm in Stellung.«

»Na schön. Aber sagen Sie Ihrer Schwester, sie soll sich in Zukunft zurückhalten. Und nun zu Ihnen.« Der Beamte wandte sich an Marte. »Wer sind Sie?«

»Malte Berends«, sagte Marte rasch. Sie wagte kaum, Gerstl in die Augen zu sehen. Wenn er nur nicht seine Erinnerung des Dienstmädchens, als das sie sich verkleidet hatte, mit dem angeblichen Malte Berends in Verbindung brachte.

»Weshalb sind Sie der Dame nachgegangen?«

Das Dienstmädchen machte große Augen, als Gerstl sie als Dame bezeichnete.

»Ich habe hier zu tun, Herr Commissar.« Marte beschloss, es mit der Wahrheit zu halten. Zumindest zum Teil. »Ich habe Webers Bureau in der Jägerzeile aufgesucht. Er war mein Verleger, müssen Sie wissen. Ich war lange verreist und musste mich um einige Angelegenheiten diesbezüglich kümmern. Es ist …« Sie zögerte einen Moment, wie sie weiterreden sollte. »Es ist schrecklich, zu hören, was ihm passiert ist.«

Das Fuhrwerk mit den Bierfässern fuhr an, Anna setzte an, die Straße nun zu überqueren.

»Bleiben Sie noch einen Moment«, sagte Gerstl und wandte sich wieder an Marte. Wieder dieser musternde Blick. »Wie war Herr Weber als Verleger? Waren Sie mit ihm zufrieden?«

Verwirrt sah Marte Gerstl an. »Wieso interessiert Sie das?«

»Lassen Sie das meine Sache sein.«

Marte zuckte mit den Schultern. »Die Zusammenarbeit war in Ordnung. Er bemühte sich um mich, allerdings, wie das so ist … Es könnte immer besser laufen, mehr Bücher verkauft werden. Mit den Absatzzahlen jedenfalls bin ich zufrieden.«

»Und womit sind Sie unzufrieden?«

»Sagte ich, dass ich unzufrieden bin?«

»Es hörte sich so an.«

»Nun, vielleicht sollte ich bei Ihnen eine Anzeige machen, ich weiß nicht …« Marte überlegte kurz. Eine Marktfrau drängte sie unwirsch zur Seite. »Der Compagnon und Nachfolger Webers in seinem Verlag hat mir mein Honorar vorenthalten. Sepp Karl ist sein Name. Sagt Ihnen das was?«

Gerstl schüttelte den Kopf. Marte dachte an den Teilhaber Webers, vielleicht konnte ihr der Criminalpolizist tatsächlich bei der Eintreibung des Honorars helfen.

»Karl behauptet, er sei zurzeit nicht flüssig.«

»Ich nehme an, das kann passieren, Herr Berends, wir leben nun einmal in ziemlich unsicheren Zeiten. Vielleicht lassen Sie noch ein paar Wochen verstreichen und zeigen die Sache an, wenn sie dann noch immer nicht geregelt ist?«

»Habe ich eine andere Chance?«

»Nicht, wenn in dem Verlag kaum was zu holen ist.«

»Verstehe. Dann bleibt mir wohl nichts anderes übrig, als abzuwarten, bis er wieder einen Sack voll Gulden hat.«

»Stimmt. Herr Berends, was geschah heute in Webers Verlagsräumlichkeiten?«

Marte schilderte ihm den Besuch. »Da mein Manuskript sich in Webers Privatwohnung im selben Haus befinden sollte, so glaubte Herr Karl, begaben wir uns dorthin. Doch bevor wir noch reingehen konnten, stolperte uns diese junge Frau hier in die Arme. Sie kam direkt aus Webers Wohnung.«

Marte sah Gerstl an. Drüben beim Carltheater wurde eben die Tür geöffnet, zwei Herren kamen heraus. Anna trat neben ihr von einem Bein aufs andere.

»Das nix verboten, oder, Herr Polizey?«

Gerstl hob eine Augenbraue.

»Ich fand den Umstand seltsam und bin ihr nachgegangen.«

»Was hatten Sie in Webers Privatwohnung zu suchen?« Gerstl wandte sich an Anna und machte ein strenges Gesicht.

Anna wickelte sich enger in ihr graues Schultertuch. »Meine Schwester Marie«, sagte Anna mit leicht bebender Stimme, »bei Herrn Weber im Dienst. Gewesen. Habe ich Ihnen gesagt. Marie hat Angst, in Wohnung von Toten zu gehen. Also ich Sachen holen von Schwester. Nix verboten, oder?«

»Und sie wartete in dem Lokal auf Sie?«

»Ja. Aber dann – diese Herr mich stören. Also ich haben nichts für Marie. Muss ich noch einmal zurück.«

»Anna, was soll das für ein Schauermärchen sein?«

Die junge Frau sah Marte nicht an. Was war wirklich mit ihr los, was verbarg sie?

»Wo wohnt Ihre Schwester jetzt, Anna?«, unterbrach Gerstl in scharfem Tonfall.

»Ich …«

»Sag die Wahrheit, Anna!«

»Sie hat Asyl gesucht bei böhmischen Freunden.«

»Wo genau?«

»Miroslav weiß, wo. Ich nicht.«

»Wie heißt dieser Miroslav noch?«

»Karhulin oder so ähnlich.« Anna sah sehnsüchtig zur Brücke hin.

»Krahulin?«

»Kann sein. Ich nicht es weiß. Bitte verstehen Sie mir. Marie erst heute früh zu mir gekommen, hat gebeten, dass ich helfe. Ich sofort los in Früh.«

»Was verbindet dich wirklich mit Weber, Anna?« Marte streckte einen Arm nach der jungen Frau aus, doch die wand sich von ihr weg. »Er ist tot. Wir müssen alles tun, um die Ursache dafür herauszufinden.«

Gerstl nickte Marte ungeduldig zu. »Ich leite die Ermittlungen, Herrschaften, bitte! Fräulein Anna, bitte teilen Sie mir alles mit, was zur Aufklärung beitragen könnte.«

Anna riss die Augen auf, wollte sich abwenden, stolperte, fast wäre sie hingefallen. Gerstl hielt sie im letzten Augenblick fest.

Ohne Vorwarnung heulte das Mädchen los und sah plötzlich sehr jung aus, wie sie versuchte, die Tränen wegzuzwinkern. »Ist sich guter Mann gewesen, Stani. Immer freundlich, auch zu kleine Leute. Und jetzt tot! Wir verlobt ...«

»Wie bitte, Anna? Sag das noch einmal. Du wolltest Stanislaus Weber ... heiraten?« Nach allem, was Marte über Weber gehört hatte, konnte sie sich kaum vorstellen, dass ausgerechnet er mit einem böhmischen Dienstmädchen eine feste Liaison eingegangen war.

»Ha! Sie was dagegen, dass guter Mann liebt Dienstmädchen?« Anna ließ Gerstls Arm los und richtete ihre wasserhellen Augen herausfordernd auf Marte. Auch der Criminalbeamte starrte sie neugierig an.

»Ich was Schlechteres als reiche Madam? Auch Dienstmädchen haben ein Recht auf Liebe.« Überraschend kam der letzte Satz grammatikalisch richtig heraus. »Er so lieb – und jetzt? Verlobt mit Totem?«

»Sie glauben wirklich, Herr Weber hätte Sie geheiratet?« Marte war fassungslos.

»Ja.« Anna schniefte und rieb sich die Hüfte. Das Kopftuch rutschte ihr über die langen Haare, sie zerrte daran, riss es sich vom Kopf und zerknüllte den Stoff in der Hand. Der Wind wehte an ihren Röcken und ließ Annas Bauch erkennen. Jetzt sah Marte mit Gewissheit, was Viola schon geahnt hatte. »Ich bekomme sein Kind«, stieß Anna hervor.

»Haben Sie Herrn Weber einen Brief gegeben, am Abend bevor er starb?«, fragte Gerstl.

»Ich?« Anna schüttelte den Kopf. »Nein. Ich ihm gesagt – er soll nur mich lieben.« Ihr Blick verfinsterte sich. »Ich andere Frau bei meine Verlobte gesehen. Gestern. Sie so ausgesehen wie Sie.« Sie deutete leicht grinsend auf Marte.

Gerstl runzelte die Stirn. Sich jetzt nur nichts anmerken lassen! Nicht dass der Criminalbeamte ihre Verkleidung jetzt doch erkannte auf Annas Reden hin!

»Hat ihm schöne Augen gemacht. Andere Frau nix gut. Ich liebe Stani.« Neue Tränen bahnten sich ihren Weg über Annas Gesicht. »Lassen mir gehen, bitte, ich viel zu tun heute. Gnädige Frau warten.«

»Eine Frage noch, Fräulein Anna. Wie lautet denn Ihr Familienname?« Gerstl hatte Block und Bleistift gezückt.

»Sikora.«

»Danke, Fräulein Sikora.«

Das Mädchen hastete schon davon, erstaunlich behände mit seinen verdrehten Beinen.

Nachdem Gerstl sie endlich hatte gehen lassen, kehrte Marte kurz entschlossen im Café Stierböck ein. Um diese frühe Stunde war noch nicht viel los, nicht wie später, wenn die Schauspieler sich hier ein Stelldichein gaben, Pfeife rauchten und dabei über die Kolleginnen und Kollegen klatschten, wer sich gerade mit welchem Liebhaber in einer gewaltigen Scène überworfen habe.

Marte bestellte einen Einspänner und schnappte sich einige Zeitungen. Seit dem Ende der Censur, las sie, wären bereits Hunderte literarische Werke erschienen, die früher keine Chance gehabt hätten, und auch die Bühne profitierte von der neuen Freiheit. Ein Funke Inspiration sprang auf Marte über. So viele Möglichkeiten taten sich auf. Vielleicht konnte sie über die Ereignisse in Wien schreiben, etwas, das über die Botschaften an den Earl hinausging? Einen Essay oder gar ein neues Buch? Aber halt, was war das denn? Ihre Augen blieben an einem Namen hängen: Paul von Marbach – das war ja ihr Onkel. »Ernannt zum Stadtcommandanten von Prag«, berichtete das Wiener Tagblatt. Das Oberhaupt von Martes Familie hatte also seine Stellung weiter verbessert. Auch Viktor, ihr Cousin, wurde kurz erwähnt. Klar, diese Herren waren immer dort, wo es um Profite ging, wie jetzt nach der Niederschlagung des böhmischen Aufstands in der Stadt Prag. »Eher unbeliebt bei den Czechen«, nannte die Zeitung das Verhältnis der alteingesessenen österreichischen Familie von Marbach zu den »Untertanen«. Rasch packte Marte ihr Notizbuch aus und schrieb sich einige Stichworte auf, wozu auch immer die Information noch dienen mochte.

»Verzeihen Sie, mein Herr, ich sehe, Sie schreiben.« Ein elegant gekleideter junger Mann mit pomadisierten blonden Haaren blieb vor ihrem Tisch stehen. Marte sah auf, woraufhin er eine Verbeugung andeutete. »Peter Hopf mein Name, und das«, er wies mit einer Hand locker an den Tisch nebenan, um den drei weitere Herren saßen, »ist die Redaktion der neuen freien Theaterzeitung.« Die Kollegen winkten herüber.

»Ich meine, Sie schon einmal gesehen zu haben«, fuhr der Herr neben ihrem Tisch fort.

»Mein Name ist Malte Berends«, murmelte Marte.

»Ach, Sie sind der Autor der wunderbaren ›Reise in die 1001. Nacht‹? Dann müssen Sie an unseren Tisch kommen, ich bitte Sie!«

»Aber …«

»Nicht so zurückhaltend, Herr Berends. Geben Sie uns die Ehre, es wird meinen Kollegen und mir ein Vergnügen sein.«

Zunächst etwas unschlüssig, gab Marte dann nach. Wer weiß, was sich aus einem solchen Kontakt ergeben mochte?

Sie stand auf und wollte nach dem Glas mit ihrem Kaffee greifen, doch Peter Hopf war schneller. »Sie gestatten?«

Also nahm Marte nur ihr Notizbuch und trat an den Nachbartisch.

Peter Hopf lächelte sie an. »Setzen Sie sich, Herr Berends, bitte!«

Zwei der Herren rückten zur Seite.

»Meine Herren – ich darf Ihnen Malte Berends vorstellen. Herr Berends – das sind Georg Knofler« – ein kleiner Dicker mit Kneifer auf der Nase erhob sich und verbeugte sich – »Johann Schaffer, unser Mäzen und großartiger Unterstützer« – der feste Händedruck stammte von einem hageren, älteren Herrn, dessen Anzug aus unglaublich feinem grauen Tuch geschneidert war – »und schließlich gewissermaßen das Nesthäkchen unserer Redaktion, Josef Kainrad. Er stammt aus Galizien und wollte ursprünglich selbst ans Theater, doch das geschriebene Wort liegt ihm mehr.«

Der Galizier war schlank und verzog die Mundwinkel, während er die Augen verdrehte. Marte schüttelte noch eine Hand.

»Na, und mich kennen Sie ja bereits. Ich diene diesem Blatt als Chefredakteur.«

»Wunderbar, es freut mich sehr«, erwiderte Marte und senkte dabei ihre Stimme, so gut es ging, damit man sie für einen Jüngling halten konnte. Sie setzte sich zu der Runde. Nun war sie wirklich neugierig geworden. Wäre sie offen als Frau aufgetreten, hätte sie diese Bekanntschaft wohl kaum so leicht gemacht. Sie trank einen Schluck und fragte dann: »Sie haben also eine neue Theaterzeitung gegründet?«

»Hier, das neueste Exemplar von voriger Woche. Wir möchten wöchentlich erscheinen.« Peter Hopf warf Schaffer einen Seitenblick zu, ehe er fortfuhr: »Im Moment jedoch kommt die Theaterzeitung jeweils zu Monatsbeginn heraus.«

»Leider«, seufzte der Galizier, »somit sind die Besprechungen immer schon etwas veraltet. Was meinen Sie, Herr Berends? Würden Sie über eine Premiere lesen wollen, die schon drei Wochen zurückliegt?«

»Das ist in der Tat ein wenig schade«, antwortete Marte. »Welche Stücke stehen denn aktuell auf dem Spielplan? Ich bin erst vor Kurzem von einer langen Reise nach Wien zurückgekehrt, müssen Sie wissen.«

»Da gibt es viele hochinteressante neue Stücke. Wenn ich Ihnen was empfehlen darf – sehen Sie sich unbedingt ›Freiheit in Krähwinkel‹ an. Nestroy läuft darin zu seiner Bestform auf.«

»Eine Freundin erzählte mir bereits davon. Ich hoffe, wir bekommen Karten für das Stück.« Marte trank den letzten Schluck ihres Kaffees. »Ich habe gehört, Herr Nestroy engagiert sich selbst für die Revolution?«

»Das stimmt tatsächlich, da haben Sie richtig gehört, Herr Berends. Im Carltheater wurde eine eigene Nationalgarde aufgestellt, in der Nestroy mitwirkt.«

»Unglaublich. Das ist wahrlich eine neue Zeit«, meinte Marte. Wenn sie nur mehr aus den Herren herausbekäme. Womöglich erhielte sie so gar Zutritt zu den revolutionären Kreisen, damit sie dem Earl endlich einen Bericht über die Vorgänge in Wien schicken konnte.

»Und Sie, Herr Berends? Woran arbeiten Sie gerade? Dürfen wir uns auf ein neues Werk aus Ihrer Feder freuen?« Schaffer sah sie neugierig an. »Möchten Sie übrigens noch etwas trinken? Einen Cognac vielleicht?« Er winkte bereits dem Kellner.

»Danke, für mich nicht. Ich habe noch einiges zu erledigen heute.« Marte lächelte höflich. »Ich muss erst noch sehen, wie es weitergeht. Ich habe ein neues Buch geschrieben und dachte, mein Verleger würde es ebenso wie meine bisherigen Werke herausbringen. Aber dem ist offenbar nicht so.«

»Nicht?«

»Nein. Etwas schwierige Umstände verhindern es.« Sie wollte nicht über Webers Tod sprechen, dazu kannte sie die Herren nicht gut genug.

»Das ist natürlich schlimm, Herr Berends, aber in unserer Umbruchszeit … Für die Freiheit nimmt man so einiges in Kauf, nicht wahr?«

»Da haben Sie auch wieder recht.« Zu gern hätte Marte etwas notiert, denn einiges an dem Gespräch mochte vielleicht für den Earl interessant sein. Doch jetzt Notizen zu machen hätte auf die Redakteure merkwürdig gewirkt. Sie musste sich die Dinge eben merken, bis sie wieder allein war.

»Was werden Sie nun mit Ihrem Werk tun? Wovon handelt es denn?«

»Ich habe es ›Die Freiheit der menschlichen Beziehungen‹ genannt. Wem ich es nun anbieten werde, darüber habe ich noch nicht richtig nachgedacht.« Eben kam der Kellner mit dem Cognac für Schaffer und einem Tablett mit einigen Gläsern Wasser, das er in die Mitte des Tisches stellte. Durstig griff Marte danach.

»Für jemand mit Ihren Erfolgen müsste es doch leicht sein, einen anderen Verlag zu überzeugen.«

»Wenn wir Sie irgendwie unterstützen können …?«

»Danke – das ist wirklich zu liebenswürdig.« Marte spielte mit dem Wasserglas in ihrer Hand.

»Entschuldigung, Hopf«, begann der Jüngste aus der Runde, »weil es mir gerade einfällt … Ich habe noch eine Frage zu unserer nächsten Ausgabe. Wird jemand von der nächsten Premiere im Theater am Kärntner Tor berichten? Man spielt »Die Hugenotten« von Giacomo Meyerbeer.« Die Wangen des jungen Mannes glühten.

»Würden Sie gerne hingehen, Kainrad?«, fragte Hopf zurück.

»Ich denke, dass es sich um eine sehr interessante Inszenierung handelt, es soll die Originalfassung gegeben werden.«

»Ehrlich?« Auch Schaffer war jetzt neugierig. »Kennen Sie jemand an dem Theater?«

Die Herren redeten wild durcheinander, auf Marte achteten sie kaum mehr. Sie entschied, sich zu verabschieden, und stand auf.

»Herr Berends, ich hoffe, wir sehen uns wieder«, sagte Peter Hopf, als er ihr zum Abschied die Hand reichte. »Unsere Redaktion tagt jede Woche um diese Zeit hier im Café. Wenn Sie also Zeit haben … Es wäre mir – besser gesagt – uns allen ein wahres Vergnügen, uns wieder mit Ihnen auszutauschen. Und wer weiß, vielleicht verfassen Sie gar einmal etwas für die Theaterzeitung?«

»Ich denke darüber nach«, versprach Marte lächelnd und ging.

Es war bereits Nachmittag, als sie zurück in die Innere Stadt strebte. Sie hatte das unerwartete Gespräch wirklich genossen. Selbst der Nonsens, über den sie geredet hatten, wie es nur Menschen taten, die mit Sprache arbeiteten, hatte anregend auf sie gewirkt. In den engen Gassen ließ sich Marte ein wenig treiben. Der Platz vor der Hofburg war ebenfalls umbenannt worden und hieß nun Constitutionsplatz. Und vor dem ehemaligen Sitz des Kanzlers Metternich prangte ein neues Schild mit der Aufschrift »Revolutionsplatz«.

Sie schaute noch bei der Buchhandlung Kuppitsch am Franziskanerplatz vorbei, die sie früher gern aufgesucht hatte. Zum Glück war das Geschäft eben wieder geöffnet worden, wie ihr ein freundlicher Buchhändler erzählte. Vielleicht kam jetzt wieder so etwas wie ein ziviles Leben in Gang. Sie stöberte in den vielen neuen Büchern. Das Angebot war unglaublich vielfältig, vieles las sich wahnsinnig oberflächlich, Schauergeschichten, diverse Romane, kitschige Gedichte, aber auch die eine oder andere Kostbarkeit. Sie erwarb Betty Paolis Gedichtband »Romancero« und blätterte dann in ein paar Bänden, deren Verleger für ihr neues Manuskript in Frage kommen mochten. Dass die Freizügigkeit in ihrem neuen Werk so ein Problem darstellen konnte, war eigentlich ungeheuerlich. Doch zumindest hatte sie mit der neuen Publikationsfreiheit viel mehr Möglichkeiten als früher.

Zu Sepp Karl hatte sie nicht wirklich Zutrauen gefasst. Er wirkte wie ein Opportunist. Am besten, sie würde noch prüfen, ob und wie er von Webers Tod profitierte. Sie dachte an die Einladung der jungen Theaterkritiker im Café. Zu gern hätte sie über Theateraufführungen geschrieben. Doch zunächst standen die Berichte an, die sie für den Earl schreiben sollte, denn davon hing letztlich ihr Verdienst ab. So viel war unter einen Hut zu bringen. Sie verließ die Buchhandlung und machte sich auf den Weg zurück zum Palais Lazansky. Eine heiße Chocolade und die Beine hochlegen, sich ein wenig ausruhen, dann würde sie alles Weitere planen.

Marte betätigte den Klopfer am Palais Lazansky und wartete. Irgendwo bellte ein Hund, aber in Violas Haus blieb es still. Wie spät war es eigentlich? Marte hatte über dem interessanten Gespräch im Café und nachher in der Buchhandlung ganz die Zeit vergessen. Sie klopfte noch einmal. Wahrscheinlich waren Viola und ihr Vater noch in der Fabrik. Doch das Dienstmädchen Anna müsste längst zurück sein. Ob die junge Frau noch einmal zu Webers Wohnung gegangen war, sich womöglich mit ihrer Schwester getroffen hatte? Zu dumm, dass Viola und ihr Vater keine weiteren Dienstboten mehr beschäftigten, weil sich alle dem Freiheitskampf angeschlossen hatten. Marte klopfte ein drittes Mal, mehrmals hintereinander. Vielleicht hatte Anna das Klopfen zuvor einfach nicht gehört.

Ein gespornter Reiter steuerte den Eingang an, während Marte noch ratlos vor der verschlossenen Tür stand.

»Ich habe eine Botschaft für …« Er zügelte das Pferd und blickte zu der Fassade auf. Marte trat näher an ihn heran und erkannte die Aufschrift auf dem Brief. »Herrn Malte Berends – Palais Lazansky, Wien …«

»Ich übernehme das Schreiben.«

Der Mann sah sie zweifelnd an. »Sie sind Malte Berends?«

Marte nickte.

»Na gut, ich muss sowieso weiter.« Der Reiter reichte ihr das Schreiben.

Rasch entlohnte sie den Boten, der sich beim Wegreiten nochmals umdrehte, als hätte er eine Frage, sich dann aber doch ohne ein weiteres Wort auf den Weg machte.

Wieder klopfte Marte, doch noch immer rührte sich nichts im Haus. Anna musste eigentlich längst zurück sein. Marte ging zur Hinterseite des Palais, wo sich der Dienstboteneingang befand. Dort wirkte es düster, der strenge Geruch verflüchtigte sich in diesem Winkel wohl kaum je. Das Gitter der kleinen Gartenpforte stand weit offen. Dabei hatte Viola davon gesprochen, wie sehr sie wie alle Wiener Bürger immer darauf achte, alle Türen versperrt zu halten, weil man in diesen unsicheren Zeiten nie wissen konnte, wer sich auf den Straßen herumtrieb und womöglich Böses im Sinn hatte. Es gab genügend zwielichtiges Gesindel, das die Lage in der Stadt für kriminelle Handlungen nützte. Martes Fuß stieß an ein Hindernis, etwas Hartes, Kaltes. Sie sah einen schwarzen Brocken, bückte sich – und schrie auf. Gleich darauf schlug sie sich mit der Hand auf den Mund. Nur nicht auffallen! Nur weil da vor ihr ein totes Tier lag. Nur ein Tier! Sie wollte gar nicht genau wissen, was für ein Kadaver es war. Wahrlich kein Wunder, dass es hier dermaßen stank.

Mit dem Brief in der Hand ging Marte vorsichtig weiter zu der Tür, die ins Haus führte. Sie fragte sich, von wem das Schriftstück stammen mochte, denn es trug keinen Absender. Womöglich hatte ihr Georg geschrieben. Er wusste von ihrem Inkognito, so etwas würde ihm ähnlich sehen. Ob ihn wohl sein Vater, der Kaufmann, gleich wieder in Beschlag genommen und zu diversen Arbeiten eingeteilt hatte, wie Herr Steiler senior das schon früher gern getan hatte? Schließlich hatte er nach ihrer Ankunft in der Stadt gleich zum Handelshaus seiner Familie auf der Landstraße weiterfahren wollen. Marte hatte in dem ganzen Trubel um Webers Tod noch gar nicht weiter darüber nachgedacht, wie Georg wohl von seiner Familie aufgenommen worden war. Sie drehte den Brief in den Händen hin und her. Es könnte Georgs Handschrift sein, aber da ihr Name in Blockbuchstaben geschrieben worden war, war sie sich nicht ganz sicher. Ihren Weg nicht zu akzeptieren, sie aber ständig zu belauern und ihr in ihre Entscheidungen auch noch schriftlich dreinzureden, das würde Georg ähnlich sehen. Hoffentlich war er in seinen Worten nicht zu konkret geworden, man wusste nie, wer die Post mitlas. Sie befühlte das feine hellblaue Papier, das einen sehr eleganten Eindruck machte. Kein billiges Blatt, wie es arme Leute verwendeten, so sie überhaupt schreiben konnten. Seit Kaiserin Maria Theresia galt in Österreich zwar die allgemeine Schulpflicht, doch jeder wusste, dass es mit dem tatsächlichen Besuch des Unterrichts nicht zum Besten bestellt war. Wurden zur Ernte alle Hände gebraucht, standen Bauernkinder schon mal auf dem Acker, statt in der harten Schulbank zu sitzen.

Marte bezwang sich, mit dem Öffnen des Briefes zu warten, bis sie im Haus war, um ihn unbeobachtet lesen zu können. Rasch verbarg sie ihn in ihrer Brusttasche und klopfte mit den Fingerknöcheln an die niedrige Tür, an der die Farbe leicht abgesplittert war. Noch immer rührte sich nichts. Marte hämmerte kräftiger und ausdauernd gegen das Holz, so heftig, dass ihr Handgelenk zu schmerzen begann. Und dann gab die Tür mit einem Mal nach und schwang nach innen. Sie war nicht abgesperrt gewesen, dass es so etwas geben konnte!

Marte wollte schon hineingehen, da stockte sie. Wer wusste schon, was drinnen vor sich ging? Der tote Stanislaus Weber, wie er auf dem Sternparkett lag, erschien vor ihrem inneren Auge. Nicht dass noch etwas passiert war! Sie suchte sich zu beruhigen. Wahrscheinlich war Anna längst zurück und hatte nur vergessen, den Schlüssel im Schloss herumzudrehen. Rätselhaft blieb aber, warum sie nicht geöffnet hatte. Unwillkürlich tastete Marte nach dem Dolch, den sie wie immer mit sich trug, und stieß die Tür ganz auf.

»Anna?«, rief Marte. »Wo bist du?«

Nur die Stille antwortete.

»Viola? Herr Lazansky?«, rief sie und bewegte sich auf leisen Sohlen voran durch das Haus. Es war leer, niemand war zu Hause. Nur das Ticken der Pendeluhr war zu hören, als sie zum großen Salon kam.

Beunruhigt stieg Marte die Hintertreppe hinauf und öffnete die Dienstbotenkammern. Sie waren samt und sonders leer, auch die, die zuletzt von Anna bewohnt worden war. Nur ein vergessenes rotes Band hing über einem Marienbild an der Wand. Die einfache, mit derber Malerei verzierte Fichtenholztruhe, auf die Martes Blick gestern Nacht gefallen war und in der das Dienstmädchen wohl seine wenigen Habseligkeiten aufbewahrt hatte, stand nicht mehr an dem Platz unter dem kleinen Fenster.

Sie ging voran zur Küche. Alles wirkte gepflegt, Töpfe und Pfannen hingen wie üblich blankgescheuert an ihren Plätzen, der Boden war frisch gekehrt worden.

Martes Blick fiel auf ein Stück Brathuhn. Augenblicklich meldete sich ihr Magen mit einem Knurren. Mit einem Messer schnitt Marte ein wenig davon ab, dazu nahm sie sich etwas Brot. Vorbei am kalten Herd verließ sie die Küche.

Mit dem Teller in der Hand ging Marte in ihr Zimmer. Das leere Haus erschreckte sie, als hätte es ein eigenes, geheimes Leben, das erst zum Vorschein kam, wenn alle weg waren und das Haus mit sich allein war.

Nachdem sie sich vergewissert hatte, dass Fenster und Türen geschlossen waren, erbrach Marte das Siegel und entfaltete das Schreiben. Der Earl of Markham, schau an. Schön sah seine Handschrift aus, stark und selbstbewusst. So wie sie ihn kennengelernt hatte.

»Lieber Malte«, begann das Schreiben. Sie hatten vereinbart, dass auch der Earl nur ihr Pseudonym verwenden würde, ihren Decknamen, unter dem sie in Wien verkehrte. Die elegant gewählten Worte brachten etwas in Marte zum Klingen. Sie las weiter, während sie in das kalte Huhn biss. Es schmeckte nach nichts, und außerdem war es so trocken, dass sie nur mühsam schlucken konnte.

Sie konzentrierte sich wieder auf das Schreiben. Was meinte der Earl nur mit seinen Zeilen? Von welcher »Handelsware« sprach er, und wer sollte der Blumenhändler Maier sein, bei dem sie diese entgegennehmen könne? Ihr war klar, dass es sich bei seinen Formulierungen um einen Code handelte, so hatten sie es ja auch abgemacht. Doch ihre Konzentration hatte wahrlich unter den Aufregungen der Reise und dann Webers Tod gelitten, und Aufzeichnungen hatte sie von den Gesprächen mit ihrem britischen Auftraggeber natürlich keine gemacht. So etwas könnte viel zu gefährlich werden, wenn es in falsche Hände geriete. Blumenhändler ... Marte spürte, dass sie nahe an der Lösung des Rätsels war. Wieder und wieder vergegenwärtigte sie sich, wie sie mit dem Earl die Codeworte vereinbart hatte. Maier ... ein Allerweltsname ... Sie biss von dem Huhn ab. Blumenhändler ... Blumen ... Sie nahm nochmals das Schreiben zur Hand.

Vor ihrem inneren Auge stieg eine Szene auf. Georg und sie hatten eine Ausstellung besucht, ganz unverfänglich, der Earl war zu ihnen gestoßen. Ebenfalls zufällig, so sollte es zumindest für Außenstehende wirken. Während sie die Stillleben an den Wänden betrachtet und sich darüber ausgetauscht hatten, konnte Marte mit dem Briten Details für ihre Zusammenarbeit besprechen. Sie überlegte. Blumen ... Sie hatten über Maler gesprochen und dass sie beide die Werke von Ewald Maier schätzten ...

Das war es! Es hätte ihr wirklich gleich einfallen können. Sie hatte doch mit dem Earl über Ewald Maier gesprochen, der insbesondere die Welt der Pflanzen malte – und dessen Werke sie beide sehr liebten. Der Earl hatte davon gesprochen, dass er selbst einmal das Vergnügen gehabt habe, Maier in seinem Atelier in der Alser Vorstadt zu besuchen, und zwar in der Kirchengasse. Ja, jetzt erinnerte sie sich wieder genau an das Gespräch.

Marte nahm ihre Schreibsachen und begann, einen ersten Brief an den Earl aufzusetzen. Allzu viel hatte sie noch nicht erfahren, aber zumindest hatte sie ein paar Einsichten in die revolutionären Vorgänge gewonnen, durch Viola und diesen Munčik. Dem fügte sie Notizen über das Gespräch mit den Theaterredakteuren bei.

Sie berichtete, dass der Kaiser nach Wien zurückkehren wolle und man auf eine Beruhigung der Lage hoffe. Sie hoffte, demnächst Zugang zu den Kreisen bei Hof zu bekommen, um etwas über die kaiserlichen Absichten herausfinden zu können. Außerdem hatten Nationalgardisten aus Brünn ihre Kollegen in Wien besucht und gemeinsam einem Concert des älteren Johann Strauss gelauscht. Dabei war der Kapellmeister beim Marsch »Das einige Deutschland« mit der mährischen Fahne geschmückt und wegen der demonstrierten Verbundenheit beinahe zu Tränen gerührt worden. Wer weiß, was aus der Einigkeit der Deutschen noch werden mochte – darüber sollten sich die Briten selbst den Kopf zerbrechen.

Mit dem Brief würde sie zu Ewald Maier gehen. Wie auch immer sie ihn auftreiben würde – es musste ihr irgendwie gelingen, auch wenn sich die Stadt im Aufruhr befand. Sie würde das Atelier aufsuchen und dann weitersehen.

Während Marte das Schreiben versiegelte, hörte sie Geräusche, die sie zunächst nicht zuordnen konnte. Türenklappern, sie stockte, lauschte – und, ja, Schritte. Rasch steckte Marte das Kuvert ein. Keine Minute zu früh, denn die Tür ging auf – Viola trat ein.

»Grüß dich, meine Liebe!«, rief sie.

»Servus, Viola«, grüßte Marte und fühlte sich erleichtert, dass es kein Einbrecher war. »Was gibt es Neues?«

»Nicht viel. Und bei dir?«

»Anna scheint verschwunden zu sein.«

»Wie, was meinst du damit? Sie wird sich verspätet haben, wie so oft. Das junge Ding lässt sich in der Stadt leicht ablenken.«

Marte schüttelte den Kopf. »Das glaube ich nicht. Sie ist mir heute unterwegs begegnet, als ich gerade bei Webers Haus auf der Jägerzeile war. Sie war in seiner Wohnung. Danach ist uns auch noch dieser Criminalbeamte nachgegangen, dieser Gerstl. Stell dir vor, Anna sagte, sie habe sich mit Weber verlobt.«

Viola brach in Lachen aus. »Wie bitte?«

»Sie hat es wirklich ernst gemeint. Vielleicht hat ihr Weber ja tatsächlich vorgegaukelt, dass er sie heiraten will. Na ja, erst nach einer Weile hat uns Gerstl gehen lassen. Anna ist weitergelaufen. Ich bin noch in ein Café gegangen. Als ich hier ankam, war niemand im Haus. Ich war oben in Annas Kammer. Der Raum ist so gut wie leer.«

Viola stemmte die Arme in die Hüften. »Das ist unglaublich. Sie war das letzte Dienstmädchen, das ich noch hatte!« Sie drehte sich zur Tür, griff nach der Klinke, dann kam sie zurück zu Marte. »Wo kann das Mädel nur hingegangen sein? Glaubst du, dass ich mir Sorgen machen muss?«

Marte zuckte die Achseln. »Ich weiß es nicht. Vielleicht ist sie weggelaufen?«

»Glaubst du?« Viola seufzte tief auf.

»Du warst gestern etwas streng mit ihr. Wer weiß, vielleicht hat ihr die ganze Situation so zugesetzt, dass sie es nicht mehr ausgehalten hat.«

»Wir müssen nach ihr suchen. Nach Webers Tod macht mich das alles etwas unruhig.«

Also durchkämmten sie das Palais Lazansky von oben bis unten, selbst in den Weinkeller stiegen sie hinab. Sie kontrollierten die Durchgänge zu den Kellern der Nachbarhäuser, doch die Vorhängeschlösser waren unversehrt. Viele Häuser der Inneren Stadt waren über die meist mehrgeschossigen Keller miteinander verbunden, wahrscheinlich stammte dies noch aus der Türkenzeit. Doch von Anna war keine Spur zu finden.

Als sie Annas Kammer betraten, deutete Viola sofort zur Wand, wo ein einfaches Gemälde hing. »Wie merkwürdig, dass Anna das Heiligenbild nicht mitgenommen hat. Sie ist sehr religiös. Im Gegensatz zu mir, ehrlich gesagt. Aber …«

»Das bleibt unter uns. Natürlich, du Liebe.« Marte umarmte Viola kurz. Vielleicht war das Mädchen in seiner Verwirrung weggelaufen, aus Angst vor dem Criminalbeamten oder auch vor Viola. Wegen des Kindes, das die Dienstbotin erwartete. Wegen irgendetwas. Oder vielleicht war auch ganz etwas anderes passiert, das zu ihrer überstürzten Flucht geführt hatte.

# 13

*Wien, Vorstadt Alsergrund, 11. August 1848*

Es war ein einstöckiges, typisches Wiener Vorstadthaus, vor dem Marte stehen blieb. Sie trat durch das breite Haustor, durch das leicht ein Fuhrwerk passen mochte, und gelangte in einen großen gepflasterten Innenhof, in dem ein weiteres, kleineres Gebäude stand. Tatsächlich wirkte dieses mit seinen großen Glasfenstern wie ein Atelier. Der Hof wirkte beengt und grau, nur ein einziger Hollerbusch grünte üppig. Marte vermisste die viel offenere Bauweise am Balkan, die sie dort zu schätzen gelernt hatte.

Vorsichtig trat sie näher und versuchte, durch die Fensterscheiben etwas zu erkennen. Als sie eine Gestalt bemerkte, die sich drinnen bewegte, klopfte sie an die Tür. Umgehend wurde ihr geöffnet.

»Grüß Gott. Entschuldigen Sie die Störung. Habe ich es mit Herrn Maier zu tun?« Marte blickte den groß gewachsenen Mann im Malerkittel fragend an.

»Das bin ich, jawoll, mein Herr. Guten Tag! Mit wem habe ich es zu tun?«

»Verzeihen Sie meine Unhöflichkeit. Mein Name ist Malte Berends. Sie haben, so hörte ich, Handelsware zur Verfügung, die mich interessieren könnte. Herr Mark…«

»Kommen Sie herein.« Der Maler sondierte schnell die Umgebung und hielt Marte die Tür auf. »Bitte, möchten Sie vielleicht etwas trinken?« Er wies auf einen alten, abgewetzten Tisch, auf dem eine halb volle Karaffe Rotwein und einige Stielgläser auf einer aufgeschlagenen Zeitung standen, friedlich vereint mit einer Farbpalette, einigen Farbtuben und einer leeren Schüssel.

»Danke, nein«, antwortete Marte.

An der Fensterwand lehnte ein großformatiges Gemälde, das eine freundliche sommerliche Blumenwiese zeigte – doch darüber ballten sich dunkelgraue Wolken.

»Herr Maier, ich soll Ihnen schöne Grüße ausrichten.«

»Wie geht es ...«, Maier zögerte, blickte ihr tief in die Augen und fuhr dann fort: »Wie geht es Peter?«

»Dem Ear...«, fing Marte wieder an, doch der Maler unterbrach sie.

»Keine Namen, bitte!«

»Alles klar. Nun, es scheint ihm gut zu gehen, wie ich brieflich höre. Sie haben mir also ... etwas anzubieten?«

»Womit können Sie handeln?« Der Maler blieb offenbar lieber bei der Geheimsprache.

Marte zog das Schreiben an den Earl halb aus der Tasche.

»Verstehe«, machte der Maler und klopfte einen unruhigen Rhythmus auf den Tisch. »Ich werde Ihr Schreiben weiterleiten.«

Marte sah sich noch einmal um. Eine kleine rote Katze tapste eben über ein wenig umgeschüttete blaue Farbe am Boden. Sie hielt kurz inne und tänzelte dann weiter, während sich kleine blaue Farbabdrücke auf dem Boden abzeichneten. Marte verabschiedete sich und verließ Maier.

# 14

*Wien, Vorstadt Alsergrund, 11. August 1848*

Franz Gerstl war übel, speiübel sogar. Im Allgemeinen Krankenhaus am Alsergrund fand endlich die Obduktion des toten Stanislaus Weber statt. Und bei solchen Gelegenheiten war dem Criminalbeamten immer schon vorher nicht recht wohl zumute. Gern schickte er seinen Kollegen Stauner zu solchen Anlässen ins Gerichtsmedizinische Institut, aber das war diesmal unmöglich gewesen.

Lahmen Schrittes betrat er das Krankenhaus, das unter Kaiser Joseph II. im Jahr 1784 eröffnet worden war. Seither wurden hier Leichenöffnungen durchgeführt, wenn jemand unter unklaren Umständen zu Tode gekommen war. Neben Gerstl stand sein Vorgesetzter, Hauptmann Stern. Starr blickte dieser auf die Leiche, die nach zwei Tagen nicht mehr so richtig geruchsfrei war, um es mal sanft auszudrücken. Hauptmann Stern war selten bei solchen Gelegenheiten anwesend, doch jetzt beschäftigten ihn die politischen Vorgänge in der Stadt sehr. Mit seinem leichten Silberblick starrte er die Leiche an. Der Hauptmann stand klar auf Seite der Dynastie Habsburg, und der Tod eines so kaisertreuen Mannes wie Weber erforderte offensichtlich Sterns Anwesenheit, um der Sache den nötigen Nachdruck zu geben. Leider führte der unmögliche Dr. Vysločil die Totenbeschau durch. Gerstl kannte ihn von früheren Fällen. Der alternde Gerichtsarzt war ein kleines Licht, nuschelte und hatte sich schon so manches Mal in seinen Untersuchungsergebnissen vertan. Auch jetzt schimpfte er wieder vor sich hin, auf seinen Beruf, auf die Zustände und auf den toten Weber sowieso.

»Der mit seiner Deutschtümelei!«, schimpfte er, während er den Rumpf des Toten mit einem Schnitt von Kehlkopf bis Schambein zu öffnen begann. Dr. Vysločil stammte aus Böhmen und bildete sich darauf weiß der Kuckuck was ein. Wahrscheinlich fühlte er sich Professor Škoda nahe, der aus demselben Land kam. Dem würde Vysločil aber nie das Wasser reichen können, so viel war allen klar, als er jetzt zweimal ansetzte, ehe er einen weiteren Schnitt vom Kehlkopf zur linken Schulter ausführte. Beim dritten Schnitt zur rechten Schulter klappte alles auf Anhieb, und Vysločil begann, vorsichtig das Gedärm aus dem Leib des Toten zu nehmen.

»Sie wissen, was ich meine«, murmelte Vysločil und sah Gerstl dabei über seine Brille hinweg an. Gerstl nickte. Es war dumm gewesen, dem Gerichtsarzt seinerzeit von seinem böhmischen Vater zu erzählen. Er hatte es auch nur getan, weil ihn der Doktor als Deutschen beschimpft hatte. Jetzt glaubte Vysločil, sie beide stünden allein deswegen auf einer Seite, politisch betrachtet.

Der Gerichtsarzt setzte nun an, die Rippen zu zersägen. Gerstl hörte Stern krampfhaft schlucken. Er fühlte sich selbst immer unwohler in diesen Räumlichkeiten, wo es nach Blut roch und nach Erbrochenem. Von irgendwo war Gelächter zu hören, dann leichtfüßige Schritte. Sicher waren es Studenten, die aus den Hörsälen strömten. Gerstl fühlte sich an seine Jugend erinnert und daran, wie selten er wirklich unbeschwert das Leben genossen hatte. Auch er wollte das Leben in vollen Zügen spüren, auch und gerade jetzt, wo rund um ihn gestorben wurde. Einen Moment lang verwirrten ihn seine eigenen widersprüchlichen Gedanken. Etwas Wahres war an der Sache dran. Jetzt, wo die Revolution neue Freiheiten erkämpfte, damit auch ein kleiner Mann einmal etwas vom Leben haben konnte, da fühlte sich sein Beruf plötzlich fremd an. Was machte er hier, in diesem Keller? Viel zu häufig war er von Toten umgeben. Mit einem Schlag graute ihm vor seinem Beruf, den er sonst liebte. Er hatte schon als Bub andere Kinder verteidigt, wenn sie grausam oder ungerecht behandelt wurden. Was war denn heute mit ihm los?

Stern räusperte sich neben ihm und holte Gerstl in die Wirklichkeit zurück. Einige Organe des Toten lagen bereits in Schalen, die neben ihm standen, als gehörten sie gar nicht mehr zu ihm. »Wie steht es nun, Dr. Vysločil? Wurde der Tote ermordet, ja oder nein?« Wieder schluckte der Hauptmann schmatzend und schien dabei mit seinem Silberblick nach links und nach rechts gleichzeitig zu schauen. »Ich habe nicht endlos Zeit! Ich werde bei Hof erwartet, es gibt viele wichtige Angelegenheiten zu besprechen. Also?« Militärisch knapp, so kannte man den Hauptmann.

»Ja, ja«, murmelte Dr. Vysločil, dabei maß sein Blick den Toten oberflächlich. »Also, der Corpus sieht verfettet aus, wahrscheinlich ist er daran gestorben. Das Herz machte das nicht mehr mit. Die Lunge wirkt zwar etwas schwer und blutgestaut, aber nicht über die Maßen. Auch lief nicht allzu viel wässriges Sekret ab.« Vysločil leierte die Ergebnisse der Leichenöffnung herunter, als hätte er es mit einer Schar uninteressierter Studenten zu tun, dabei vermied er den Blickkontakt zu Gerstl und seinem Vorgesetzten. »Das einzig Auffällige ist eine gebrochene Rippe. Dies geschah jedoch aller Wahrscheinlichkeit nach noch vor dem Eintritt des Todes.«

Gerstl keuchte, dieser ekelhafte Geruch nahm ihm die Luft zum Atmen. Er wollte an etwas Schönes denken, an duftende Rosen oder einen Kuss, die weiche Haut einer Frau … Viola Lazansky erschien kurz vor seinem inneren Auge.

Dr. Vysločil fuhr fort: »Abwehrspuren konnte ich am Toten keine entdecken.« Der Medicus lächelte wächsern. »Es gibt natürlich die Möglichkeit, dass man ihm etwas mit einem Getränk verabreichte und er dies nicht bemerkte.« Vysločil hob die linke Hand des Toten leicht an. »Alles ganz sauber. Wie es sich für einen Mann seiner Stellung gebührt. Also ich tippe auf natürlichen Tod. Übrigens, es hat sich noch niemand nach der Leiche erkundigt«, fuhr er fort. »Wissen Sie, ob der Tote Anverwandte hatte?«

»Noch ist nichts bekannt.« Stern strich sich unwirsch eine kleine Haarsträhne aus der Stirn. »Früher war Stanislaus Weber ein angesehener Herr, aber heute … einem ehemaligen Censor schlagen in Zeiten wie den unseren Ablehnung und Feindschaft entgegen.«

»Verstehe. Das ist Ihre Sache«, bemerkte Vysločil und wusch sich ausgiebig seine Hände in einer Waschschüssel, deren ursprünglich helles Emaille rötlich verfärbt war. »Und jetzt entschuldigen Sie mich, meine Herren, es gibt noch viel zu tun. Sie kennen ja den Weg hinaus.«

»In der Tat. Auf Wiedersehen.« Hauptmann Stern verließ bereits den Totenbeschauraum, in dem das Gaslicht nur den Untersuchungstisch erhellte. Gerstl fror und folgte Stern rasch in den Gang. Er fühlte sich wie erdrückt von den dicken Mauern, dem abgetretenen Steinboden, der ihm schräg entgegenzukommen schien. Draußen war Sommer, er wollte endlich wieder die Sonne auf seiner Haut spüren.

»Sie ermitteln weiter«, wies Stern mit zackigem Tonfall Gerstl an, schließlich war der Hauptmann früher beim Militär gewesen. Dabei sah er Gerstl nur mit dem linken Auge richtig an, was ihn wie immer irritierte. Gemeinsam gingen sie Richtung Ausgang. »Befragen Sie alle nötigen Personen, sicher ist sicher. Dann berichten Sie mir. Wenn nur das geringste Verdachtsmoment für einen unnatürlichen Tod auftaucht, egal was der Medicus sagt …«

»Verstehe.« Gerstl nickte. Sie waren im Hof angelangt, wo von einer Kutsche eben ein Sarg abgeladen wurde.

»Ich habe dies alles an höchster Stelle zu verantworten«, sagte Stern mit eisiger Stimme. Mit einer knappen Handbewegung verabschiedete er sich und eilte stadteinwärts. Gerstl blieb einen Moment vor dem Tor zur Sensengasse stehen und blickte in den blauen Himmel. Er dachte nach, welche Schritte jetzt als Nächstes angebracht waren. Gerade wollte er sich der Inneren Stadt zuwenden, als jemand mit ihm zusammenprallte. Er sah auf und blickte in ein junges Gesicht. Der elegant gekleidete Herr putzte sich eben das Jackett, als wäre er nicht mit Gerstl, sondern mit einem Lumpensammler zusammengestoßen. Und was das Größte war: Diesen Herrn hatte er schon einmal zu oft getroffen, als dass Gerstl dies für Zufall halten konnte. Und das schien auch der andere zu denken.

# 15

*Wien, Vorstadt Alsergrund, 11. August 1848*

Marte hetzte am Spital entlang. Nur weg hier! Vorbei an Passanten, die ihr neugierig nachsahen, ihr irgendwas nachriefen, das sie nicht verstand. Mit gesenktem Kopf huschte sie durch ein Seitentor und stand in einem kleinen Hof, der offenbar bereits zum Krankenhaus gehörte. Sie folgte kurz entschlossen einer Stiege, die unter einer Art Verbindungsgang zwischen zwei Gebäuden durchführte, und erklomm eine andere Stiege. Düster war es zwischen den engen Mauern. Sie schlich einen schmalen Weg unterhalb einer Mauer mit kleinen Fenstern entlang. Neben dem Weg wucherte Grünzeug, niemand schien sich recht darum zu kümmern. Nirgends war ein Mensch zu sehen. Ein Lindenbaum sandte seine lieblichen Düfte aus, während der Wind in seinen Blättern rauschte.

Marte hetzte weiter, drehte sich kurz um. Der Criminalbeamte schien ihr nicht gefolgt zu sein. Oder doch? Sie hörte Schritte. Rasch weiter! Wieder eine Stiege, ein anderer, noch kleinerer Hof. Vor ihr – der Narrenturm. Bedrohlich rund, klobig und grau stand das Irrenhaus da. Sie spürte diese Angst, die sie schon das halbe Leben verfolgte. Dass man sie ebenfalls zum »Guglhupf« verfrachten würde, weil sie so anders war. In dem Maß, wie sie nach einem selbstbestimmten Leben trachtete, war dies für Frauen nicht vorgesehen. Eine Ablehnung des ausgewählten künftigen Ehemanns, wie Marte es getan hatte, war nicht einmal auszudenken. Genauso wenig wie ein selbstständiger Verdienst kraft eigener Arbeit. Gerne wurde Frauen wie ihr ja Hysterie vorgeworfen. Geisteskrank, ja, an manchen Tagen, an den schlechten Tagen, fühlte sie sich so. Aber es war doch, bei Licht betrachtet, ihr gutes Recht, ihr Leben nach ihren Vorstellungen zu leben. So gut das eben ging, wo sie schon nicht Medizinerin werden durfte. Eine Heirat konnte einfach nicht das höchste Ziel aller Träume sein. Georg kam ihr in den Sinn. Ihn hatte sie ebenfalls nicht geheiratet, auch wenn sie in der Fremde so getan hatten, als wären sie ein Ehepaar. Ein unerwarteter Schauer lief ihr über den Rücken. Sie hatte seit Webers Tod kaum an ihren Liebsten gedacht. War er überhaupt noch ihr Liebster?

Im Weiterlaufen warf sie einen Blick über die Schulter. Gerstl tauchte hinter ihr auf, hatte sie fast eingeholt. Sie musste ihn abhängen! Nicht dass er ihr Versteckspiel doch noch durchschaute. Was man mit einer enttarnten Spionin in ausländischen Diensten machen würde, wollte sie gar nicht so genau wissen.

Rasch sprang sie hinter ein paar Holunderbüsche nahe dem Turm der Wahnsinnigen und duckte sich. Gerstl verfolgte womöglich bereits ihre Spur, seit er sie und das Dienstmädchen Anna aufgehalten hatte.

Sie hörte das gellende Geräusch einer Trillerpfeife. Polizey! Gerstl musste Alarm geschlagen haben. Umgehend duckte sich Marte noch tiefer ins Gebüsch und hielt den Atem an. Von oben sahen die schmalen Fenster der Irrenanstalt auf sie herab wie Hunderte Augen. Unten wuselten Ameisen durch das Laub. Marte machte sich ganz klein und zog den Hut ins Gesicht.

Ein Geräusch über ihr ließ sie auffahren. Zuerst konnte sie nur fragende braune Augen über sich erkennen, dann tauchte ein scheinbar körperloser braungelockter Kopf zwischen den Zweigen auf.

»Rudolph, bist du das?«, stotterte Marte nach einer Schrecksekunde.

»Natürlich, wer sonst?«, antwortete ihr Lieblingscousin, Rudolph von Marbach, drei Jahre jünger als Marte und früher immer an ihrer Seite, bis sie aus dem Schloss der Familie vertrieben worden waren. Später war er zum Studium nach Wien gekommen. Wie lange war es her, dass er sie, als Student verkleidet, in die Vorlesungen eingeschleust hatte. »Aber was ist mit dir, Marte?«, lachte er, »ich weiß, du hältst dich gern an seltsamen Orten auf, an denen du eigentlich nichts verloren hast. Aber ausgerechnet hier? Oder bist du gerade verzaubert worden von Frau Holle?«

»Sch, nicht so laut. Hilf mir, die Polizey ist hinter mir her.«

Wieder gellte eine Trillerpfeife, das Geräusch schien näher zu kommen.

»Schnell, ich bitt dich, Rudolph.«

»Du bist auf der Flucht?«

»Erklär ich dir alles nachher, aber bitte, bring mich weg. Weißt du einen Schleichweg?«

»Komm mit.« Er hielt ihr die Hand hin.

»Ich kann allein aufstehen.« Sie rappelte sich hoch und wischte die trockene Erde von ihrem Anzug. Der Hut fiel ins Laub, sie bückte sich danach und setzte ihn wieder auf.

»Du siehst etwas verändert aus. Ist der Gehrock jetzt en vogue für Damen?« Wieder schmunzelte Rudolph.

»Eine lange Geschichte. Lass uns gehen, ja?«

»In Ordnung. Meiner Lieblingscousine helf ich gern. Ich hoff nur, du bist nicht empfindlich? Wir müssen durch den Leichenkeller.«

»Ach, was kann mich noch erschüttern?« Zweifelnd sah Rudolph sie an. Gebückt liefen sie hinter den Büschen an einer Mauer entlang, von der der Verputz bröckelte.

»Gleich sind wir da.« Wieder ging es treppauf, treppab, durch finstere, kleine Höfe und Pawlatschen entlang. Marte fühlte trotz der Hektik einen Moment lang Erinnerungen an ihre Jugend in sich hochsteigen, waren doch diese außen an den Hauswänden angebrachten hölzernen Gänge etwas typisch Wienerisches. Endlich schlüpften sie durch ein dunkles, niederes Tor. Schritte näherten sich ihnen. Rasch zog Rudolph sie hinter einen großen Kasten, der in einem engen Gang stand. Ein Arzt im weißen Kittel rauschte vorbei, zog im Gehen den Mantel aus und hängte ihn auf. Kurz darauf schlug eine Tür laut zu.

»Jetzt ist die Luft rein«, rief Rudolph, und seine Stimme hörte sich beunruhigend fröhlich an.

»Bist du sicher?« Marte gab nur ungern zu, dass ihre Beine etwas zitterten.

»Ganz sicher. Ich kenne das Institut wie meine Westentasche.«

»Ach ja?«

»Ja. Gestatten – Oberarzt Rudolph von Marbach, sehr zu Diensten, mein Herr.«

Marte musste grinsen.

»Komm weiter.«

Sie huschten durch verwinkelte, nur schwach erleuchtete Gänge. »Vor einem Jahr bin ich mit dem Medizinstudium fertig geworden«, erzählte Rudolph nebenbei, »jetzt assistiere ich Professor Škoda hier am anatomischen Institut, eine große Ehre.«

»Tante Agathe ist sicher stolz auf dich.«

»Und wie. Mama erzählt es jedem, der es hören will – oder auch nicht. Doch jetzt sag endlich, was machst du hier in diesem merkwürdigen Aufzug? Stehen dir gut, die kurzen Haare.«

»Nicht so laut!«

»Ist doch keiner hier.«

»Trotzdem.« Ängstlich zupfte Marte an ihrem Jackett. »Ich bin Zeugin eines scheußlichen Todesfalls geworden, dabei bin ich gerade erst nach Wien zurückgekehrt ...«

»Du hast dich wirklich lange nicht blicken lassen.«

»Ich musste weg, das weißt du ja. Niemand wollte Georgs und meine Beziehung akzeptieren.«

»Ja, ja, die Liebe«, Rudolph nickte und verdrehte grinsend die Augen. »Aber ich war immer auf deiner Seite.«

»Ich weiß, Rudolph.« Wieder lauschte Marte, aber es war überall still.

»Um welchen Todesfall geht es denn, Marte?«

»Mein Verleger ist tot umgefallen.«

»Ich erinnere mich. Du übst die Schriftstellerei aus, wie ich erfahren konnte. Du veröffentlichst unter einem männlichen Namen, nicht wahr?«

»Als Malte Berends, stimmt. Von wem hast du das denn gehört?«

»Oh, ich weiß nicht mehr. Wissen das nicht alle in der Familie?«

»Kann sein.« Zu dumm, wenn das stimmte. Dann war sie ja gar nicht so inkognito in der Stadt, wie sie gedacht hätte. Zumindest kannte niemand ihre Verkleidung als junger Herr. Bis auf Rudolph. »Du erzählst aber niemandem davon, ja?«

»Natürlich nicht. Und, läuft das gut, Marte?«

»Einigermaßen. Aber jetzt ... Na, wo ich schon hier bin, möchte ich dich etwas fragen. Ich möchte in Erfahrung bringen, woran Stanislaus Weber gestorben ist. Immerhin war er jahrelang mein Verleger. Kannst du mir helfen?«

Rudolph schien zu überlegen. »Wie lange ist der Todesfall her?«

»Er ist vor zwei Tagen umgekommen, am 9. August.«

»Hm. Wenn der Mann schon obduziert wurde, brauchen wir nur das Protokoll zu konsultieren. Dafür gehst du aber nachher mit mir auf eine heiße Chocolade und erzählst mir alles.«

»Ein Bier wär mir lieber.«

»Immer noch die alte Marte.« Rudolph hob eine Augenbraue und schüttelte grinsend den Kopf.

»Offiziell bin ich Malte Berends. Es wäre besser, wenn vorerst niemand in der Stadt von meiner Rückkehr erfährt.«

»Ach. Ehrlich?«

»Ja. Du kannst natürlich Marte sagen, wenn wir zu zweit sind.«

»Und wo logierst du? In einer zwielichtigen Herberge? Darf ich dich da besuchen?«

»Bei einer Freundin.«

»Bei welcher Freundin? Dem seidenweichen Fräulein Lazansky?« Er zog übertrieben affektiert die Nase kraus und grinste immer noch.

»Lass die Blödheiten, Rudolph. Sie ist eine liebe Freundin. Also, hilfst du mir?«

»Gut, dann auf in den Leichenkeller.«

Ein paar Minuten später standen sie in einem kärglich erleuchteten Raum, in dem, wie Rudolph erklärte, die Verstorbenen lagen, bis alle Unklarheiten ihres Todes beseitigt und ihre Identität restlos geklärt war. »Immer wieder landen Unbekannte hier, so viele nehmen sich das Leben.«

»Tatsächlich?«

»Erschreckend viele. Natürlich …« Rudolphs Stimme senkte sich zu einem Flüstern, »auch viele Verlierer des Freiheitskampfes. Vertreter der früheren Obrigkeiten.«

»Hm.«

»Also, wie sieht dein Toter aus?«

In dem gekühlten Raum standen dicht gedrängt die Bahren, unter Tüchern wölbten sich Körper. Sie sahen aus, als schliefen sie, doch sie würden sich nie wieder bewegen, nie wieder aufwachen. Martes Arme überzog Gänsehaut. »Er hatte silbergraue Locken und ein wenig Übergewicht, aber nicht zu sehr.«

Rudolph zog mit seinen langen, schlanken Händen das Tuch ein

Stück von einem Körper, ein blasser Kopf mit blonden, blutbefleckten Haaren war zu sehen.

Marte schüttelte den Kopf. »Das ist er nicht.«

Rudolph ging die Reihe der Bahren ab, blieb vor einer stehen. Er deckte das Tuch von einem bläulich angeschwollenen Männerfuß. An die große Zehe war mit Bindfaden ein Zettel geknüpft worden.

»Stanislaus Weber«, las Rudolph laut vor, »gestorben am 9. August 1848.«

»Das ist er.« Marte warf einen kurzen Blick auf Webers Gesicht. Jemand musste ihm die Augen geschlossen haben, die Wangenmuskeln waren erschlafft. Er wirkte direkt friedlich, wie er so dalag.

Rudolph nickte. »Gut, dann suche ich mal das Protokoll der Leichenöffnung.« Er ging zu einem Tisch an der Wand. »Aha, hier ist die Liste der heute untersuchten Leichen. Ah, hier haben wir's ja. Stanislaus Weber. Da steht, dass der Tote tatsächlich bereits untersucht wurde. Natürlicher Tod, steht da. Aber wo ist das Protokoll? Wie merkwürdig, ich kann keine Aufzeichnungen finden.«

»Vielleicht kommt das erst noch?«, fragte Marte.

»Kann ich mir nicht vorstellen.« Rudolph sah zu einer Standuhr. »Es ist nach vier Uhr, da ist normalerweise niemand mehr hier. Das vorhin im Gang war Dr. Vysločil. Nein, keine Angst, Marte«, sagte er mit einem Seitenblick zu ihr, »ich habe Schlüssel zum ganzen Haus. Also, das ist Vysločils Schrift hier auf der Liste der obduzierten Personen, aber dass er kein Protokoll geschrieben hat …«

»Merkwürdig«, gab Marte zu.

»Nun, lass uns mal sehen, was wir selbst herausfinden können. Berichte mir ein wenig über Weber. Was weißt du über seinen Gesundheitszustand?«

»Er hat immer gut und viel gegessen, fettes Fleisch, dazu Wein, jede Menge davon. Vielleicht ist er am Herzschlag gestorben.«

»Aber du glaubst es nicht?«

»Nein, ja«, sie wiegte den Kopf, »ich weiß es wirklich nicht. Aber ich mache mir so meine Gedanken. Die Leute im Salon haben geredet, als sie um den Toten herumgestanden sind.«

»Du warst dabei?«

»Er ist in Violas Haus gestorben. Ausgerechnet an dem Tag, an dem ich in Wien eingetroffen bin. Er war bereits tot, als ich angekommen bin. Einer ihrer Gäste hat seine winzigen Pupillen beobachtet. Du hast vielleicht in einer Zeitung davon gelesen.«

»Ich komme kaum zu etwas anderem als der lieben Arbeit, Marte. Was glaubst du, was hier los ist.« Mit weit ausholender Geste zeigte er auf die vielen Toten.

»Weber soll sich eine Weile halbwegs normal mit den Gästen unterhalten haben. Erst später ist einigen wohl seine Atemnot aufgefallen.«

»Eine Atemlähmung ließe auf eine Vergiftung schließen. Dadurch fällt der Blutdruck ins Bodenlose, und letztlich kommt es zum Kreislaufschock, der Betroffene bricht zusammen. Doch bis es so weit ist, können mehrere Stunden vergehen.«

Marte nickte. Das würde passen. »Als ich eingetroffen bin, lag Weber bereits tot auf dem Boden. Professor Škoda wurde gerufen und hat von Gift geredet, aber …«

»Gift«, Rudolph schloss kurz die Augen. »Gift, ja … nach all diesen Beschreibungen würde ich auch davon ausgehen.«

»Und es gibt offenbar Leute, die aus Webers Tod einen Vorteil ziehen. In seinem Bureau habe ich seinen Compagnon angetroffen, der mir von Webers Teilnahme am bosnischen Krieg berichtete. Also vielleicht hat Weber Morphium oder ein anderes Mittel gegen die Schmerzen genommen. Dieser komische Kauz, ein Herr Karl, hat allerdings vorgegeben, er wisse nicht viel über Webers Privatleben. Er erbt Webers Verlag, die beiden waren seit Kurzem Teilhaber an der Firma.«

»Ein Motiv?«

»Das dachte ich auch.«

»Na, dann lass uns den Toten einmal genauer ansehen. – Hier, nimm das, Marte.« Rudolph reichte ihr ein Tuch. Er deutete auf ihren Mund und ihre Nase. »Halte es dir vors Gesicht, damit dir nicht übel wird. Du bist den Gestank ja nicht gewohnt.«

»So zimperlich bin ich auch wieder nicht, mein werter Cousin.«

»Ich weiß, beste Cousine, du hättest es als Arzt sicher zu Großem bringen können. Aber glaub mir, ein zwei Tage alter Toter ist selbst für mich kein schöner Anblick.«

»Na gut.« Marte tat, wie ihr geheißen. Rudolph zog die Abdeckung von Webers unbeweglichem Körper. »Gehen wir alles durch, von oben bis unten.« Der Anblick und dazu dieser leicht süßliche Verwesungsgeruch, der selbst durch das Tuch vor der Nase drang … Natürlich, jeder ging einmal diesen Weg ins Reich der Toten. Aber nicht so. Hoffentlich.

Rudolph zerteilte die Haare des Toten. »Aha«, rief er dann und deutete auf eine Stelle am Hinterkopf. »Eine Beule.«

»Und was sagt uns das? Er kann sie sich beim Sturz zugezogen haben.«

»Verstehe. Nun gut, dann weiter. Was haben wir hier?« Er untersuchte die Augen, das Gesicht, schob die Haare des schmalen Oberlippenbarts leicht zur Seite. Triumphierend deutete er auf die Mundwinkel des Toten. »Kleine Verletzungen an den Wangen. Die Haut ist ein wenig zerfetzt, da ist auch eine Blutkruste, fast vom Bart verborgen. Was schließen wir daraus?«

»Druckstellen?«

»Sieht so aus«, Rudolph rieb sich das Kinn, »wie wenn ich dich so packe, um dir eine Medizin zu verabreichen.« Er ergriff Martes Kinn so fest, dass sie aufschrie. »Schon gut, Marte, ich demonstriere nur. Also, wenn sich diese Sache so abgespielt hat, wie ich denke, dann sind die Wunden an der Wange ein Beweis dafür, dass man ihm irgendwas verabreicht hat, und zwar gegen seinen Willen. Man muss ihm mit Gewalt den Mund aufgedrückt haben.«

Marte nickte. »Also hat er doch nicht selbst eine Überdosis erwischt.«

»Sieht danach aus. Warte, ich mache eine Zeichnung.« Rasch skizzierte Rudolph Webers Gesicht auf einem kleinen Block. »So, die Flecken sind hier und hier zu sehen. Gut, alles ist festgehalten. Sehen wir weiter.« Er deckte Webers Gesicht zu und widmete sich dem Hals, dann dem Oberkörper. »Hier gibt es nichts Ungewöhnliches.« Eine frische Naht zeigte, wo der Leib für die Obduktion geöffnet worden war. Eingehend studierte Rudolph die Anatomie des Toten, den Bauch, Unterkörper, die Beine. Doch bis auf ein paar weitere bläuliche Stellen an den Schienbeinen konnte er nichts Besonderes feststellen.

»Diese Verletzungen kann er sich auch in der Menschenmenge

zugezogen haben, als er schon getaumelt ist«, erklärte Rudolph. »Hast du von den sogenannten Hoffmannstropfen gehört?«

Marte sah Rudolph zu, wie er den Leichnam weiter untersuchte.

»Natürlich. Sie enthalten Opium, nicht wahr?«

»Siehst du, Marte. Vielleicht hat er die zur Beruhigung oder was weiß ich genommen, sie werden ja gern für Schwächezustände aller Art empfohlen. Und ein böser Mensch hat ihm zu viel davon eingeflößt. Das herauszufinden ist allerdings Sache der Criminalbeamten.«

Sie beschlossen, ihre Nachforschungen für heute zu beenden.

»Willst du nicht mit deiner Mutter reden?«, fragte Rudolph, während er sich die Hände gründlich wusch. »Eure Liebesgeschichte ist doch sicher nicht mehr so ein Drama wie damals, als du mit diesem Jüngling weggelaufen bist. Wo ist er eigentlich?«

»Ach.« Marte wusste nicht, was sagen, nicht über Georg. Zu fremd fühlte sie sich inzwischen ihrem Liebsten. »Meinst du, die Familie denkt jetzt anders über mich?«

»Es ist doch längst Gras über die Sache gewachsen.« Hinter seinem Lächeln zeigte sich etwas anderes, irgendwie Trauriges.

»Weißt du, es ist nicht alles so, wie es scheint. In der ersten Verliebtheit. Bist du denn vergeben?«

Rudolph schlug die Augen nieder.

»Nein … die große Liebe hat mir mein Herz ruiniert.«

»Siehst du.«

Forschend blickte Rudolph auf. »Glaubst du denn nicht mehr an die Macht der Liebe?«

Marte zuckte die Achseln. »Wenn ich das selbst so genau wüsste …«

Während sie gemeinsam aufräumten, damit nichts auf ihre Anwesenheit hindeuten konnte, erzählte Marte von ihrer Flucht mit Georg und den interessanten Reisen. Von der Sehnsucht nach Wien, die vor allem Georg ergriffen hatte. Nur vom Earl of Markham erzählte sie lieber nichts, sicher war sicher. Sie hatte Rudolph zu lange nicht gesehen, wer wusste denn, auf welcher Seite er politisch in diesen Tagen stand.

Endlich sah der Obduktionsraum aus wie zuvor, und sie verließen den Leichenkeller. Kein Mensch war weit und breit zu sehen, nur von fern klang das Klirren von Metall.

»Da ist der Anatomie-Hörsaal.« Rudolph verzog leicht spöttisch die Mundwinkel, aber das Lächeln erreichte seine Augen nicht. »Ich hätte gedacht, wir sind allein, aber wahrscheinlich schneidet Professor Rokitansky wieder wen auf für eine Vorlesung. Noch Mut?«

»Mut jederzeit, aber ich sollte jetzt einen Apotheker aufsuchen, den Weber nach Angaben seines Geschäftspartners konsultiert hat. Du könntest mir fachlich zur Seite stehen, falls nötig.«

»Gern, dann lass uns gehen.«

Der Tag schien doch noch gut werden zu wollen. Draußen umarmte sie die warme goldene Sonne mit festem Griff. Marte drehte sich achtsam um, ob jemand sie beobachtete, womöglich erkannte, doch sie konnte in der Menschenmenge nichts Ungewöhnliches entdecken. Ein wenig beruhigter folgte sie Rudolph Richtung Innere Stadt.

Auf dem Weg unterhielten sie sich. »Also, Marianne –«, sagte Rudolph.

»Bitte nenn mich Marte.«

»Marte? Na gut. Bevor wir weitermachen, erzähl mir doch alles über diesen Todesfall.«

»Äh …«

»Ich muss wissen, worauf ich mich einlasse. Auch wenn an der Universität und in der Klinik alle für den Kampf um die Freiheit sind, es steht viel für mich auf dem Spiel.«

»Ja, verstehe«, murmelte Marte. Rudolph war immer ihr Lieblingscousin gewesen, sie selbst hatte keine Geschwister. Ihr Vater war früh verstorben, woran, darüber schwieg sich Martes Mutter aus.

Sie ließen das Spital hinter sich und eilten die Alser Straße entlang stadteinwärts. »Da gibt es ein wie vom Erdboden verschlucktes Dienstmädchen. Die junge Frau behauptet, mit dem Toten verlobt gewesen zu sein. Sie wirkt ziemlich eifersüchtig, das junge Ding aus Böhmen. Die Künstler, allen voran eine Dichterin, die an dem verhängnisvollen Abend bei Viola zu Gast waren, haben kein gutes Haar an Weber gelassen. Er war früher Censor, und manche haben ihn für seine Entscheidungen gehasst.«

»Die Censur ist glücklicherweise abgeschafft, dank des Einsatzes der Studenten.«

»Ja. Aus genau diesem Grund wollte Weber offenbar sein Verlagsgeschäft forcieren. Und dann war da noch die Rede von käuflichen Frauen, mit denen er Umgang gepflegt haben soll.«

»Nichts wirklich Ungewöhnliches.«

»Nein. Überhaupt war er hinter jeder Kittelschürze her, das weiß ich von früheren Begegnungen mit ihm.«

»Eine Fraueng'schicht? Wär nicht der erste Mord aus Eifersucht.« Rudolph strich sich ein paar Haarsträhnen aus der Stirn, als sie eben das Criminalgericht passierten.

»Rudolph – geh bitte – würdest du denn töten aus so einem Grund?«

»Natürlich nicht. Aber ich kenne die Verzweiflung mancher Menschen und wohin sie führen kann. Wenn die Liebe enttäuscht wird, wenn sich der geliebte Mensch abwendet …« Er seufzte tief auf.

Marte nickte und berührte kurz seinen Arm. »Das Dienstmädel erwartet außerdem ein Kind. Aber leider ist sie verschwunden.«

»Vielleicht wird sie hier im Spital auftauchen, wenn es so weit ist, und ihr Kind im Findelhaus lassen.«

»Halt die Augen offen, bitte, lieber Rudolph. Sie heißt Anna, bewegt sich ungelenk und spricht schlechtes Deutsch.«

Sie eilten übers Glacis. Immer wieder drehte Marte sich um. Ihr Herz klopfte unruhig, als sie jemanden zu erkennen meinte. Hoffentlich irrte sie sich und es war nicht schon wieder dieser Criminalbeamte!

# 16

*Wien, Vorstadt Alsergrund, 11. August 1848*

Gerstl wollte sich eben an die Fersen des jungen Berends heften, der in Begleitung eines anderen Herrn Richtung Innere Stadt strebte, als er sah, wie genau dies ein anderer tat. Wie merkwürdig, dass dieser Berends immer wieder seinen Weg kreuzte! Den Verfolger kannte Gerstl allerdings nicht. Dieser legte ein geradezu übereifriges Gehabe an den Tag, und das Grinsen wirkte höchst verbissen. Wie starr er die Augen nach vorn richtete! Dazu diese geballten Fäuste, und ein angespannter Gang war das. Vor dem Schottentor hatte der Unbekannte Herrn Berends und seinen Begleiter eingeholt. Der Verfolger hob eine Hand, streckte sie eben nach Berends aus und rief etwas, da drehten sich beide um.

»Georg, was tust du hier?«, sagte der schlanke Herr Berends. Die Worte kamen gedrückt heraus, die Stimme etwas hell. Dabei sah Berends sich nach allen Seiten um. Gerstl versteckte sich rasch hinter einem der Bäume am Glacis. Der Mann, der Berends begleitete, stand, die Hände verschränkt, abwartend neben den anderen.

»Ich habe mir Sorgen gemacht.« Der Georg Genannte dehnte die Laute ins Unendliche. »Du hast dich nicht mehr gemeldet, seit wir in Wien angekommen sind.« Dabei trat wieder dieser verbissene Ausdruck in sein Gesicht. »Man hört von einem Todesfall im Palais Lazansky. Ein unangenehmer Mensch, dieser Weber. Ich habe mich immer gefragt, wie du mit ihm zusammenarbeiten konntest.«

»Vielleicht, weil wir Geld gebraucht haben? Du weißt, dass ich …«

»Erinnere mich nicht daran. Ich wollte dich aufsuchen, um zu sehen, ob es dir gut geht. Kaum je trifft man dich an, du schwirrst den ganzen Tag durch die Gegend. Ich folge dir die längste Zeit.«

Berends verdrehte die Augen. »Georg …«

»Was hast du denn? Freust du dich nicht?«

»Du folgst mir also nur wegen Webers Tod, ja?«

»Ich wollte dich in Sicherheit wissen!« Mit einer galanten Geste drückte dieser Georg die rechte Hand von Berends und legte sie an seine Brust, was Gerstl höchst verwunderte.

»Daran habe ich nicht gedacht. Verzeih, Georg. Aber deshalb brauchst du mir nicht nachzuschleichen, wie einer dieser Polizeyagenten. Tu das ja nicht mehr!«

»Aber …«

»Nichts aber. Wieso bist du nicht bei deinem Vater? Die ganze Zeit hast du dich nach dem Kaufmannsleben gesehnt, und was ist jetzt?«

Der Angesprochene hob die Schultern, ließ sie wieder fallen.

»Wie geht es deiner Familie, Georg? Wie haben sie deine Rückkehr aufgenommen?«

Was meinten die beiden?

»Vater geht es nicht besonders mit seinem Geschäft. Er ist froh, dass ich wieder zurück bin, damit ich ihn unterstützen kann. Seine Verbindungen nach Böhmen haben in letzter Zeit gelitten. Ich werde diese wieder aufnehmen.«

»Aha.«

»Windisch-Graetz hat in Prag alles zunichtegemacht.«

Windisch-Graetz? Das wurde ja immer interessanter. Gerstl lehnte sich noch enger an den Baum, um besser hören zu können.

»Und du? Was denkst du darüber?«

»Ein bedauerlicher Todesfall.« Georg hüstelte.

»Nein, das meine ich nicht.«

»Was dann?«

»Über Böhmen, Georg. Wie wird es weitergehen mit dem Kronland?«

»Woher soll ich das wissen?« Der vorherige Verfolger hüstelte.

»Lass uns nicht wieder streiten.«

Das letzte Wort ging beinahe unter, als ein Einspänner rasselnd vorbeifuhr.

»Was ist nur aus uns geworden?« Georg streckte eine Hand nach Berends aus. Der trat rasch einen Schritt zurück.

»So lassen Sie doch meinen … Freund in Ruhe«, bat jetzt der bislang am Gespräch Unbeteiligte.

»Was geht Sie das an, wenn ich meiner …« Wieder nahm ein Fuhrwerk Gerstl die Sicht, das Räderrollen überdeckte die Worte.

Als das Fahrzeug passiert hatte, bot sich ihm eine wilde Szene. Die Männer balgten sich, einer beutelte den anderen hin und her. Dann schrie dieser Georg mit einem Mal zornig: »Ihr Monarchisten werdet die Rechnung noch präsentiert bekommen! Wer wird euch dann helfen, ha? Nach allem, was ihr in Böhmen verbrochen habt?« Die Stimme überschlug sich. »Es lebe die Freiheit aller Slawen!«

Ohne weiteres Nachdenken stürzte Gerstl aus seiner Deckung hervor. »Halt! Belästigen Sie nicht andere Menschen!«

Der Angreifer fuhr herum. »Geht Sie das was an?«

»Gerstl, Criminalgericht. Mich geht das sehr wohl etwas an.«

»So?« Höhnisch warf der aggressive Kerl den Kopf nach hinten.

»Weisen Sie sich aus!«, zischte Gerstl.

»Warum?«

»Darum.«

Der Mann zog einen Passierschein hervor. »Georg Steiler«, las Gerstl laut. »Kaufmannssohn. So, so. Was haben Sie mit dem Freiheitskampf in Böhmen zu schaffen, dass Sie sich darüber prügeln müssen?«

»Was kümmert Sie das?«

»Antworten Sie. Das ist eine Ermittlung.«

»Meine Familie ist böhmischer Herkunft. Aber ich verstehe nicht, was das …«

Als Gerstl eben weiter nachfragen wollte, fiel Steiler ein Blatt Papier aus der Rocktasche. »Libertas Bohemia«, stand groß darauf zu lesen.

»Ach«, entfuhr es Gerstl. »Das ist ja interessant.«

»Was meinen Sie?« Steiler sah sich nach allen Seiten um, sein Blick wich Gerstl aus. Solche hatte er am allerliebsten. Gerstl trat mit dem Fuß nach dem Blatt Papier, um es festzuhalten, und bückte sich danach. »Dieses Flugblatt, das Sie eben verloren haben.«

»Ich?«

»Stellen Sie sich nicht so an. Wir haben alle gesehen, dass Ihnen diese Agitationsschrift eben aus der Rocktasche gefallen ist.«

»So«, sagte Steiler.

»Ja«, sagte Berends. Dabei machte er einen Schritt zur Seite, als wolle er weitergehen. Sein Begleiter blickte vom einen zum anderen.

»Ein Flugblatt dieser Art steht mit einer aktuellen Ermittlung in Zusammenhang. Bitte kommen Sie mit.«

»Aber ... aber das können Sie doch nicht so einfach tun.« Georgs Stimme wurde lauter, kippte fast. Sein Kopf war knallrot angelaufen, mit erhobener Faust ging er auf Gerstl los.

»Doch, ich kann.« Gerstl hatte mit einer schnellen Geste den Schlag abgewehrt und Steiler den Arm auf den Rücken gedreht.

»Aua!«, schrie dieser auf.

»Jetzt stell dich nicht so an, Georg«, redete Berends auf ihn ein.

Gerstl führte den sich wehrenden Georg Steiler weg und sah sich dabei noch einmal nach den beiden jungen Männern um.

# 17

*Wien, Innere Stadt, 11. August 1848*

»Das war also dein Georg.« Rudolphs Frage war mehr eine Feststellung. Sie hatten endlich das Schottentor passiert, wo man sie nach ihrem Begehr fragte. Doch da Rudolph der Akademischen Legion angehörte, wurden sie nach einigem Disput durchgelassen.

»*Mein* Georg?« Marte hörte selbst, wie resigniert ihre Stimme klang. »Ach, was weiß ich.«

Rudolph sah Marte fragend an, doch sie fühlte sich nicht recht in der Lage, mehr über Georg zu erzählen. Nicht einmal sie selbst war sich über ihre Gefühle für ihn im Klaren, wie sollte sie da mit Rudolph über ihn reden? Wo ihr Liebster doch gerade eben mit seiner Attacke und seiner plötzlichen Leidenschaft für die böhmische Sache nicht gerade zur Klärung beigetragen hatte. Es verwirrte sie ziemlich, dass er sich mit einem Mal für politische Dinge einsetzte; auf ihren Reisen hatte er sich nie wirklich für die Umstände eines Landes interessiert. Was diese Veränderung wohl bewirkt haben mochte? Dass er ihr nachspionierte, erleichterte die Sache für sie auch nicht gerade.

Sie gingen weiter, überquerten den Stephansplatz und kamen endlich zur Grünangergasse.

»In dem Haus wohnt übrigens Franz Grillparzer.« Rudolph deutete auf das mehrstöckige Haus, in dem sie die Apotheke ausgemacht hatten. »Du hast sicher von seiner Ode an Radetzky gehört?«

»Ich glaube nicht …«

»›Glück auf, mein Feldherr, führe den Streich!‹, heißt es darin. ›Nicht bloß um des Ruhmes Schimmer – In deinem Lager ist Österreich!‹ – Na, was sagst du dazu, Marte? Dieses Lobgedicht«, Rudolph grinste verächtlich, »ist in der Donauzeitung erschienen. Als ob ich mich zu einem solchen Österreich zählen würde! Der Dichter ist nicht gerade ein Freund unserer Kämpfe für die Freiheit. Dabei hat er selbst es mit Sedlnitzky und seinen Schergen nicht leicht gehabt.«

»Daran kann ich mich noch von früher erinnern. So manches seiner Gedichte durfte nicht erscheinen.« Marte war nicht nach Reden, nicht einmal über einen Schriftstellerkollegen, das merkwürdige Zusammentreffen mit Georg beschäftigte sie immer noch.

»In der Zeitung ›Der Radikale‹ ist ein offener Brief an Grillparzer erschienen«, erzählte Rudolph weiter. »Der Mann hat seinen Ruhm längst überlebt.«

»Ist Herr Grillparzer immer noch mit Fräulein Katharina Fröhlich verlobt?«, fragte Marte.

»Ja. Der alte Narr hat tatsächlich noch nicht geheiratet. Dieser Feigling. Man lächelt über ihn, dass er nicht einmal dieses Versprechen einlöst.«

Marte grinste schwach. Diese Heiraterei! »Wahrscheinlich sitzt er jetzt in seiner Wohnung da oben und versteckt sich vor allen …«

Sie betraten die Apotheke in der Grünangergasse, die Weber laut Auskunft von Sepp Karl am liebsten aufgesucht hatte. Merkwürdig, lag diese doch ein gutes Stück von seinem Verlag in der Jägerzeile entfernt. Das mochte darauf hindeuten, dass er etwas zu verbergen hatte. Den Kauf von Morphium womöglich oder von anderen Drogen, die er lieber fernab seiner Wohngegend zu sich nahm.

Es war kühl geworden, aber vielleicht fror Marte auch nur nach all den Aufregungen. Der Himmel zeigte sich blau und wolkenlos in dem klaren Licht.

In der Apotheke roch es künstlich, irgendwie unangenehm. Ein älterer Magister begrüßte sie.

»Guten Tag. Herr Moser?«, fragte Marte.

Der Apotheker nickte. »Was kann ich für Sie tun?«

»Wir kommen in einer … nun ja, ein wenig heiklen Angelegenheit. Es geht um Stanislaus Weber, der leider viel zu früh verstorben ist. Ich habe gehört, er suchte gern Ihre Apotheke auf und …?«

»Bedaure, darüber kann ich keine Auskunft geben«, unterbrach er sie gleich. »Mein Beileid an die Hinterbliebenen.«

»Aber …«

»Nein, ich mache keine Ausnahme von meiner Schweigepflicht.«

Mehr war nicht aus ihm herauszubringen. Draußen auf der Gasse trennte sich Marte rasch von Rudolph.

»Ich könnte dich noch zu Violas Haus begleiten«, sagte er.

»Ich bin inkognito in der Stadt, bitte versteh.«

Rudolph sah sie eigenartig an. Für einen Moment schien es, als wolle er zu einer Rede ansetzen. Doch dann sagte er nur: »Pass auf dich auf, Marte«, und ging mit kurzem Gruß.

Schade, mit ihrem Lieblingscousin hätte sie sich wirklich gern ohne Geheimnisse unterhalten. Sie machte sich auf den Heimweg, dabei drehte sie sich immer wieder um, aber zum Glück konnte sie keine Verfolger ausmachen. Wer wusste schon, was dieser Criminalbeamte vorhatte. Vielleicht schlich er ihr weiterhin nach.

Immer wieder dieser Gerstl und dazu Georg mit seiner unnötigen Aktion. Er brachte sie noch in Schwierigkeiten, wer wusste, wie viel Gerstl von dem seltsamen Gespräch mit ihm mitbekommen hatte. Und was er aus ihrem Liebsten herausbringen würde …

Leise Stimmen drangen aus dem Salon, als Marte endlich ins Palais Lazansky zurückkehrte. Viola hatte ihr einen Schlüssel gegeben, jetzt, wo auch das letzte Dienstmädchen weg war. Denn Anna blieb verschwunden. Viola widerstrebte es, die junge Böhmin als vermisst zu melden. »Der Polizey ist nicht zu trauen«, meinte sie. »Am Ende schaden wir dem armen Ding nur noch.«

Marte schloss sorgfältig hinter sich ab und rieb die Hände aneinander. Ein Bad wäre jetzt fein, nach dieser Hitze und den Aufregungen. Sie steckte den Schlüssel ein und hörte mit einem Mal Schüsse von draußen. Was war denn jetzt wieder los? Marte stürzte zum Fenster neben der Tür, hob den Tüllvorhang an. Eine riesige Menschenmenge strömte durch die Gasse, Männer und Frauen, alle sahen leidenschaftlich, jedoch gut gelaunt aus. Einige Damen waren festlich gekleidet, aber es befanden sich auch einfache Handwerker in Arbeitskleidung darunter, ja selbst Bettlerinnen. Wohin mochte das alles noch führen? Die einen sprachen sich für die Ausrufung einer Republik aus, andere für eine konstitutionelle Monarchie. Aber die Zukunft war ein weites, offenes Feld. Marte sehnte sich nach einem normalen Alltag, auch wenn ihr die Geschehnisse ein ertragreiches Einkommen bescherten, denn der Earl bezahlte sie gut.

Jetzt gingen nur mehr vereinzelte Demonstranten draußen vorbei. Marte verließ ihren Beobachtungsposten und wollte nach oben gehen, da öffnete sich die Tür zum Salon.

»Hast du gehört?« Viola hatte leuchtende Augen, während sie nach draußen deutete.

»Du bist heute nicht bei dem Aufmarsch dabei?«, fragte Marte.

»Nein, ich habe auf dich gewartet. Mitzi ist wie vom Erdboden verschluckt«, sagte sie. »Ich hab sie nicht mehr gesehen, seit Weber tot ist.«

»Welche Mitzi denn, Viola?«

»Hoch der Kaiser!«, drang es von draußen herein.

Ein Zeitungsjunge rief die neuesten Nachrichten aus. »Kaiser Ferdinand auf dem Weg zurück nach Wien!«

»Mitzi ist eines der Freudenmädchen. Ich hab dir doch schon von ihrem heroischen Einsatz für die große Sache erzählt. Als wir mit Jaroslav zusammengesessen sind.«

»Ach so, ja.« Damals hatte Viola voll Stolz erzählt, dass die Huren mit den Studenten und den bürgerlichen Frauen auf den Barrikaden gekämpft hatten.

»Ich mache mir große Sorgen um sie. Vielleicht geht es ihr nicht gut und sie braucht Hilfe. Wir sollten direkt am Spittelberg nach dem Rechten sehen. Begleitest du mich?« Viola blickte Marte besorgt an.

»Natürlich, Viola. Wann?«

»Gleich nach dem Essen hole ich die Kutsche.«

Die Rufe von draußen wurden lauter. Marte drehte sich wieder zum Fenster. Eben fuhr eine elegante offene Kutsche vorbei – doch sie wurde von eifrigen jungen Männern gezogen! Wie merkwürdig. Alle wirkten sie gut gelaunt.

»Hoch der Kaiser!«, erklang es. Und tatsächlich saß in diesem Fahrzeug Kaiser Ferdinand und winkte in die Menge. Die Umstehenden jubelten, jetzt erkannte sie die Schüsse als Salut für seine Majestät. Marte ließ den Vorhang sinken.

# 18

*Wien, Spittelberg, 11. August 1848*

Sie flogen fast, so schnell lenkte Viola die Kutsche durch das Schottentor. Die Freundin mochte es, selbst zu kutschieren. Einem der Bewacher des Stadttors winkte sie freudig zu, und schon waren sie hindurch.

»Jucheissa!«, lachte Viola. Sie trug einen Florentinerhut, den jedoch anstatt des Blumenschmucks rote Bänder zierten, die Farbe der Revolution.

Auf dem Glacis waren immer noch einige eingeschlagene Gaslaternen zu sehen. »Gut, dass man die meisten Lampen rasch repariert hat. In den Märztagen wurden viele in der Hitze des Gefechts kaputt geschlagen. Dabei ist das Gas ausgeströmt, das hättest du sehen sollen, diesen Lichtschein, sag ich dir!«

Marte schüttelte den Kopf. »So was, wie unangenehm.«

»Wo gehobelt wird, fallen Späne. Nichts ist umsonst, die Demokratie schon gar nicht.«

»Wo wollen wir jetzt genau hin?«, fragte Marte.

Viola wurde mit einem Mal ernst. »Ich hoffe, wir finden die Mitzi in einem der Gasthäuser am Spittelberg. Womöglich liegt sie irgendwo schwer krank, wer soll ihr dann helfen? Frauen wie die Mitzi sind nicht zu beneiden. Wenn sie nicht arbeiten können, verdienen sie auch nichts. Und oft gehen sie ganz allein durchs Leben.«

Sie passierten die k. u. k. Hofstallungen und kamen in das ärmliche Spittelbergviertel. Nun säumten immer niedrigere Häuser ihren Weg, die Gassen wurden enger, auch die Laternen standen hier in größerem Abstand.

Vor dem Gasthaus »Zu den drei Herzen« verlangsamte Viola. Kaum stiegen sie ab, kam schon der Wirt, ein Kerl mit gesunder roter Gesichtsfarbe, herausgeeilt.

»Oha, das Fräulein Viola! Des is aber eine Freud. Eine Erfrischung, die Dame? Und der Herr, was darf ich bringen?«

»Grüß dich, Fredi! Das ist Fredi, ein Demokrat und vorzüglicher Koch. Mein Freund Malte«, stellte Viola die beiden einander vor. Marte nickte dem Wirt zu, der sah sie neugierig an. Seine kleinen Äuglein glitzerten.

»Wollt's was essen? Frischen Schweinsbraten hätt ich da …«

Viola schüttelte den Kopf. »Wir haben was zu erledigen. Können wir Pferd und Wagen bei dir unterstellen?«

»Aber selbstverständlich, für das Fräulein Viola immer!« Er lächelte. »Ich acht persönlich drauf, und was zum Saufen bekommen die Pferderl auch gleich.«

Ein kurzes Unwohlsein durchzuckte Marte, als der Wirt ihr zuzwinkerte. Sie schob es auf die ständige Aufregung seit ihrer Rückkehr nach Wien. Vielleicht würde es ihr besser gehen, wenn sie nachher wirklich etwas aßen. Sie sollte mehr auf sich achten, aber in der letzten Zeit schien alles in ihrem Leben verrückt geworden zu sein und es blieb keine Zeit mehr für irgendetwas. Mit unruhig pochendem Herzen wandte sie sich an Viola. »Gehen wir.«

Sie machten sich auf die Suche, durchquerten Durchhäuser und sahen in den kleinen Höfen nach. Zwei bunt gekleidete Gestalten gingen an ihnen vorbei, stolperten, taumelten ein wenig, dabei schnitten sie Viola und Marte Grimassen. Sie gingen weiter und hörten nur mehr das Lachen der Burschen.

In den engen und verwinkelten Gassen des Spittelbergs schien selten die Sonne. Aus einem Häuschen mit roter Laterne trat ein dicker Herr, der eben den Sitz seines Gehrocks aus feinem schwarzen Stoff kontrollierte. Eine Frau trat hinter ihm aus dem Tor. Gegenüber im Gastgarten eines Lokals saß ein Mann und notierte etwas, während er an einer Tasse Kaffee nippte.

In ebendiesem Lokal fragten sie nach Mitzi. »Eine hübsche Blonde«, beschrieb Viola die Gesuchte. »Sie ist noch jung, so Anfang zwanzig.«

»Ha, des is net jung«, murrte ein Bursche neben dem Portal zu einem weiteren Gasthaus. Er kämmte sich eben die Haare und blickte dabei in einen kleinen Spiegel, den er auf ein Fensterbrett gestellt hatte. »Die Mädl fangen bei uns mit dreizehn, vierzehn zum Arbeiten an, wenn daheim des Geld net reicht.«

Sie überließen den Mann sich selbst und gingen weiter. Dabei wurde Violas Stimmung immer düsterer. Überall trafen sie auf betretene Gesichter. »Die Mitzi? Nein, die hamma scho länger net g'sehn.« Niemand schien zu wissen, wo sie sein mochte.

»Sie verschwindet immer wieder für a Zeit lang«, erzählte ihnen schließlich ein kleiner Mann mit der schwarzen Haut eines Kohlenträgers, dessen Alter schwer zu bestimmen war. »Wenn's dann z'ruck kummt aufn Spittelberg, dann hat's immer viel Geld.« Er spuckte auf die Straße und ging grußlos davon.

Der elende Gestank in den engen Gassen steigerte nicht gerade Martes Wohlgefühl. Irgendwo sang jemand laut deftige Lieder, dazu tönte eine Harfe falsch und unmelodisch. Armselige Gestalten huschten an ihnen vorbei. Einer tastete in einer engen Passage nach Violas Brust. Ein anderes Mal hatte es jemand auf Martes Brieftasche abgesehen, doch sie schlug den sich heranschiebenden Arm hart nieder, dass der dazugehörige Bursche schrill aufheulte.

Am Haus »Zum Schwarzen Bären« lehnte eine ältere Hure neben dem Tor. »Was willst denn du feine Dame da?«, keifte sie in Violas Richtung. Dabei taumelte sie leicht und stützte sich an der abbröckelnden Mauer ab.

»He, du hast da nix verlorn«, rief ein Bursche, der hinter einem Mauervorsprung auftauchte. Seine Stimme kippte noch ein wenig im Stimmbruch, doch er gab sich das Gehabe eines Erwachsenen.

»Peitscherlbua, hau ab.« Viola hob drohend den Arm.

»Woher hast du nur diesen Ausdruck?«, flüsterte Marte.

Viola zuckte grinsend die Achseln. »Erzähl ich dir später.«

»Heast, werd net frech.« Der Bursche, der fast gleich groß wie Viola war, ging auf sie los und schubste sie mit beiden Armen. »Das is unser Revier, Goldschatzerl. Geh lieber heim mit deim Baron.« Er schubste sie in Richtung Marte, dabei grabschte er ihr flink an den Busen. Violas Ohrfeige kam schnell – und traf auf das überraschte Gesicht des Jungen.

»Na, benehmen wir uns jetzt wieder?«, fragte sie dann freundlich.

Das Bübchen rieb sich die Wange. »Bist deppat?«

»Wir wollen nur eine Auskunft. Du kennst sicher die Mitzi?«

»Was is mit dem Flitscherl?«

»Das wüssten wir auch gern. Ich mach mir Sorgen um sie.«

»Sie? Sorgen? Um die Mitzi? Dass ich nicht lach!« Der Bursche drehte sich zu der alten Hure um. »Die sucht die Mitzi! Hahaha«, lachte er, und er konnte gar nicht mehr aufhören.

»Ich zahl gut für jede richtige Auskunft.« Viola hob die Hände, als der Bursche wieder näher kam. »Und wag ja nicht, mich anzurühren!«

»Sonst? Kommt dann dein Zuhälter? Oder is es eh der da?« Er maß Martes Gestalt abfällig. »Soll i vor dem Knirps vielleicht Angst haben?«

»Du wirst gleich sehen, wer Angst haben muss!« Marte machte einen Schritt auf den Burschen zu, aber Viola hielt sie sachte am Arm zurück.

»Schöne Grüße vom Fredi«, sagte Viola leichthin.

»Geh lass, Bua«, mischte sich die Hure wieder ein. »Freunde vom Fredi sind mir lieb und teuer, über die lasse ich nie nichts kommen.« Marte wunderte sich über die gehobene Sprechweise der Frau. Womöglich stammte sie ursprünglich aus besseren Kreisen und hatte sich in einen unmöglichen Mann verliebt? Und war schließlich vielleicht durch eine ungewollte Schwangerschaft in einem solchen Elend gelandet? Jetzt, wo sie die gebeugte Gestalt näher betrachtete, meinte sie hinter den Gesten etwas Elegantes zu erkennen.

»Schon gut, schon gut. Nur ka Pahö!« Der Bub buckelte, warf einen unterwürfigen Blick zu Marte und Viola und wandte sich ab.

»Die Mitzi suchts ihr also«, wandte sich die Alte dann an Viola und Marte und lehnte sich dabei mit dem Rücken an die Mauer. »Ich hab sie nur weggehen gesehen, schon vor einiger Zeit.« Sie wischte sich mit der Hand über den Mund. »Mein Mund is so trocken, ich brauch ein Bier.«

»Spendieren wir dir. Komm.« Viola streckte eine Hand nach der Frau aus.

»Kommt lieber mit zu mir«, lallte die Hure. Sie ging ein paar Schritte und öffnete eine niedrige Haustür, von der der ehemals blaue Lack abblätterte. Plötzlich musste sie würgen, lehnte sich neben das Haustor und erbrach sich. Viola tätschelte ihr den Arm. »Es wird schon wieder. Wie heißt denn du?« Marte war überrascht und fast ein wenig neidig, dass Viola auch zu einer Prostituierten so verständnisvoll und freundlich war. Ob Viola ebenfalls eine feinere Abstammung der verlebten Frau vermutete? Wahrscheinlich nahm sie den Kampf um Freiheit und Gleichheit eben wörtlich …

»Sisi.« Die Frau hatte Tränen in den Augen und wischte sich verlegen mit einem Ärmel über die Lippen. »So kommts mit.«

Sie winkte sie in einen schummrigen Gang, dessen Wände schwarz waren vor Schimmel. Selbst die Luft wirkte feucht. Sisi klirrte im Dunkel mit einem Schlüssel, bis sie diesen ins Schloss gesteckt hatte. Sie betraten ein niedriges Zimmer, Sisi entzündete eine Petroleumlampe und deutete auf eine Matratze in der Ecke. Dabei grinste sie Marte an. »Na, wie wär's, junger Herr?«

»Lass das, Sisi«, sagte Viola. »Wir sind nicht deswegen hier. Ich hab dir doch erklärt, es geht um die Mitzi. Sag endlich, was du weißt.«

Im Raum roch es nach Exkrementen, dazu kroch der modrige Gestank vom Gang herein. An der Wand über der Matratze hing ein kleines Bild von einer jungen Frau mit blonden Haaren. Sisi betrachtete es kurz, dann sagte sie: »Die Mitzi, also die is öfter mal weg ein Zeitl. Mit einem Stammkunden. Das letzte Mal vor ein paar Tag. Fast eine Woche ist das jetzt scho her. Der Kerl, den sie da besucht, der ist ein bissl merkwürdig. Eigentlich immer schlimmer.«

»Wer ist es?«

»Ich kenn den nicht«, sagte Sisi rasch, zu rasch.

»Weißt du wenigstens, wie er aussieht?«, fragte Viola.

»Geh, woher denn?« Sie drehte den Schlüssel in der Hand. »Was ist jetzt mit einem Bier? Hast Geld?«

Viola gab ihr eine Münze. Sisi trat zur Tür. »Joschi!«, rief sie mit etwas schriller Stimme, »komm her, wenn man dich ruft, du talgerter Bua! Hol mir ein Bier vom Wirten, ja?« Nach einigem Hin und Her kam sie zurück in den Raum.

»Also, was ist mit Mitzis Stammkunden? Woher weißt du überhaupt davon?«, wollte Marte wissen.

Sisi hob die Achseln. »Es wird halt g'redet. Muss ein arger Kerl sein, der Typ, was der sich für Schweinereien wünscht. Direkt pervers ist das. Die Mitzi ist schon ganz deppat im Kopf von dem, aber des Geld braucht sie halt.«

»Was denn für Perversitäten?«

»Ich weiß nix Genaues.«

»Sagt dir der Name Stanislaus Weber etwas?«

»Mir? Nein«, antwortete Sisi wieder rasch, zu rasch, kam es Marte vor. »Ich hab meine Kunden hier im Viertel. Brave Arbeiter. Davon hat keiner viel zu fressen.«

»Könnte Mitzis abgründiger Kunde vielleicht Weber heißen? Stanislaus Weber?«

»Kann sein, was weiß ich?« Sisi drehte sich weg. Sie trat näher an das Bild und starrte es an.

Viola ging Sisi nach. »Wer immer der Perversling war – meinst du, sie würde ihn umbringen?«

»Das kann nicht … das glaub ich nicht. Die Mitzi verdient gut an dem Geheimen Rat, auch wenn er ihr unheimlich ist. Direkt angst und bang wird mir jetzt, wo ich drüber nachdenk.« Sie sah Viola an und dann schnell wieder weg. »Ach, lassts mich doch in Ruh!«

Marte und Viola sahen sich an.

»Geheimer Rat?«, fragte Marte.

»Ja, so ein grässlicher Titel. Irgendwas in der Censurstelle soll er sein, der Trottel.«

»Und du weißt wirklich nicht, wie der Kunde heißt?«

»Nein, woher denn? Die letzte Zeit hat sich die Mitzi versteckt vor ihm, sagt der Heinrich. Also der freche Bursch da draußen, den ihr kennengelernt habts. Mehr weiß ich auch nicht.« Sisi verschränkte die Arme und blickte wieder auf ihr Bild.

»Wo könnt die Mitzi denn untergekrochen sein?«

»Was weiß ich?« Immer noch abgewandt von ihnen, zuckte Sisi mit den Schultern. »Den Wirt vom ›Gasthof Goldapfel‹ in der Inneren Stadt kennt sie gut. Ja, für die Mitzi hat's schon immer was Besseres sein müssen.« Sisis Augen begannen feucht zu schimmern.

»Ah, das ist sie ja, nicht wahr?« Viola deutete auf die wirklichkeitsnahe Darstellung. Die Frau mit ihren blonden Korkenzieherlocken und den Blümchen darin war ausgesprochen hübsch. Warmherzig lächelte sie den Betrachter an.

Sisi nickte und schniefte. »Ja.« Sie kramte nach einem Schnäuztuch und wischte sich die Nase ab, dann die Augen. »Ja, das ist die Mitzi. Ein guter Kunde hat sie gemalt.«

»Du weißt doch was, Sisi. So red, bitte«, bat Viola. »Von uns beiden droht dir keine Gefahr. Ich will nur Gutes für die Mitzi, vielleicht braucht s' ja Hilfe.«

»Ah so?«, sagte die alte Dirne, und der Zweifel in ihrer Stimme war unüberhörbar. »Nun, meine Herrschaften«, sagte sie und blickte zwischen Viola und Marte hin und her, »wir könnten nachsehen in dem Gasthof …«

»Den Weg könnt's euch ersparen«, kam es aus der Dunkelheit an der Tür hinter ihnen. »Die is tot, die Mitzi.«

# 19

*Wiener Criminalgericht, 11. August 1848*

»Ich habe nicht die geringste Ahnung, worauf Sie hinauswollen!«

Der Verdächtige, dem Franz Gerstl im Criminalgericht gegenübersaß und der sich als Georg Steiler legitimiert hatte, zeigte sich renitent. »Woher soll ich die Urheber eines lächerlichen Flugblatts kennen?« Der schlanke Mann zwinkerte, rieb sich dann die Augen. »Ich habe es auf der Straße in die Hand gedrückt bekommen und es, ohne weiter darüber nachzudenken, eingesteckt. Sonst nichts.«

»Ein solches Flugblatt, Herr Steiler, wurde im Zusammenhang mit einem unklaren Todesfall gefunden«, sagte Gerstl.

»Unklarer Todesfall? Was meinen Sie damit?«, kam es etwas höflicher von Steiler.

Im Raum war es schwül. Seit Stunden verhörte Gerstl den Mann jetzt schon, und bisher war nichts bei dem Gespräch herausgekommen, er wusste so wenig wie zuvor. Längst war es Abend geworden. Stauner hatte irgendwann etwas zu essen besorgt, was im Moment gar nicht so einfach war, hatte doch manch ein Wirt aus Angst vor Plünderungen sein Lokal erst gar nicht aufgesperrt.

»Ein Herr kam vor drei Tagen zu Tode, und ich gehe allen Hinweisen nach, ob es sich um einen Unfall oder doch um Mord handelt«, führte er aus. Hauptmann Stern hatte ihn schließlich beauftragt, jeder kleinsten Unsicherheit in Bezug auf Webers Tod nachzugehen, und Gerstl selbst kam einiges merkwürdig vor, auch wenn er noch nicht allzu viele weitere Informationen hatte, die für Mord sprachen. Aber das brauchte er diesem Böhmen hier nicht auf die Nase zu binden.

»Sie sind also selbst Böhme, Herr Steiler«, stellte Gerstl zum wiederholten Mal fest.

»Mein Vater ist Böhme, das sagte ich schon. Meine Familie lebt jedoch seit seinen jungen Jahren hier in der Hauptstadt. Nur weil mein Vater aus der Nähe von Prag kam, kenne ich nicht sämtliche Böhmen.«

»Was sind Sie von Stand, Herr Steiler?«

»Mein Herr Vater führt ein Handelshaus für Kurzwaren auf der Taborstraße. Ich arbeite im Geschäft mit.«

»Wie stehen Sie denn zum Freiheitskampf der Böhmen?«

Steiler zuckte mit den Schultern. »Meine Familie hat nicht viel Kontakt zu den Landsleuten meines Vaters. Unser Geschäft ist sehr gefragt, da haben wir so viel zu tun, dass wenig Zeit für die Politik bleibt.«

»Und wie verhält es sich mit den Österreichern? Wie stehen Sie zu den Deutschösterreichern, Herr Steiler?«

»Och, nun ja.«

»Sie stießen zuvor im Gespräch mit den beiden anderen jungen Herren ziemlich unfreundliche Worte gegen ›Monarchisten‹ hervor.«

»Ich ... na ja.« Steiler kratzte sich am Kopf. »Wie soll ich sagen ...«

»Na, reden Sie!«

»Was würden Sie als Böhme von einem Kaiser halten, der Ihre Landsleute unterdrückt? Der Ihr Volk niederschießen lässt?«

»Also fühlen Sie doch böhmisch, Herr Steiler. Stimmt's?«

»Nun ja. Wie man's nimmt. Aber ja – irgendwie schon.«

»So, so.« Während Gerstl noch darüber nachdachte, wie er die Befragung taktisch am klügsten fortführen sollte, wurde die Tür von außen aufgerissen. Der diensthabende Beamte platzte herein.

»Unbekannter Todesfall am Spittelberg, Herr Kollege. Eben meldete es der Telegraph. Sie werden verlangt.«

»Auch das noch. Es geht hoffentlich nicht um eine von den Spittelbergnymphen?«

»Sie werden's erfahren.« Der Diensthabende verabschiedete sich. Gerstl stöhnte auf. Ein zu verhörender Czeche vor ihm, aus dem er keinerlei neue Informationen herausbrachte, Gerstl selbst mit seinen böhmischen Wurzeln. Er konnte Steilers gespaltene nationale Gefühle ja durchaus verstehen, ihm ging es ein wenig ähnlich. Dazu das geheimnisvolle Flugblatt, das keiner geschrieben haben wollte und von dem ständig neue Exemplare im Umfeld des toten Weber auftauchten. All das war ungemein verwirrend. Gerstl hätte längst eine erste heiße Spur haben sollen, zumindest eine Ahnung, ob nun ein Mordfall vorlag, doch eine solche ließ weiter auf sich warten. Sollte er sämtliche Czechen Wiens zum Verhör vorladen? Mochte der Heilige Nepomuk wissen, wie viele davon in Wien lebten! Wirte, Schuster, Schneider, Tischler ... alles war darunter. Sie alle zog es in die Hauptstadt der Monarchie. Wenn Gerstl nur einen echten Verdacht äußern könnte, dass dies ein politischer Mord war, er würde den Fall umgehend abgeben. Was aber war mit dem Dienstmädchen Anna Sikora? Sie war offenbar ziemlich eifersüchtig – und hatte somit ein starkes Motiv, den Verleger zu meucheln. In einem solchen Fall wäre wiederum das magistratische Criminalgericht und damit er, Gerstl, für die Aufklärung zuständig, zusammen mit dem Kollegen Stauner, der grad zur Tür hereingrinste.

»Auf geht's, fahr schon mal voraus zum Spittelberg.« Gerstl deutete mit dem Kinn auf Steiler. »Sobald ich mit ihm hier fertig bin, komme ich nach. Veranlass schon mal das Wichtigste vor Ort.«

»Wird gemacht.« Stauner salutierte spielerisch und schloss die Tür.

»Darf ich jetzt gehen?«, fragte Georg Steiler und sprang auf.

»Langsam, langsam, Herr Steiler. Zunächst erzählen Sie mir etwas über Ihre böhmischen Kontakte.«

»Aber ...«

»Bitte, Herr Steiler.« Gerstl deutete auf den Sessel.

Endlich setzte sich der Mann wieder und strich seinen Gehrock glatt.

Eine Weile später ließ Gerstl Steiler endlich doch gehen. Ungern, aber er hatte nun einmal nichts gegen den Mann in der Hand. Die Kontakte zu böhmischen Händlern waren schließlich kaum strafbar und dafür, dass Georg Steiler das Flugblatt verfasst haben könnte, schien es tatsächlich keinen Anhaltspunkt zu geben.

Jetzt aber rasch zum Spittelberg! Gerstl gähnte unverhohlen. Er hatte keine Lust, auf nichts, nicht einmal aufs Tanzen, dabei war er früher gern zu den Fünf-Kreuzer-Tänzen im Prater gegangen. Ein gutes Bier, vielleicht sogar ein Backhendl dazu, das war sein Vergnügen, neben der heimlichen Vorliebe für die Romane aus Jane Austens Zeit. Jetzt fraß ihn die Arbeit förmlich auf. Auch das neue

Carltheater hätte er gern einmal von innen gesehen. Ob er es wagen konnte, Viola Lazansky zu einem Besuch einzuladen? Vielleicht wenn er diesen Fall zu den Akten legen konnte? Wie lange mochte das noch dauern? Dass er immer noch nicht recht weitergekommen war, stieß Gerstl sauer auf. Er war zum Gericht gegangen, weil er sich für Gerechtigkeit einsetzen wollte. Jawoll, das wollte er. Also dann!

Er winkte einem Fiaker vor dem Schottentor. »Bitte fahren Sie schnell«, beschwor er den Kutscher.

»Die Rösser haben ihren eigenen Kopf.« Der Kutscher zuckte mit den Achseln. »Die wollen grad so ihren Willen durchsetzen wie unsre Herren Oberen. Aber da haben sie sich g'schnitten. Jetzt haben sie sich einmal zu viel bereichert.« Er drehte sich kurz zu Gerstl um. Der nickte vage und war froh, als er die Kutsche wieder verlassen konnte.

Am Spittelberg stieg Gerstl gleich der allgegenwärtige Gestank in die Nase. Die Wirtshäuser in den verwinkelten Gassen waren alle geöffnet. Die Dämmerung ließ es in den wenig beleuchteten Gassen immer finsterer werden. Es herrschte ein Gedränge an feinen Herren und leichten Mädchen auf den schmalen, ungepflasterten Wegen. Von einer Kirche schlug die Turmuhr. Neun Uhr.

Gerstl wurde von einer Polizeystreife empfangen. Ein glattrasierter, großer Kerl in Uniform wehrte gemeinsam mit Stauner mühsam die tumultartige Menge vor dem Einsatzort ab. Ein paar grellgeschminkte Frauen standen ganz vorne, drängten einen kleinen Mann ab, der sich erfolglos Ruß aus dem Gesicht zu wischen versuchte. Neben ihm versuchte jemand, der eben ein Notizbuch in die Tasche steckte, seinen Platz zu behaupten, aber auch ihn stießen die Frauen in die Seite. Ein Bursche, der sich das Gehabe eines Erwachsenen zu geben versuchte, rief mit kippender Stimme »Die He ist do!«, aber niemand achtete auf ihn.

Als Gerstl die beiden Kollegen erreicht hatte, informierte der Polizist ihn über das Wichtigste.

»Es geht um einen ungeklärten Todesfall. Die Frauen hier«, hob er an und versuchte dabei das Gekreische zu übertönen, was ihm nur schwer gelang, »haben eine Tote zu beklagen. Allerdings ist die schon eingebuddelt.«

»Wie bitte?« Gerstl meinte, nicht recht zu hören.

»Ja. Ein … liederliches Weibsbild.«

»Herr Commissar!« Eine Frau, der das Leben mehr Täler als Ebenen ins Gesicht gezeichnet hatte, drängte sich vor, dabei schlug sie recht unwirsch nach den Armen, die sie festhalten wollten. »Ich hab's grad erfahren! Die Mitzi ist tot, weil …«

»Sch«, machte eine junge Frau neben ihr, ein Mädchen fast noch, das aber stark und vital wirkte. Sie umarmte die ältere und zog sie ein paar Schritte mit sich. Aus dem Abstand heraus ließen sie die Beamten nicht aus den Augen. »Dumme Kuh!«, vernahm Gerstl von der anderen Seite, doch er konnte die Sprecherin nicht ausmachen.

»Aber es muss Gerechtigkeit herrschen!«, schrie die Alte. »Die Mitzi …«

»Sisi!« Die junge Frau zog sanft an Sisis Arm.

»Sie heißen Sisi?«, hakte Gerstl ein.

»Ja. Und ich will, dass der Tod von meiner Mitzi aufgeklärt wird.«

»Deiner Mitzi«, höhnte die jüngere.

»Lachts net. Ihr wissts, dass sie wie eine Tochter für mich war. Herr Commissar«, wandte sich die ältere an Gerstl, »Sie müssen wissen, die Mitzi kam hier an, da war sie dreizehn. Sie hat kaum was zum Anziehen gehabt, aber sie wollt schon damals die Schönste werden. Sie war so … so unschuldig. Ich wollt nicht, dass sie auf'n Strich geht, schließlich weiß ich, wie das ist. Aber sie hat sich's einfach nicht ausreden lassen. Sie hat sich in den Kopf gesetzt, reich und berühmt zu werden. Nun ja, so richtig reich ist sie nicht worden, aber berühmt schon. Und seit's den g'stopften Kunden g'habt hat …«

»Sisi, hör doch auf!«, rief eine andere Frau aus der Menge, deren rote Haare nach allen Seiten abstanden.

»Die Sache ist die«, mischte sich ein junger Mann ein, den Gerstl auf den zweiten Blick wiedererkannte. Schon wieder dieser Malte Berends! Was machte der denn ausgerechnet am Spittelberg? Und daneben … Gerstl meinte einen Moment lang zu träumen. Neben Berends stand Viola Lazansky. Gerstl wischte sich den Schweiß von der Stirn.

»Wir haben«, erklärte Berends, »von einem Tod unter merkwürdigen Umständen erfahren. Deshalb fanden meine Freundin Viola«, er zeigte hinter sich, »und ich, dass man besser die Behörden informiert.«

»Das haben Sie sehr gut gemacht«, sagte Gerstl und kam sich bei den lobenden Worten etwas schulmeisterlich vor. Er konnte seine Augen nicht von Viola Lazansky lassen. Der Spittelberg war wahrlich ein merkwürdiger Aufenthaltsort für eine Dame der Gesellschaft. Die Tochter des Seidenfabrikanten lächelte ihn an.

»Woran soll die junge Frau gestorben sein, weiß das jemand?«

»Das ist es ja«, weinte Sisi. »Jetzt kann ich es ja sagn …«

Irgendjemand stieß sie von hinten an. Gerstl war sich nicht sicher, ob es die jüngere Frau gewesen war, die Sisi schon zuvor in Schutz genommen hatte.

»Du weißt also doch was«, sagte Viola Lazansky.

»Erwürgt ist sie wordn, mein ich«, erwiderte Sisi laut. »Der Wirt vom ›Goldapfel‹ hat sie halb tot im Zimmer g'funden neulich. Ich wollt's zuerst nicht sagen, aber … Sie hat ihm Geld geben, damit er sie hierherbringt. Aber es war zu spät, die Mitzi is in meinen Armen g'storben.« Die zerfurchte Alte fing zu weinen an und zog eine Schnapsflasche aus der Kitteltasche.

»Wir haben s' begraben«, fuhr die jüngere dazwischen. »Was sonst? Is eh jedem wurscht, was mit uns passiert. Kümmert doch keinen, ob uns wer die Gurgel z'ammdruckt.«

»Und dann …« Sisi setzte die Flasche wieder ab.

»Sch«, machte es wieder, und die Frauen rückten enger zusammen. Irgendwo fiel eine Tür knallend zu, eine betrunkene Männerstimme fing zu singen an.

»Ja? Was war dann?«, fragte Gerstl.

»Nichts.« Sisi zuckte mit den Schultern und drehte die Flasche in den Händen. Die Jüngere strich ihr kurz über die Schulter.

»Sehen Sie«, mischte sich der Uniformierte ein, »die Sachlage ist verzwickt. Deshalb haben wir Sie rufen lassen, Herr Criminalcommissar.«

»Das haben Sie richtig gemacht.« Wieder überkam Gerstl dieses Gefühl, lehrerhaft zu agieren. Er fühlte sich mit einem Mal alt. Viola Lazansky blickte ihn immer noch freundlich lächelnd an. In all dem Leid, von dem er eben hörte, ging es ihm einen Moment lang besser.

»Die Tote muss exhumiert werden«, wies er Stauner an. »Gib der Gerichtsmedizin Bescheid, bitte. Professor Škoda soll sich die Leiche dringend vornehmen. Nach seinem Befund machen wir weiter.« Dann beugte er sich näher zu Stauner und sagte so leise, dass ihn niemand außer dem Kollegen hören konnte: »Bestehe auf Professor Škoda, bitte! Auf Vysločil möcht ich mich nicht verlassen. Der ist mir zu schlampig, dem trau ich nicht, dass der keine Fehler macht.«

Stauner salutierte. Gerstl stellte überrascht fest, dass dies den Huren zu gefallen schien, denn einige strichen sich nun die Haare glatt und drapierten ihre Kleider. Das verwunderte ihn, war der Polizey doch zuerst ein tiefer Widerwille entgegengeschlagen. Nun, Stauner war ein fescher Bursche, das erkannte selbst Gerstl. Und die Frauen witterten natürlich Geschäfte. Meinerseel, dachte er, ich werde noch wie Mister Darcy in »Stolz und Vorurteil« eines Tages als heimlicher Romantiker enden. Wie er hingegen zu weiteren Informationen kommen sollte, das musste er sich erst überlegen. Er schloss kurz die Augen und rieb sich die Nasenwurzel. Dann fiel ihm etwas ein. Jemand, genauer gesagt. Eine Person, die ihm noch einen Gefallen schuldig war. Und die ihm bei der Informationsbeschaffung helfen konnte. Und Gerstl wusste auch, wie er sie dazu bringen konnte.

Er grinste und merkte, wie ihm Viola Lazansky zuzwinkerte. Sein Kopf arbeitete doch noch, wie es für einen erfolgreichen Criminalbeamten nötig war. Wie beruhigend.

# 20

*Wien, Prater, 23. August 1848*

Endlich! Marte war endlich vorangekommen. Zwei Wochen waren vergangen seit Webers seltsamem Tod, den Marte seit Rudolphs Untersuchungen am Leichnam ziemlich sicher für Mord hielt. Auch die verstorbene Dirne, die möglicherweise unter Weber gelitten hatte, ging Marte nicht aus dem Kopf. Zumindest hatte sie mittlerweile bereits einen zweiten Brief an den Earl of Markham erfolgreich auf den Weg gebracht. Ihr konspirativer Kontakt, der Blumenmaler Ewald Maier in der Alser Vorstadt, hatte ihr zudem einen Kontaktmann genannt, der ihr hoffentlich bei den weiteren Recherchen helfen würde. Er hatte ihr geraten, einen gewissen Lajos zu kontaktieren, einen hochdekorierten Rittmeister bei Hofe. Sie müsse jedoch höchst verschwiegen agieren und diskret vorgehen. Marte war vielleicht ein Neuling auf dem Gebiet, aber auf den Kopf gefallen war sie nicht. Zu gern hätte sie die Arbeiten in Maiers Atelier näher betrachtet und die inspirierende Konversation mit ihm fortgesetzt. Doch wie die Dinge standen, wollte Marte nicht länger als nötig bei ihm verweilen, um keinen Verdacht zu erwecken.

Kurz nach dem Mittagmahl, das sie gemeinsam mit Viola und deren Vater eingenommen hatte, schlich Marte sich durch den Hintereingang aus dem Palais Lazansky. Niemand sollte sie dabei sehen, niemand. Vor allem Viola nicht, die so viele neugierige Fragen stellte und in letzter Zeit oft zu Hause anzutreffen war, weil der Hausstand eine ordnende Hand benötigte. Vor ein paar Tagen war jedoch ihre Großmutter, Ferdinand Lazanskys Mutter, in Wien eingetroffen, und dadurch war Viola endlich ein wenig abgelenkt.

Die alte Dame saß die meiste Zeit mit ihrer Pfeife beim Kamin und unterhielt sich mit Viola, die unruhig wirkte und ständig in den Zeitschriften schmökerte, die man abonniert hatte. Immer wieder fragte Viola Marte, ob sie von ihren Reisen ausländische Bücher mitgebracht habe. Die Stadt lechzte nach Lektüre, weil der Import von Büchern seit Ewigkeiten verboten gewesen war. Leider musste Marte immer verneinen, schließlich hatte sie sich nicht mit noch mehr Gepäck abplagen wollen.

Mitunter ließ die Witwe Lazansky Viola kurz an der Pfeife ziehen, damit diese sich beruhige. »Mir kann keiner das Rauchen ausreden«, beteuerte die alte Dame immer wieder, wenn sie Martes neugierige Blicke bemerkte. Rauchen in Gegenwart von Damen war noch vor Kurzem als unpassend angesehen worden, mit dieser Regel war Marte aufgewachsen. »Papperlapapp«, sagte Violas Großmutter nur, »in meiner Jugend haben alle meine Freundinnen geraucht.«

»Und mir schmeckt's«, sagte Viola mit einem Schmunzeln.

Marte kam unbehelligt bis zur Freyung und atmete auf. Sie zupfte unwirsch an dem einfachen Kleid, das sie heute aus Gründen der Tarnung gewählt hatte. Es war ein naturfarbenes Kleid, wie es eine Handwerkergattin tragen mochte, darunter ein leichtes Mieder. Sie nahm einen Fiaker und wies den Kutscher an, sie zum Prater zu fahren. Als das imposante Gebäude des Nordbahnhofs in Sicht kam, bat Marte den Fahrer, zu halten. Den Rest ihres Weges in die Praterauen legte sie zu Fuß zurück, um möglichst wenige Zeugen für ihre Verabredung zu haben. Sie durchquerte den Volksprater, eilte an Hutschen vorüber, auf denen kaum wer schaukelte, begegnete einem Salamucciverkäufer, der ihr eine angeblich italienische Wurst andrehen wollte, die sie höflich ablehnte. Endlich bog sie in die Hauptallee ein, die schnurgerade durch das ehemalige kaiserliche Jagdgebiet führte. Wenigstens passte das Kleid zu der romantischen Bootsfahrt auf dem Heustadlwasser, die Maier für das Gespräch mit Lajos vorgeschlagen hatte.

Zügigen Schrittes, soweit das ihr mittlerweile ungewohntes Kleid zuließ, durchquerte Marte die Praterauen. Die Wege waren hier matschig, und sie musste aufpassen, dass sie sich nicht die Schuhe beschmutzte. Wer weiß, wie es mit ihren Finanzen weitergehen würde, sah es doch durch die Probleme mit Webers Verlag, der ihr das Honorar nicht auszahlen konnte, und der Absage für ihr neues Manuskript schwierig aus. Und die Mutter hatte ihr seit ihrer Flucht mit Georg sowieso jede Unterstützung entzogen. Blieb nur das Einkommen für ihre Dienste im Auftrag der englischen Krone …

Ab und zu passierte sie andere Spaziergänger, Pärchen zumeist, die nicht immer einen allzu rühmlichen Eindruck machten. Manch einer duckte sich lieber hinter Büsche, sobald Marte näher kam. Prostituierte und Zuhälter trieben sich hier ebenso herum wie Säufer, die zu Aggressionen neigten, Diebe und sogar Mörder. Der Prater war immer schon ein zwielichtiger Ort gewesen …

Im Weitergehen stimmte sie sich auf das Gespräch ein, das vor ihr lag, um auch wirklich zu erfahren, was sie wollte. Blumen sollten als Erkennungsmerkmal für das Treffen mit Lajos dienen. Marte drückte das kleine Sträußchen Margeriten an sich, das sie noch schnell am Bahnhof erworben hatte. Sie näherte sich einer windschiefen Hütte, die als Treffpunkt ausgemacht worden war.

»Eine Erfrischung? Kühle Limonade hätt'ma da!« Ein verhutzeltes Weiblein hinter einem Brett, das als Tresen diente, musterte Marte neugierig. Marte lehnte dankend ab und sah sich im Weitergehen um.

Ärmlich gekleidete Pärchen schlenderten trotz des kühlen Wetters umher und genossen ihre karge Freizeit. Dunkle Regenwolken jagten über den Himmel, der Wind riss von der Sonne verbranntes Laub von den Kastanienbäumen und trieb es vor sich her. Wie herrlich, einmal wieder durchzuatmen nach der stickigen Hitze! Marte streckte ihr Gesicht dem Wind entgegen und hielt dabei nach ihrer Verabredung Ausschau. Maier zufolge sollte Lajos ein ungarischer Adeliger – irgendein Seitenzweig einer verarmten Familie – mit wallendem schwarzen Haar sein.

»Wunderbare Blumen. Woher haben Sie die?«

Es war das vereinbarte Codewort, aber etwas war an der Stimme … Marte fuhr herum. Sie brauchte einen Moment, um diese Stimme wiederzuerkennen. Eine Stimme aus der Vergangenheit, von der sie gedacht hatte, dass sie sie nie wieder hören müsste.

»Viktor!«, zischte sie und sah dem Mann ins Gesicht, mit all dem Hass, der seit ihrer Jugendzeit in ihr geschlummert hatte. »Lass mich in Ruhe! Ich will nichts mehr mit dir zu tun haben.«

»Interessantes Erscheinungsbild, Marte.« Viktor von Marbach war der erstgeborene Sohn von Onkel Paul. Und seit Kindesbeinen an war er Martes Quälgeist gewesen.

»Dito.« Verächtlich musterte sie die Aufmachung ihres ältesten

Cousins. Tarngrün wie ein Jäger schlich er durch die Auen, und immer noch hatte er dieses Flackern in den Augen, dieses Gefährliche, vor dem man sich am liebsten ducken wollte. »Wie hast du mich erkannt?«

»Und wie du mich?« Viktor grinste fies.

»Was machst du überhaupt in Wien? Ich hätte dich in Böhmen an der Seite deines Vaters vermutet.«

»Ja, ja, was man so vermutet ...« Viktor seufzte gespielt. »Ich hatte Sehnsucht nach der Familie. Rudolph hat mir etwas Interessantes mitgeteilt ...« Er ließ den Satz unvollendet.

»Was ist mit ihm?«

»Deine Mutter macht sich Sorgen um dich, Marte.«

»Du warst bei ihr?« Etwas zog Marte zu Boden, doch sie zwang sich, sich nichts anmerken zu lassen.

»Heute so damenhaft, Marte?« Viktor lachte.

»Sch«, machte Marte. »Leise, bitte.«

Er lachte immer noch. »›Dort vergiss leises Flehn, süßes Kosen‹«, trällerte er die bekannte Arie aus »Figaros Hochzeit« und befühlte wie nebenbei den Stoff von Martes Kleid. Noch in Petersburg hatte Marte den Cherubino, gesungen von einer der großen russischen Sopranistinnen, gesehen.

»Sei still, Viktor. Ich bin dir keinerlei Rechenschaft schuldig.«

»Natürlich nicht ... Malte.« In Viktors Hand blitzte kurz das erste ihrer Bücher auf. Er hielt es so, dass die Seite mit der Widmung an Rudolph aufgeschlagen war. »Deine Handschrift ist unverändert elegant.« Er beugte sich näher zu ihr und fuhr mit gesenkter Stimme fort: »Genauso entzückend wie dein Busen.« Und mit einer schnellen Geste drückte er ihre linke Brust, zwickte sie fest und hart, genau an der Spitze.

Es kostete Marte sämtliche Willenskraft, nicht laut aufzuschreien. Wenn Blicke töten könnten, sie hätte Viktor erdolcht. Seine hellbraunen Augen fixierten sie, die Hand noch immer an ihrem Busen. In seinen Augen lag ein belustigter Ausdruck wie bei einem Forscher, der den Käfer vor sich gleich töten würde, um ihn zu sezieren.

»Du solltest vorsichtig sein, Marte.« Viktor verneigte sich, als wäre nichts gewesen, lüpfte den Hut und entfernte sich.

Marte hatte nie viel Kontakt zu Paul von Marbach gehabt, auch nicht, als sie mit ihrer Mutter in seinem großen Haus in Prag leben durfte, in den ersten Jahren ihres Lebens, nach dem Tod ihres Vaters. Paul von Marbach war immer schon am meisten an seinem Stand und an seiner Carriere interessiert gewesen. Zur Familie verhielt er sich distanziert, erst recht zu Marte und ihrer Mutter, die geduldet wurden. Martes Vater war nur entfernt verwandt mit Paul von Marbach gewesen, ein Spross eines verarmten Nebenzweigs der Familie. Seine Heirat mit einer Frau bürgerlicher Herkunft war in der Familie nie akzeptiert worden, und nach seinem Tod ließ man Martes Mutter dies erst recht spüren. Marte war froh gewesen, als sie vom Stammsitz der Familie von Marbach weggezogen waren. Der Grund dafür drehte Marte allerdings noch immer den Magen um. Viktor, Paul von Marbachs ältester Sohn, war damals gerade siebzehn …

Sie sah ihn vor sich, als ob es erst gestern geschehen wäre. Viktor, groß, muskulös, drahtig. Er hält sie fest. Mit Händen wie Eisenfesseln, an denen sie noch sosehr rütteln kann und doch nicht freikommt. Und dann macht er mit ihr, was er will. Erst piekst und zwickt er sie und lacht sie dann aus, wenn sie aufschreit. Kleine Gemeinheiten, die niemand ernst nehmen will, wenn sie sich beklagt. Sie stünden in der Schuld von Viktors Vater, sagt ihre Mutter, sagt es ein ums andere Mal. Und Marte schluckt alles hinunter, die Tränen und den Zorn. Schon damals will sie nicht mehr Marianne heißen, malt sich wilde Namen aus, die sie niemandem verrät. Dann entdeckt Viktor die Veränderungen ihres Körpers. Sie ist gerade zwölf geworden. Er bemerkt, dass sie nicht mehr eckig und lang und dünn ist. Er flüstert: »Du wirst eine hässliche alte Jungfer bleiben«, und umfasst mit hartem Griff ihr Hinterteil. Schiebt seine Zunge in ihren Mund und presst sich an sie, und nie ist jemand in der Nähe, der ihr helfen würde, in diesem blöden alten Schloss. Ein Wunder, dass nie mehr passiert. Nur einmal ist das Glück an ihrer Seite. Marte kann Viktor in die Flucht schlagen, rammt ihm die Faust in den Magen, sodass er einknickt. Viktor schlägt sich dabei so unglücklich den Kopf an einem alten Degen an, dass er das Bewusstsein verliert. Danach zieht ihre Mutter mit Marte weg. Es ist Paul von Marbach, der sie dazu zwingt. Er sagt: »Sonst stell ich die

Frucht deiner Lenden als Flittchen dar. Das willst du nicht.« Er sagt: »Ich kann so ein Benehmen nicht dulden. Deine Tochter hat sich zu fügen.« Über Viktor sagt er nichts. Sie ziehen zuerst nach Baden bei Wien und dann kurz nach Italien, in das Haus eines angeblichen Freundes. Als der stirbt, mieten sie sich in Wien ein, ein kleines ehemaliges Gartenhaus vor dem Linienwall, wo die Mutter heute noch lebt.

Marte blickte Viktor nach, wie er in seinem jägergrünen Rock davonging, das Kinn vorgereckt, sein Gang siegesgewiss, als könnte ihm niemand etwas anhaben. Er war genau wie früher.

# 21

*Wien, Innere Stadt, 23. August 1848*

Nach den Ereignissen am Spittelberg stand es in allen Zeitungen: »Dirne erwürgt und ohne weitere Ermittlungen begraben.« Eine Blamage für die Criminalisten, wie Hauptmann Stern nicht müde wurde zu betonen. Stauner, der sich ständig mit den neuesten Presseerzeugnissen eindeckte, von denen Hunderte erschienen, fasste die Berichte zusammen, während Gerstl von Professor Škodas Untersuchung erzählte. Diesmal hatte Gerstl darauf bestanden, dass Škoda persönlich die verweste Leiche untersuchte. Der Gerichtsarzt hatte den gewaltsamen Tod der Dirne Mitzi bestätigt. Die Leiche war bei Nacht und Nebel ausgegraben worden, auf Hauptmann Sterns Anweisung hin. »Sonst bekommen wir Kiebitze, und das wollen wir vermeiden«, hatte er entschieden. »Wie stehe ich denn sonst da?«

»Ich muss diese edlen Räume ein Stündchen verlassen«, erklärte Gerstl.

»Ach ja?« Stauner zog fragend eine Braue hoch. »Hunger? Soll ich etwas zu essen holen?«, bot er an.

»Nein, ich habe etwas anderes zu erledigen. Es wird hoffentlich nicht lange dauern. Ich habe endlich eine … na, sagen wir mal, eine mögliche Informationsquelle am Spittelberg. Natürlich dienstlich.«

»Ach«, machte Stauner jetzt nur noch.

»Mehr später.«

Aus Stauners Mund schlüpfte nur mehr ein, »Ah«, dann fiel hinter Gerstl die Tür zu.

Eine Weile später kehrte Gerstl höchst zufrieden in sein karges Bureau zurück. Dort setzte er sich an seinen mit Filz überzogenen Schreibtisch und biss in ein Jausenbrot.

»Ich weiß, was am Spittelberg wirklich los war.«

Stauner verschlug es die Sprache, er starrte Gerstl mit großen Augen an.

»Mach den Mund zu, Stauner. Also: Die Huren haben einen furchtbaren Grant auf Weber gehabt.«

Stauner sprang auf. »Was? Erzähl!«

Gerstl schmunzelte. »Du willst wissen, wie ich das herausbekommen habe?«

»Spann mich nicht auf die Folter«, ächzte der Kollege.

»Es hat ein paar Tage gedauert, aber ich habe eine Informantin aufgetrieben, die sich im Rotlichtviertel gut auskennt. Sie ist dort schon geboren und aufgewachsen, die Wirtshäuser waren ihre Kinderstube und die Gasse ihre Schule.« Die Frau lebte in einem winzigen Haus, schmal und fast zu übersehen klebte es zwischen zwei größeren, wie hineingepresst.

»Und eine solche Frau redet offen mit einem Criminalbeamten?«

»Nicht ganz freiwillig, aber ich hatte ein gutes Argument, um sie zum Sprechen zu bringen. Vor einiger Zeit habe ich die Beste vorm Criminal bewahrt. Sie hatte jemanden bestohlen, aus purer Not eigentlich, kannst dir eh vorstellen. Blöderweise hat sie sich einen hohen Beamten als Opfer ausgewählt. Ich hab die Angelegenheit damals bereinigen können, weil mir die Frau wirklich leidgetan hat. Sie hat die Beute zurückgegeben und sich so die Haft erspart. So was merkt man sich.«

Stauner glotzte Gerstl mit offenem Mund an, er achtete nicht einmal darauf, dass durch den Luftzug eine seiner Zeitungen auf den Boden fiel.

»Du musst noch einiges lernen, lieber Kollege«, sagte Gerstl freundschaftlich. »Aber das wird schon, wirst sehen. Ich habe auch einmal so wie du angefangen.«

»Was hast du also erfahren?«

»Weber war früher oft am Spittelberg zu Gast, hat gezecht und bei den Frauen viel Geld gelassen. Eine Zeit lang besuchte er verschiedene Huren dort. Er hat jedoch gewisse härtere Gangarten im Bett gewünscht, wenn du weißt, was ich meine.«

»So naiv brauchst mich jetzt auch nicht hinstellen«, sagte Stauner und bückte sich nach der Zeitung.

Gerstl grinste. »Nun, Weber hat es deshalb vorgezogen, seine bevorzugten Gespielinnen in einem verschwiegenen Zimmer in einem Gasthof zu empfangen. Eine davon war die Mitzi, die hatte er am liebsten. Er hat sie gern in den ›Goldapfel‹ bestellt, wo der Besitzer nicht auf die Namen seiner Gäste achtet, sondern nur darauf, dass die Bezahlung stimmt. Der Wirt hat die Mitzi schwer verletzt nach Hause gebracht, das haben wir ja am Spittelberg schon gehört. Die Huren haben zuerst nicht recht gewusst, was sie von der Sache halten sollten. Aber dann haben sie Weber als möglichen Täter ins Aug gefasst, sie haben gedacht, dass seine Fesselspielchen eskaliert sind. Tödlich eskaliert. Was meinst du dazu, Stauner?«

»Hm, wieso sollten die Huren lügen, gegenüber einer der ihrigen noch dazu? Deine Informantin geht doch demselben Gewerbe nach?«

»Ja, in der Tat.«

»Und dann haben Mitzis Kolleginnen Lynchjustiz verübt?«

»Das ist es ja, so nahe liegt die Lösung auch wieder nicht. Laut meiner Informantin sind die Frauen Weber zwar nachgegangen bis vor sein Haus in der Jägerzeile. Er wohnt über seinem Verlagsbureau, das weißt du ja.«

Stauner nickte.

»Die Frauen wollten Weber eingehend befragen zu Mitzis Tod«, fuhr Gerstl fort. »Ermordet wollen sie ihn aber nicht haben. Sie haben ihm eine scheußliche Katzenmusik dargeboten, sagte meine Informantin. Die Frauen sind ihr zufolge mit Töpfen und so losgezogen und haben laut Krach geschlagen vor Webers Fenstern, und ihn als Schläger bloßgestellt. Als Warnung. Eine der Frauen ist dann auf Weber losgegangen und hat im Zorn auf ihn eingeprügelt, hat mir die Frau berichtet.«

»Aha. Das könnte stimmen, der Gerichtsarzt hat doch an Webers Körper gebrochene Rippen gefunden, nicht wahr?«

»Eine gebrochene Rippe, ja. Was soll man also glauben? Meine Informantin hat geschworen, die Frauenzimmer hätten Weber fluchtartig verlassen, weil die Studenten Webers Bureau überfallen haben. Sie sind lieber weggelaufen, weil die Burschen so gewalttätig waren.«

»Hm, dass die Revolution immer blutiger wird, passt manchem nicht. Ob die Aussage aber stimmt? Der Überfall auf Weber müsste nachweisbar sein, wenn der Mann eine Anzeige gemacht hat.« Stauner legte die Seiten seiner Zeitung zusammen und strich sie glatt.

»Frag bitte bei der Polizeystreife in der Jägerzeile nach, die werden das aufgenommen haben.«

»Und was ist, wenn die Racheaktion eskaliert ist? Wenn zum Beispiel diese Sisi heimlich ein Giftfläschchen mitgebracht hat? Sie hat ein starkes Motiv, weil sie in Mitzi so was wie das eigene Kind verloren hat.«

»Ja, Stauner, das werden wir alles herausfinden. Wir fahren zur Polizeystreife in der Jägerzeile, und dann befragen wir die Anrainer, ob sie sich an einen Überfall gegen den früheren Censor erinnern.«

»Wenn s' überhaupt mit uns reden, heißt es.«

»Wir werden s' dazu bringen.«

Stauner machte große Augen. »Du willst …«

»… ihnen drohen? Nein. Da gibt es ganz andere Methoden. Wirst schon sehen. Du musst wirklich noch lernen, Stauner.«

# 22

*Wien, Prater, 23. August 1848*

Marte starrte Viktor nach, wie er sich langsam entfernte und bald darauf vom Dickicht verschluckt wurde. Gott helfe den Frauen, auf die er heute noch sein Auge werfen mochte.

Sie drückte die Blumen an sich und sah sich vorsichtig um, während sie weiterging. Kam ihr jemand im Wald entgegen, versteckte sie sich rasch.

»Wunderbare Blumen. Woher haben Sie die?«

Dieselben Worte. Sie waren mehr ein Hauchen in ihrem Nacken, warmer Atem traf ihre Haut, sodass sie schauerte. Sie hatte niemanden kommen hören. Der Unbekannte trug seine dunklen Haare lang und sah genauso aus, wie der Maler den Ungarn Lajos beschrieben hatte. Athletisch gebaut, und Augen! Augen, die aufblitzten, als sie ihn nun begrüßte.

»Hübsch, nicht wahr?« So lautete ihre vereinbarte Antwort. Diesmal passte alles.

»Eine Bootsfahrt?« Das Lächeln des Ungarn war verschmitzt, in der Hand trug er einen kleinen Korb.

»Gern.«

Lajos bot ihr galant einen Arm, und gemeinsam gingen sie zurück zu der Hütte. Dort verhandelte der Ungar mit dem verhutzelten Weiblein, legte Münzen auf die Theke. Sie deutete auf ein Boot. Ein junger Bursche ohne Schuhe und mit dreckverschmiertem Gesicht, der plötzlich aufgetaucht war, folgte ihnen. Lajos nahm wieder Martes Arm. Die Wärme, die von ihm ausging, brachte etwas in ihr zum Schmelzen. Er half ihr beim Einsteigen in das wackelige Ruderboot, dann stieß der Junge es vom Ufer ab. Lajos ließ die Ruderblätter ins Wasser gleiten und bewegte sie sachte. Nur der Flügelschlag eines auffliegenden grauen Reihers störte die Idylle.

»Verzeihung, meine Dame, ich habe mich noch nicht vorgestellt«, sagte der Ungar mit dem feinen, kaum hörbaren Akzent, der Marte jedoch gleich aufgefallen war. »Ich bin Lajos Horvat, aus

Debrecen. Eigentlich sollte mich eine bestimmte Angelegenheit nur kurz in die Stadt unseres Kaisers führen. Doch jetzt sorge ich schon seit drei Jahren für die Pferde in den kaiserlichen Stallungen. Eine Tätigkeit, die ich liebe – denn ich liebe diese Tiere. Überhaupt die Natur.« Er ließ seinen Blick schweifen. Ein paar Enten kreuzten den Weg ihres Bootes, ohne sich stören zu lassen. Der Wind peitschte die Äste einiger Weiden auf.

Marte nickte. Am Ufer ließen die Bäume ihre Zweige bis ins Wasser hängen, zwei Enten saßen auf einem morschen Baumstamm, als sie vorbeiruderten. »Ewald sprach von Ihnen«, fuhr Lajos fort. »Sie haben eine besondere Aufgabe, bei der ich helfen kann?«

»Sie leben am Wiener Hof?«

»Am Hof ist gut.« Lajos grinste, und mit einem Mal wirkte er wie ein übermütiger junger Mann, dem das Leben noch keine Sorgen bereitet hatte. Er holte die Ruder ein und ließ das Boot auf dem schmalen, dschungelartigen Gewässer treiben. Dann griff er sachte nach Martes Händen. »Warum stellt eine so schöne Frau solche Fragen?« Er spreizte die Beine und zog Marte näher zu sich. Er führte ihre Hände zusammen und drückte seine Lippen auf ihre Haut, sanft und fordernd auf beide Handrücken. Dabei grinste er. Sie musste ebenfalls lachen. Die Tarnung war ja wirklich gelungen!

Einen Moment lang herrschte Stille, in der keiner etwas zu sagen wusste. Dann ließ Lajos Marte los und griff wieder nach den Rudern. »Nun, was ist Ihr Begehr, teure Dame?« Dabei blickte er sie an und legte sich eine Hand an die Brust. Verlegen sah Marte zu Boden, unsicher, was die Begegnung ihrer Blicke erneut auslösen mochte. Dabei entdeckte sie den Ansatz eines kleinen Grinsens in Lajos' Augen. Sie lächelte auch.

»Ich möchte gerne wissen – wie denkt der Hof über die Vorgänge in Wien? Wird das Bürgertum wie gefordert seine Rechte bekommen? Wie wird man sich verhalten, wenn die Freiheitskämpfer auf ihren Ansprüchen beharren? Ich habe mich lange im Ausland aufgehalten, deshalb ist mir die Wiener Politik nicht so vertraut.«

»Wo haben Sie gelebt?«

»Ach, an vielen Orten. Auch in der Mongolei. Zuletzt war ich auf Besuch in Böhmen.«

»Verstehe.« Am Ufer flog ein Vogel auf. Marte meinte, etwas

Weißes aufblitzen zu sehen. Doch so sehr sie auch starrte, sie konnte nichts erkennen.

»Können Sie mich bei Hof einschmuggeln?«, fragte sie Lajos wie beiläufig. Sie wagte kaum, ein solches Ansinnen an jemanden heranzutragen, das ihr doch selbst ungeheuerlich vorkam.

»Wie stellen Sie sich das vor?« Lajos blickte sie mit seinen dunklen Augen jetzt ziemlich ernst an. »Der Kaiser hält sich gar nicht in der Stadt auf, er ist wieder geflüchtet.«

»Das habe ich gehört. Doch ich möchte die Dinge aus erster Hand erfahren. Sie wissen schon.«

Er nickte. »Haben Sie Lust auf ein kleines Picknick?«, fragte er unvermittelt. »Ich habe Wein mitgebracht und einen Imbiss.«

»Gerne.« Der Mann schien mehr Talente zu haben, als sie gedacht hätte.

Sie legten an einer geschützten Stelle in einer kleinen Bucht an. Lajos steuerte das Boot in einem Bogen um ein Hindernis, das im Wasser lag. Etwas Helles, Buckliges, ein Baum vielleicht, schon morsch, gefällt von einem Unwetter. Marte griff beim Aussteigen nach seiner Hand.

»Ah!«, rief Lajos überrascht aus und wandte ihr sein Gesicht zu. Er war aufmerksam und erregt, wie es schien.

L wie Lajos, Martes Gedanken flogen wie Vögel herum, L wie Leidenschaft. Er war nur ein Kontaktmann! Doch sie konnte sich kaum konzentrieren. Sie hörte Gläser klirren, roch kalten Braten. Ihr Magen knurrte, das brachte sie schon wieder zum Lachen.

Doch da hörte sie ein Geräusch, das nicht zu der friedlichen Stimmung passte. Es war kein Wasserplätschern und auch kein Vogelgezwitscher. Es war auch nicht der Wind, der die Blätter der Bäume zauste, und kein Rascheln von Schlangen im herabgefallenen Laub. Ein Mann kämpfte sich aus dem dichten Gebüsch unweit von ihnen. Er trug einen speckigen Mantel, sein Hut hatte bessere Zeiten gesehen.

»Ich bin überrascht, Sie hier zu sehen, Meister Lajos!«, sprach er den Ungarn an. »Ein Rendezvous? Genießen Sie es.« Ein anzügliches Grinsen zeigte sich auf dem Gesicht des Mannes.

Lajos nickte dem Mann ungeduldig zu und verzog die Lippen zu einem gezwungenen Lächeln. »Ein Mann aus meinem Regiment«, flüsterte er Marte zu. »Er schnüffelt mir immer wieder hinterher. Sehr unangenehm.«

Der Unbekannte entfernte sich endlich. Doch in diesem Moment peitschte eine Windbö über das Wasser, die Wellen bauschten sich und das Hindernis von vorhin wurde ans Ufer gespült. Marte schrie und tastete nach Lajos' Arm. Ein Baumstamm war das beileibe nicht.

# 23

*Wien, Prater, 23. August 1848*

Franz Gerstl konnte es nicht fassen. Schon wieder eine Leiche, im Prater diesmal. Waren denn alle verrückt geworden, herrschten nur mehr Mord und Totschlag in der Stadt? Dabei waren Stauner und er mit den Befragungen der Anwohner rund um Webers Verlagssitz noch nicht weitergekommen. In der Polizeywache in der Jägerzeile hatten sie den Einsatzbericht der Woche vor Webers Tod einfach nicht finden können. Gerstl hatte einen seiner seltenen Wutanfälle bekommen und den zuständigen Wachhabenden angeschrien. Der hatte zurückgebrüllt. Angeblich hätten die Beamten einfach zu viel zu tun, um Berichte zu schreiben. Sie hatten die Polizeywache unverrichteter Dinge wieder verlassen müssen. Dann würde er eben Hauptmann Stern davon berichten, vielleicht ging so etwas weiter. Kaum zurück im Criminalgericht, war der neue Mordalarm gekommen.

Gerstl atmete tief durch. Nicht aufregen! Einfach nur der Reihe nach die Arbeit erledigen. Verzweifelt biss er ein letztes Mal von seinem Jausenbrot ab und packte es in die Proviantdose zurück. Wieder ein Todesfall mit unbekannter Ursache, dabei waren alle Beamten und Nationalgarden in Alarmbereitschaft wegen der angekündigten Demonstration gegen die Lohnkürzungen bei den Erdarbeiterinnen. Immer wurde bei den Ärmsten noch weiter eingespart, die sich kaum wehren konnten. Das sollte jetzt anders werden. Es war nur eine Frage der Zeit gewesen, bis sich die Massen wehrten, um jene hinwegzufegen, die sich nur bedienten. Bei diesem Gedanken verschluckte Gerstl sich prompt. Er hustete lange und heftig, fast meinte er, an dem Bissen, den er in die falsche Kehle bekommen hatte, ersticken zu müssen. Wenn das so weiterging, würde er dem Criminalgericht Adieu sagen. Er würde seinen Hut nehmen und irgendein Gewerbe aufmachen, vielleicht Schuster wie sein Vater. Egal was, nur ein Beruf, der nicht dermaßen mit Mord und Totschlag zu tun hatte.

Er ging nach nebenan zur Kammer Stauners, den er erst von seiner Tageszeitung wegreißen musste. Der Mann übertrieb etwas mit seiner Bildung, wie Gerstl fand, doch es mochte bei den Ermittlungen helfen, deshalb sagte er vorläufig nichts.

Gemeinsam machten sie sich auf den Weg in die Praterauen. Die Kutsche fuhr an, während sich Stauner noch zurechtsetzte.

»Was erwartet uns, Kollege?«

»Ein Ertrunkener, wir sollen uns die Sache einmal ansehen. Vielleicht stecken die streikenden Arbeiterinnen dahinter«, sagte Gerstl ohne rechte Überzeugung. »Es soll schon zu Tumulten gekommen sein.«

»Wer weiß das schon heutzutage? Die Menschen neigen zunehmend zu Gewalttaten, wenn ich mir so die Zeitungsberichte anschaue. All die Verzweiflung, wenn man nichts mehr zu fressen hat«, meinte Stauner. »Kein Wunder, wenn sie den Lohn von Tagelöhnerinnen und Kindern bei Notstandsarbeiten um ein Viertel reduzieren wollen.«

Wegen des Aufruhrs kamen sie mit der Kutsche kaum voran. Erboste Arbeiterinnen zogen an ihnen vorbei Richtung Innere Stadt, wobei sie einen Esel vor sich hertrieben, auf dem eine Strohpuppe saß. Dieser hatten sie ein Fünfkreuzerstück in den Mund gesteckt, um den Hals des Tieres baumelte ein Schild mit der Aufschrift: »Der Fünfkreuzerminister«. Sie reckten ihre Arme und jammerten laut: »An den fünf Kreuzern ist der Arbeitsminister Schwarzer erstickt!« Alle waren sie dunkel gekleidet, eine hatte sich wie im Kummer ihr Oberhemd zerrissen. Es wirkte, als wären sie auf einer Leichenfeier. Das Gegröle der Frauen war fürchterlich. Sie waren mit Schaufeln und anderem Arbeitsgerät bewaffnet, das sie wie Waffen zum Angriff schwenkten. Am Rande der Menschenmenge waren Nationalgarden auf Pferden auszumachen.

»Ihr Verräter!«, schrie eine Frau.

»Verräter!«, stimmten viele andere mit ein, dann liefen sie auf die Garden zu.

Nach mehreren Fahrtunterbrechungen kamen die beiden Criminalbeamten endlich am Fundort der Leiche an. Sie stiegen aus. Gerstl näherte sich vorsichtig dem kleinen, bullig wirkenden Körper, über dessen Füße das Wasser des Flusses schwappte. Er berührte den Mann an der Schulter. Aber nein, da konnte kein Leben mehr in dem Körper sein, alle Hoffnung war sinnlos. Nicht, wenn jemand so, Gesicht nach unten, am Ufer eines Flusses lag.

Gemeinsam mit Stauner betrachtete er die Leiche von allen Seiten. Ein Boot lag daneben, als hätte es jemand abrupt verlassen. Die Ruder waren achtlos hingeworfen, sodass eines im Wasser trieb und womöglich bald losgerissen würde. Gerstl wies Stauner an, eine Zeichnung von der Situation anzufertigen. »Mit dem Boot, bitte. Wähl die Perspektive von dieser Seite.« Gerstl deutete auf die Stelle, wo er stand.

»Hallo?«, rief er dann. »Ist hier jemand?« Aber außer dem Durcheinander von Vogelstimmen und dem Gurren der Tauben war nichts zu hören. Nicht einmal ein Streifenpolizist war zu sehen, dabei mussten die Uniformierten doch die Criminaler verständigt haben.

»Ist da jemand?«, rief Gerstl noch einmal. »Hallo!«, setzte er lauter hinterher.

»Haben Sie uns gerufen?« Aus dem ufernahen Gebüsch traten zwei uniformierte Polizisten. »Wir haben nach Zeugen gesucht«, erklärte einer von ihnen, ein großer Kerl mit unrasierten Wangen. »Es scheint alles verlassen zu sein.«

Gerstl wies die beiden an, das Gelände weiter abzugehen. »Vergessen Sie nicht, das Schilf genau zu filzen. Vielleicht versteckt sich dort jemand.«

Die Polizisten zogen ab.

»Merkwürdig«, murmelte Gerstl vor sich hin. Er bedeutete Stauner, ihm beim Bergen der Leiche zu helfen. Sie drehten den Toten um. Er war eher klein, schwarze nasse Haare hoben sich von der hellen Haut ab. Die Leiche wirkte, als würde sie noch nicht lange im Wasser liegen, dazu sahen Arme und Beine noch zu schlaff aus, fand Gerstl auf den ersten Blick, doch er konnte sich natürlich irren. Trotzdem schien ihm, als hätte die Totenstarre noch nicht eingesetzt. Nur Professor Škoda konnte dies – und noch viel mehr – definitiv klären.

Da fiel Gerstl etwas unter dem Toten auf, er kniete sich hin und sah nach. Es war ein Stück Papier, ein nasses Papier. Er zog daran, dann blieb ihm der Mund offen stehen.

»Schau einmal her, Stauner!«, rief er und erhob sich wieder. »Was siehst du hier?«

»Das ist ja … Das kann nur …«, stammelte Stauner. »Korrigier mich bitte, wenn ich irre. Aber das sieht aus wie das Flugblatt, das wir bei Weber gefunden haben.«

»Richtig, Stauner. Aus dir wird noch einmal was!«

»Veralbern kann ich mich selbst.« Stauner schüttelte mürrisch den Kopf und wandte sich dann wieder dem Toten zu.

»Ich mein's ernst, Stauner. Und nimm bitte dieses Flugblatt in deine Zeichnung auf.«

»Natürlich.«

Während Stauner das feuchte Papier zu seiner Skizze hinzufügte, betrachtete Gerstl den Zettel genauer. Das Blatt war dem Verblichenen mit einem dünnen Bindfaden um den Hals gehängt worden. Und darauf die bekannten Worte: »Libertas Bohemia!«

»Da haben wir die Mordserie«, Stauner sah nur kurz auf. »Was mit der toten Dirne ist, wissen wir noch nicht. Dort haben wir zwar kein Flugblatt gefunden, doch die erschlagene Mitzi hatte mit dem ersten Toten Kontakt und ist an seinen Schlägen gestorben.«

Gerstl zupfte an dem weißen Waffenrock des Toten, lüpfte ihn und auch das Hemd darunter ein wenig. Alles triefte nur so. Ein Säbel schlenkerte dem Toten gegen das Bein, als Gerstl die Leiche etwas anhob. Gerstl tastete die Hosentaschen ab, was nicht ganz leicht war aufgrund der Nässe. Aber wer sagte es denn, er fand eine Soldkarte vom Militär. Gerstl blätterte das feuchte Papier auf. Da stand: »A…« unleserlich, dann: »Karner.« Daneben: »Major im persönlichen Dienst des Stadtcommandanten von Prag, Paul von Marbach. Kommandierender General: Windisch-Graetz.«

So was! Ausgerechnet der Mann, der Prag in Grund und Boden hatte schießen lassen, war der oberste Chef des Toten. Und daneben lag ein Flugblatt, das ebenfalls auf die Situation in Böhmen Bezug nahm.

»Da schau her!«, erklang hinter ihnen eine belustigte Stimme. »Der Herr Major! Ist ihm nicht gut?«

»Wer sind Sie?« Der Anblick des Passanten im grünen Rock kam Gerstl bekannt vor, doch er wusste nicht woher.

»Den könnte man fast für den Commandanten von Marbach

halten«, flüsterte Stauner hinter Gerstl. »Er ist es aber nicht, denke ich. Zu jung. Unser Mann in Prag ist über fünfzig.«

»Ihre Legitimation, bitte!«, herrschte Gerstl den Fremden an.

Der sah auf und strich sich die braunen Haare aus der Stirn. Nach einem Moment, in dem sich ihre Blicke maßen, fuhr der Grüngekleidete in seine Sakkotasche und reichte Gerstl unwillig seinen Ausweis.

»Viktor von Marbach, so, so.« Gerstl gab den Ausweis weiter an Stauner. »Sie kennen den Toten?«

»Anton Karner, jawohl, den kenne ich. Er gehört zur Garde meines Vaters in Prag. Jemand muss schließlich in der böhmischen Residenz für Ruhe und Ordnung sorgen, nachdem der Aufstand endlich niedergeschlagen wurde.«

»So«, machte Gerstl. Wieder einmal war er froh, dass sein Vater all diese politischen Verwicklungen nicht mehr erlebt hatte. Von einem Major Karner hatte Gerstl noch nie gehört, aber er war mit den gegenwärtigen politischen Führungskreisen in Prag nicht vertraut. Sinnierend sah er den toten Soldaten an, dann Viktor von Marbach, der in seiner grünen Jacke etwas eigentümlich wirkte.

»Ich habe die Polizey verständigt. Darf ich nun wieder meinen eigenen Geschäften nachgehen?«

»Moment.« Gerstl hob die Hand und spürte schon wieder Ärger in sich aufsteigen. Ein Toter mehr in dieser verfluchten Stadt, und alle, mit denen er darüber reden wollte, reagierten abwehrend. »Wie lange halten Sie sich schon hier in den Praterauen auf?«, fragte er.

»Ich … nun ja …« Viktor von Marbach spielte mit einem Knopf an seiner Jacke.

»Ich höre?«

»Ich habe mich hier mit einer Dame getroffen.«

Der Kerl wurde nicht einmal rot. »Ach ja. Und? Haben Sie etwas gehört?«

»Wie denn? Ich war … beschäftigt. Eine Dame verlangt Aufmerksamkeit. Ich habe mich blendend unterhalten. Was denken Sie denn?«

»Hm, hm. Ist Ihnen nicht irgendetwas Ungewöhnliches aufgefallen? Vielleicht ein Geräusch, das nicht hierhergehört?«

»Bedaure.«

»Nun gut.« Gerstl winkte den Schnösel fort, der sich Richtung Wurschtlprater entfernte.

Gerstl wandte sich wieder dem Toten zu und diktierte Stauner seine Eindrücke, der die Einzelheiten für die Akten notierte.

»Offener, unordentlicher Kragen trotz ansonsten korrekter Kleidung. Unklare Druckstellen am Hals. Die Haut hell, kann vom Liegen im Wasser kommen. Leichte Bartstoppeln. Aber das sagt nicht viel, Dunkelhaarige haben häufig schnellen Bartwuchs. Haare militärisch kurz geschnitten.« Gerstl betrachtete die Leiche eingehend. Karner sah aus, als wäre ihm ein solcher Fauxpas bei lebendigem Leib nie passiert. »Arme und Beine schlaff, Totenstarre hat noch nicht eingesetzt. Also ist er erst weniger als eine Stunde tot.«

So viel hatte Gerstl von Professor Škoda gelernt. Der Arzt war ihm sympathisch, Gerstl hielt ihn für einen überaus klugen Burschen, das hatten seine herausragenden Erkenntnisse immer wieder gezeigt. Wenn nur sein Fachgebiet nicht so trist gewesen wäre. Was konnte einen jungen, aufstrebenden Arzt so sehr an Toten interessieren, noch dazu an zumeist gewaltsam ums Leben gekommenen? Nun ja, eigentlich tat er selbst kaum was anderes. Aber zumindest schnipselte er die Toten nicht auf, vermaß sie nicht, umgab sich nicht tagaus, tagein mit den sterblichen Hüllen armer Opfer, wie es Škoda in der Sensengasse tat. Oft genug war Gerstl als Erster an einem Tatort, da war es sinnvoll, die wichtigsten Merkmale zu kennen, anhand derer sich ein unnatürlicher von einem natürlichen Tod unterscheiden ließ.

Nochmals wanderte sein Blick über den toten Mann auf der Erde. Er maß den Körper von oben bis unten. Die weit aufgerissenen Augen des Toten irritierten ihn. Das Weiße der Augäpfel war leicht gerötet, der Mund etwas geöffnet. Und dann bemerkte er es. Am Hals des Toten, der noch gar nicht faltig war – Gerstl konsultierte den Ausweis in seiner Hand, Karner war 1810 geboren –, an diesem beinahe makellosen Hals befanden sich ohne Mikroskop kaum zu erkennende blaue Flecken. Flecken, die da ganz und gar nicht hingehörten. Es war die Stelle, hinter der sich die Luftröhre befand. Das sah ja aus, als hätte man den Offizier erwürgt.

Mit einem Mal bemerkte er Viktor von Marbach, der immer noch dastand und seine Hände unschlüssig aneinanderrieb. »Was ist denn noch?«, herrschte Gerstl ihn an.

»Mir ist etwas eingefallen. Hier war ein Pärchen, das es überaus eilig hatte zu verschwinden. Zu ihnen gehört dieses Boot.« Von Marbach wies mit einer Fußspitze in die Richtung des Ruderboots, das auf den Wellen schaukelte. Eine Ente quakte laut. »Die Dame kenne ich recht gut, wenn ich es mal so sagen darf.«

Aha. Vielleicht würden sie durch diese Zeugenaussage doch endlich schneller mit der Aufklärung weiterkommen.

»Bitte, erzählen Sie mehr«, bat Gerstl Viktor von Marbach. »Wie sahen die beiden aus?«

# 24

*Wien, Prater, 23. August 1848*

Als die Beamten angerauscht gekommen waren, hatte sich Marte hinter einem Baum verborgen und war mühselig auf einen der dicken unteren Äste geklettert. Sie öffnete das Mieder ein wenig, um besser Luft zu bekommen in all dem Schreck. Eben begannen die Criminalisten den Toten zu untersuchen.

Marte unterdrückte einen Aufschrei: Die Leiche war ausgerechnet der Mann, der ihr in ihrer Jugendzeit auf sehr ungute Weise den Hof gemacht hatte. Was hatte Anton Karner nur in den Praterauen zu suchen gehabt? Karner war noch ein kleiner Leutnant gewesen. Sie war nur belustigt gewesen über das Ansinnen dieses uneleganten, geradezu lächerlichen Manns. Diese unförmige Figur, er war nicht gerade ein Riese, bestenfalls gleich groß wie Marte selbst. Das wäre ja nicht so schlimm gewesen, doch er hatte ihr auf eine solch ungute Art nachgestellt, obwohl sie ihn von Anfang an nicht dazu ermuntert hatte, im Gegenteil. Doch er hatte sie immer wieder körperlich bedrängt und ihr dabei mit feuchtem Atem Schweinereien ins Ohr geflüstert und gleich darauf, wie gut es seine künftige Frau mit den Kindern daheim am Herd haben könne ... ohne sich um etwas Sorgen zu machen. Kinder mit ihr! Eine langweilige Offiziersgattin hätte er gern aus ihr gemacht – aber da spielte sie nicht mit.

Martes Mutter hingegen war Feuer und Flamme für den Soldaten gewesen. »So ein fescher Kerl in dieser Uniform!«, hatte sie ein ums andere Mal geschwärmt. »Dann heirate ihn doch selbst«, hätte Marte ihr am liebsten entgegengeschleudert. Aber so etwas ging natürlich nicht, nicht in ihren Kreisen, selbst wenn die von Marbachs nur unbedeutender Adel waren. Marte hatte Karners Heiratsantrag also so diplomatisch wie möglich abgelehnt. Doch als hätte er nicht zugehört, war ihr der Kerl monatelang nachgestiegen, hatte sie auf jedem Weg durch die Stadt verfolgt, ihr aufgelauert, sie um Rendezvous gebeten, die sie ein ums andere Mal ausschlug. Einmal hatte er sie sogar in ein Haustor gedrängt und sie küssen wollen, aber da hatte er es bei der Falschen versucht, denn sie hatte ihn mit aller Kraft in die Flucht geschlagen.

Energisch schob Marte die Erinnerung beiseite und kletterte höher. Mit dem Saum ihres Kleides blieb sie an einem Ast hängen, aber zum Glück riss der Stoff nur ein kleines Stück. Egal. Sie musste sich verbergen und trotzdem erfahren, was vor sich ging. Schließlich musste sie abschätzen können, ob sie in Gefahr war.

Dass dieser Criminalbeamte mit Viktor sprach, war schlimm. Und dass sie sich jetzt über das Boot beugten und einen weißen Schal fanden, den sie wiedererkannte … Das hätte ihr nicht passieren dürfen, das bedeutete noch mehr Gefahr. Der Ungar hatte sich mit ihrem Einverständnis aus dem Staub gemacht, zu viel stand auch für ihn auf dem Spiel. Er hatte rasch die Sachen in den Korb geworfen und ihn mitgenommen. Als sich Lajos Richtung Hauptallee entfernte, war plötzlich der Bursche aufgetaucht, der vorhin ihr Boot angestoßen hatte. Er hatte sich dem Ungarn fordernd in den Weg gestellt, und Marte hatte noch gesehen, wie er dem jungen Kerl eine Münze in die Hand drückte. Wenn der nur den Mund hielt!

Ein Pfeifen ließ Marte zusammenschrecken. Unter dem Baum stand ein blonder Mann, sie kannte diesen Haarschnitt und auch diesen grauen Rock, der allerdings einen langen Riss aufwies. Ein Ärmel war am Rand nass geworden, und seine Hose zierten dunkle Erdflecken. Und sie kannte den Ausdruck in den Augen des Mannes. Wie unterwürfig er zu ihr hochsah, statt dass er endlich ihre Position verstehen würde, dass sie unabhängig sein wollte, finanziell … Eine Windböe zerzauste Georgs Haare.

Er war besessen von einer Liebe, die sie nicht mehr erwidern konnte. Ganz plötzlich wurde ihr das klar, im völlig unpassenden Moment.

»Jiři.« Sie flüsterte. Beinahe hätte sie ihre Deckung aufgegeben. »Was machst du hier? Und wie siehst du überhaupt aus? Hab ich dir nicht gesagt …«

Er hielt die Hände hinter seinem Rücken und zuckte mit den Achseln, lächelte. Es wirkte hilflos, als wüsste er nicht, wohin mit sich. »Ich? Wieso? Was?«

Und das war der Mann, an den sie einst ihr Herz verloren hatte. Marte konnte sich nur über sich selbst wundern. Wie ein Bittsteller stand er da unter dem Baum, sah zu ihr auf. Der Mann hatte wirklich kein Rückgrat, keinerlei Stolz.

»Was verbirgst du da hinter deinem Rücken?«

»Was? Das hier?« Georg hielt ihr einen zerdrückten schwarzen Hut entgegen.

»Der Hut gehört nicht dir, oder?« Der Stil passte nicht zu ihm, kaum jemand in der Stadt trug Zylinder.

»Ich habe ihn … g-gefunden.« Georg machte Anstalten, zu ihr hochzuklettern. Der Baum war zwar alt, doch seine unteren Äste boten gute Möglichkeiten, um ihn zu erklimmen. Allerdings war oben, wo sie saß, gerade einmal Platz für eine Person. Und außerdem würde man sie reden hören, wenn Georg nicht den Mund hielt.

»Bitte bleib, wo du bist. Was willst du hier überhaupt?«

»Ich bin dir gefolgt. Wir müssen reden. So wie es jetzt läuft zwischen uns … Was soll aus uns werden, Marte? Wir sehen uns kaum noch.«

Er war ihr gefolgt. Ob er sie mit Lajos gesehen hatte? Das wäre umso schlimmer. Selbst wenn Georg nur private Gründe haben mochte. Er spürte wohl auch, dass sie sich immer weiter von ihm entfernte. »Aber du siehst doch, dass ich keine Zeit …«

»Marte, so wie jetzt – so will ich das nicht mehr.«

»Jiři, es ist jetzt wirklich nicht der Moment … Was ist denn mit dir passiert?«

»Ich … nun, der Weg hier am Ufer entlang, während du im Boot gesessen bist … Ich bin im Schlamm ausgerutscht und in diesem Dickicht kommt man kaum voran, ohne sich die Kleidung zu ruinieren.« Er deutete mit einem Nicken auf die sumpfige Umgebung und das dichte Grün entlang des Ufers. Ein Käuzchen schrie irgendwo.

»Du bist mir gefolgt?«

»Dir und diesem … Tunichtgut.« Sein Gesicht verzerrte sich, er zerdrückte den Hut zwischen den Händen, sah dann, was er tat, hüstelte und ließ von der aus der Mode gekommenen Kopfbedeckung ab. »Wer war der Herr, der dich so umgarnt hat?«

Das Letzte kam scheinbar ruhig heraus, doch eine Ader an Georgs Schläfe pochte heftig. Abwartend blickte er sie an, die Knöchel an seinen Händen traten weiß hervor.

»Das ist meine Sache, Jiři. Ich bitte dich …«

»Ich …« Er blickte zu Boden. »Ich hab mir Sorgen um dich gemacht. Nach allem, was passiert ist, wollte ich in deiner Nähe sein. Denk an die Unruhen in der Stadt. Als du dann noch Richtung Prater gefahren bist, hab ich beschlossen, dir zu folgen. Und wie mir scheint, waren meine Sorgen berechtigt. Ich habe den Offizier erkannt, der dir nachgestellt hat.«

»Meinst du meinen Cousin Viktor?«

»Viktor von Marbach? Nein, den kenne ich nicht. Ich habe diesen unsäglichen Major Karner entdeckt, wie er hinter dir herging.«

»Anton Karner ist mir auf den Fersen gewesen?« Das wurde ja immer schlimmer. Wie war ausgerechnet Karner auf ihre Spur gekommen? Und aus welchem Anlass hatte er sie beobachtet? Was noch schwerer wog: Marte hatte keinen der Verfolger bemerkt, weder Viktor noch Georg oder Anton Karner. So etwas durfte nicht einmal ihr als Neuling passieren, nicht wenn sie sich mit einem Kontaktmann traf. Sie hatte sich zu sehr von Lajos ablenken lassen, von seinem offensichtlichen Bemühen um sie.

»Ich wollte Karner abpassen und warnen, dir ja nicht zu nahe zu kommen, Marte. Ich habe mich daran erinnert, wie sehr er dir früher nachgestiegen ist, als du seinen Heiratsantrag abgelehnt hast. Du hast es mir erzählt, als wir ihn auf unserer Russland-Reise getroffen haben, erinnerst du dich? Was schaust du so, Marte? Ich dachte, du bist froh, wenn ich dir diesen Hanswurst vom Hals schaffe.«

»Aber doch nicht so.«

»Wie – so?«

»Aber du weißt schon, Jiři …«

»W-was denn schon wieder?« Wenn Georg stotterte, stand es schlimm um ihn. Schon wieder dieser unterwürfige Blick, der sie so rasend machte. »Verdammt, sei nicht so streng mit mir, ich meine es gut mit dir. Ich wollte nur mit dem Kasperl reden. Ihm klarmachen, dass du zu mir gehörst.« Er hustete, ließ den Hut fallen, bückte sich danach, dabei fiel ein Taschentuch aus seiner Hosentasche.

»Sieh hin, der Hanswurst, wie du ihn nennst, ist tot.« Sie bezwang das Zittern, das bei diesen Worten überhandnehmen wollte.

Georg blickte zu der Leiche, die Augen schienen ihm aus dem Kopf zu quellen. Dann wanderte sein Blick zurück zu Marte. Er streckte die Arme zu ihr empor, als wolle er sie trotz der Entfernung umarmen. Ein Vogel flatterte über ihr auf, Marte erschrak.

»Die Sache ist ... nun ja, sie ist mir etwas entglitten. Ich wollte ihm eine Abreibung verpassen, da ist er gestürzt. Aber ich habe Karner nicht getötet! Das musst du mir glauben, Marte. Als ich ihn zurückließ, hat er noch geatmet.«

»Bist du dir sicher?«

»Ja. Ich wollte doch Hilfe holen.«

»Ist dir noch irgendwer aufgefallen?«

»Nein ...«

»Du musst das alles der Polizey erzählen, Jiři. Ich weiß nicht, was ich glauben soll. Und jetzt lass mich, bitte. Lass mich allein.« Sie musste hier weg, so schnell wie möglich, bevor Gerstl sie entdeckte und sie fragte, was sie in der Nähe einer Leiche gemacht hatte. Sie durfte Lajos nicht verraten!

»He! Sie!«, rief jemand. Es war die Stimme des Criminalbeamten, dieses Gerstl.

»Nimm dich in Acht, Marte«, flüsterte Georg und dabei pulsierte die Ader an seiner Schläfe wieder. »Ich weiß mehr über dich, als du denkst. Zu viel, als dass du mit mir so umspringen solltest.« Dann überließ er Marte in ihrem Baum sich selbst und ging lässig schlendernd davon.

»Sie da, Herr Steiler!« Gerstl hatte Georg erreicht. »Seit wann sind Sie hier? Sie tauchen mir ein bisschen oft in dieser Ermittlung auf, um das als Zufall abzutun.«

Marte hielt den Atem an und versuchte, so still wie möglich zu verharren.

Georg sah Gerstl höflich an. Marte bemerkte, wie er hinter seinem Rücken schon wieder den Zylinder in seinen Händen malträtierte. »Ein Weilchen, ich habe natürlich nicht auf die Uhr gesehen. Das kühlere Wetter ist wie geschaffen für einen Spaziergang. All die Hitze während der letzten Tage ...«

»Hier ist ein Mordfall geschehen«, erwiderte Gerstl und maß

Georg dabei von oben bis unten. »Ich brauche Sie als Zeugen, vielleicht haben Sie in den letzten zwei Stunden etwas beobachtet, was uns helfen könnte? Vielleicht haben Sie ja diesmal eine wertvolle Information für uns.«

Georg nickte fast unterwürfig. Er versuchte mit einer Hand, den Riss an seinem Gehrock zu verdecken, was natürlich aussichtslos war. Mit einem Mal tat er Marte ein wenig leid, wie er da mit gebeugten Schultern hinter Gerstl her in Richtung Leiche trottete. Das Käuzchen schrie einsam.

# 25

*Wiener Criminalgericht, 24. August 1848*

Gerstl verließ das Criminalgericht und schritt zügig aus. Am Vortag hatte er noch Stunden an dem Leichenfundort mitten im Prater verbracht, war jedoch auf keine vielverheißende Spur gestoßen. Die Gespräche verliefen zwar einigermaßen hilfreich, doch er musste erst aussortieren, was davon der Wahrheit entsprach und der Aufklärung der Morde dienen mochte. Eine der Informationen jedenfalls war brisant, höchst brisant sogar, und deswegen stand er nun wieder einmal vor dem eleganten Palais Lazansky. Er dachte fast wehmütig an Viola Lazansky, dann besann er sich auf seine Aufgabe. Er hatte eine Mordserie aufzuklären, genau darum handelte es sich. Eindeutig zeigten dies die Zettel mit der Botschaft »Libertas Bohemia«, die bei den Toten gefunden worden waren. Er musste der Spur der czechischen Flugblätter nachgehen. Auch Stauner, der eifrig die verschiedenen Zeitungen studierte, war eine solche Losung in der Presse noch nicht untergekommen. Auf dem Rückweg vom Prater ins Criminalgericht wären sie fast in eine Schießerei geraten, der Kutscher hatte sie gerade noch in Sicherheit bringen können, indem er über den Donaucanal auswich. Sie waren noch so beschäftigt gewesen mit ihrem zweiten Ermordeten, dass Stauner Gerstl erst heute früh die Zeitungsberichte über den gestrigen Tumult zwischen den Arbeiterinnen und irgendwelchen Garden vorgelesen hatte. Acht Menschen sollten dabei ums Leben gekommen sein, berichtete die Presse. Bewaffnete Stadtgarden hatten sich den demonstrierenden Arbeiterinnen entgegengestellt und die Auflösung des Demonstrationszugs verlangt, was aber abgelehnt worden war. Daraufhin hatten die Garden das Feuer eröffnet. In der Zeitung hieß dieses Gemetzel nun »Praterschlacht«.

Gerstl blickte auf seine Taschenuhr. Es war Mittagszeit, hoffentlich war bei den Lazanskys überhaupt jemand zu Hause. Er hatte ein dringendes Gespräch zu führen, war ihm Viktor von Marbach doch mit einer interessanten Auskunft dienlich gewesen. Gerstl hatte den Mann, der sich ihm im Prater förmlich aufgedrängt hatte, zunächst unsympathisch gefunden, doch die Spur war allzu heiß, er musste ihr nachgehen.

Er klingelte ein zweites Mal. Vor allen anderen Dingen wollte er mit diesem jungen Herrn Berends sprechen, der bei den Lazanskys zu Gast war. Mit den Lazanskys selbst musste er sich ebenfalls unterhalten, um herauszufinden, in welcher Beziehung sie zu ihrem Gast standen. Am liebsten würde er mit der Dame des Hauses über all dies reden. Dabei dachte er an ihren so hübsch eingerichteten Salon, in dem er gern Kaffee getrunken hätte. Unwillkürlich lächelte Gerstl. Ach, es war zum Verrücktwerden. Bei allem, was er in letzter Zeit gehört hatte, wusste er kaum noch, was er denken sollte.

Er wollte eben wieder läuten, da öffnete sich die Tür einen schmalen Spaltbreit. Nun gut, nach allem, was man hörte, war Vorsicht nur anzuraten. Was war in die Menschen gefahren? So aufeinander loszugehen, dabei waren sie Untertanen desselben Kaisers! Die Menschen waren eben zu allen Zeiten bereit, sich gegenseitig die Köpfe einzuschlagen, aus unterschiedlichsten Motiven. Deshalb war er ja auch Criminalbeamter geworden, weil er zu mehr Gerechtigkeit beitragen wollte.

Vor ihm im Türspalt zeigte sich exakt der Mensch, den Gerstl suchte – und über den er die wildesten Dinge gehört hatte. Grauer Gehrock, blitzende Augen. »Sie wünschen?«, fragte der Mann und sein Tonfall deutete auf nichts hin, auf gar nichts. Eine innere Stimme riet Gerstl, vorsichtig zu sein und psychologisch durchdacht vorzugehen. Eine Strategie musste her für die … Befragung. Ja, Befragung. Auch wenn diese Person höchst verdächtig war, weil sie doch bei mindestens zwei Todesfällen in der Nähe gewesen war. Die tote Spittelberg-Venus zählte Gerstl dabei gar nicht mit. Doch auch da war der geheimnisvolle Gast in Begleitung des Fräulein Lazansky plötzlich aufgetaucht. Umso verdächtiger war die Person, wenn er den Worten Viktor von Marbachs glaubte. Denn der hatte erzählt, dass sich hinter dem angeblichen Malte Berends jemand ganz anderer verstecke. Um dies zu überprüfen, war Gerstl hier. Er wollte nur nicht mit der Tür ins Haus fallen.

Gerstl hätte die Person wahrscheinlich verhaften können, und man hätte ihn dafür noch belobigt. Doch als kleiner Beamter, der er war, hatte er Respekt vor einem Gast der Familie Lazansky. Darüber hinaus war er neugierig. Er wollte ein normales Gespräch führen, unter – ansatzweise – Gleichberechtigten. Er wollte mit diesem Menschen reden, seine Geheimnisse ergründen, die Beweggründe für seine Handlungen erfahren.

»Darf ich eintreten?« Gerstl räusperte sich. »Ich muss Dringendes mit Ihnen besprechen.«

»Bitte.« Die Hand dieses Herrn Berends war ungewöhnlich schmal und wies nach rechts. »Kommen Sie.«

Er wurde in einen Raum geführt, den er noch nicht kannte, vielleicht ein Rauchsalon mit seinen Sitzgelegenheiten und dem Spucknapf unter dem gemütlichen Tisch.

»Möchten Sie etwas trinken? Zitronenwasser vielleicht? Ich muss mich entschuldigen, das letzte Dienstmädchen ist meiner Freundin Viola weggelaufen. Wo soll man ein neues hernehmen in diesen Zeiten? Ich bin gleich wieder bei Ihnen.« Berends sah ihn fragend an, dann wanderte sein Blick zur Treppe und wieder zu ihm zurück.

Gerstl nickte. Berends entfernte sich mit knappen, eiligen Schritten. Hoffentlich war dies keine Finte, um Zeit zu gewinnen. Von wegen Zitronenwasser. Dieser – angebliche – Malte Berends mit seinem Blondschopf wollte wohl türmen. Gerstl blieb vorsichtshalber im Türrahmen stehen und lauschte. Die Schritte wurden leiser, kurz darauf war es still. Allzu still. Er trat auf den Flur, horchte ins Stiegenhaus. Besser, er sah unten nach.

»Spionieren Sie mir nach?«

Auf halbem Weg die Treppen hinunter kam ihm Malte Berends entgegen. Ein leichtes Grinsen im Gesicht, ein Tablett mit Gläsern und einem vom kühlen Wasser angelaufenen Glaskrug in der Hand.

Gerstl machte eine wegwerfende Handbewegung. »Ich habe mich nur umgesehen, Herr … wie soll ich Sie eigentlich ansprechen?«

Er ließ den Blick über die Statur seines Gegenübers wandern. Schlank, nicht allzu groß. Mochte es tatsächlich stimmen, was Viktor von Marbach behauptet hatte? Aber wieso sollte jemand von Marbachs Position lügen?

»Herr Berends, natürlich.« Der Bursche verzog die Mundwinkel zu einem Lächeln, das seine Augen nicht erreichte. Gerstl kannte seine Pappenheimer. Vielleicht stand er endlich vor der Lösung der Mordfälle. Es wäre zu schön, um wahr zu sein. Hauptmann Stern fragte ihn alle Augenblicke lang nach dem Stand der Dinge und beharrte auf einer dringenden Aufklärung. Leichter gesagt als getan. Stern war kaum je vor Ort anwesend und musste sich nicht wie Gerstl mit allen möglichen seltsamen Personen herumschlagen, die rund um die Todesfälle auftauchten.

»Sie waren gestern im Prater?«, fing Gerstl an und setzte sich aufrecht hin, als ihm Berends einschenkte und sich dann selbst setzte. Dabei saß er ganz vorn an der Kante, die Füße eng nebeneinander hingestellt.

Auf Gerstls Frage reagierte er mit großen Augen. »Ich? Wie kommen Sie darauf?«

»Sie nennen sich Malte Berends, aber in Wirklichkeit heißen Sie Marianne von Marbach.«

»Wer behauptet solche Lügen?« Berends sprang auf, machte einen schnellen Schritt auf Gerstl zu.

»Tut nichts zur Sache. Es gibt einen Zeugen, der Sie gestern in den Praterauen beobachtet hat. Zur gleichen Zeit wurde dort ein Offizier aus Böhmen ermordet aufgefunden. Sie trugen ein ungefärbtes Kleid, nicht wahr?«

Sein Gesprächspartner machte jetzt, wenn das möglich war, noch größere Augen. Schöne blaue Augen, eigentlich. Marianne von Marbach war sicher eine attraktive Frau. Wenn sie denn eine Frau war. Was wusste er denn schon, es gab alle Arten von Sonderbarkeiten. Dieser Zeuge war Gerstl ja auch seltsam vorgekommen. Wer weiß, wie weit dem und seiner Aussage zu trauen war und ob er nicht eigene Interessen verfolgt hatte.

»Also, Herr Berends – wenn Sie wirklich Herr Berends sind, können Sie sich sicher ausweisen.«

»Äh …« Die Hand seines Gegenübers zitterte.

»Also doch nicht.«

»Hm.«

»Der Zeuge, Viktor von Marbach …«

»Wie bitte?« Sein Gesprächspartner schlug ein Bein über das andere, stieß dabei an die Tischplatte, dass die Gläser gefährlich wackelten.

»Viktor von Marbach ist Ihr Cousin, nicht wahr?«

»Verdammt, was schnüffeln Sie in meinem Leben herum? Ich veröffentliche unter männlichem Pseudonym. Na und? Das geht Sie gar nichts an.«

Marianne von Marbach sprang auf, warf ein Glas um und trat direkt vor Gerstl, dass er ihre blauen Augen ganz aus der Nähe sehen konnte. »Es ist verdammt noch mal meine Sache, als was ich mich ausgebe«, brüllte die herrische Dame, »und mit welchem Namen ich lebe. Und ich habe verdammt gute Gründe dafür.«

»Ach ja?« Nach einer Schrecksekunde stieß Gerstl sie weg und zog seine Waffe.

»Oh, là, là. Nicht schießen. Ich bin unbewaffnet.« Sie wich zurück und hob die Hände hoch.

»So, so.« Gerstl ließ die Waffe sinken, behielt sie aber in der Hand. »Sie schreiben also unter einem männlichen Nom de Plume. Das soll ja nichts Ungewöhnliches sein, wie man hört. Aber deshalb laufen Sie gleich in Herrenkleidung durch die Stadt? Und werden von Ihren Gastgebern als Malte Berends vorgestellt? Finden Sie nicht, dass das alles ein bisschen … sagen wir einmal: unwahrscheinlich klingt?«

»Aber …«

»Warum tun Sie das alles, Fräulein von Marbach?«

Sie zögerte fast unmerklich. »Ich habe private Gründe dafür.« Ihre Stimme klang trotzig. »Meine Familie hat mich verstoßen. Wegen eines Mannes. So, jetzt wissen Sie's und können gehen.« Sie wandte sich ab. »Schönen Tag noch.«

»Moment. So einfach geht das nicht, ich bin noch nicht fertig. Haben Sie den unbeliebten Bräutigam geehelicht?«

»Nein. Aber auch das ist meine und Georgs Sache.«

»Georg? Nachname?«

»Privatsache, oder?«

»Wollen Sie, dass ich überall herumfrage? Ich finde den Namen sowieso heraus, verlassen Sie sich drauf. Fräulein Lazansky ist mir da sicher behilflich.« Gerstl ließ seine Worte kurz wirken. »Durch so eine Befragung wird leider bald die ganze Stadt wissen, dass Sie zurück sind. Und als wer Sie sich ausgeben, wertes Fräulein von Marbach.«

»Na schön. Georg Steiler ist der Name dieses Mannes.«

»Interessant.« Georg Steiler war also nicht nur am Fundort von Karners Leiche aufgetaucht, sondern auch mit diesem falschen Berends liiert. Das erklärte wohl die Auseinandersetzung, die er neulich vor dem Schottentor mitgehört hatte. Die Kreise schlossen sich, auch wenn Gerstl noch nicht recht klar war, welchen Schluss er daraus ziehen würde.

Gerstl wollte schon nach dem bei den Toten gefundenen Flugblatt fragen, überlegte es sich aber anders. Gemeinsam mit Hauptmann Stern hatte man im Criminalgericht entschieden, dem Täter besser keine Bühne zu bieten und die Losung »Libertas Bohemia« vor der Presse geheim zu halten, was bisher gelungen war.

»Nun gut, Fräulein von Marbach – waren Sie also gestern im Prater?«

»Nein, so wahr mir Gott helfe.«

»Der Zeuge hat eine Person gesehen, die er als Marianne von Marbach erkannt haben will. Am Fundort einer Leiche. Und Georg Steiler war ebenfalls in den Praterauen. Es sieht nicht gut aus für Sie, Fräulein von Marbach.« Er würde die Wahrheit herausbekommen, schwor sich Gerstl, egal, wie sie aussah.

# 26

*Wien, Innere Stadt, 24. August 1848*

Dieser Viktor, verdammt! Der Kerl bereitete Marte nichts als Schwierigkeiten. Wenn Georg nicht an Karners Tod schuld war, dann hatte womöglich ihr Cousin den Offizier auf dem Gewissen. Zuzutrauen war diesem Mann alles, auch wenn sie sich im Moment kein Motiv für einen Mord vorzustellen vermochte. Doch wer wusste schon, was im fernen Prag vor sich gegangen war, vielleicht kannten sich Anton Karner und Viktor von Marbach über dessen Vater und waren sich über politische Differenzen in die Haare geraten. Oder es gab private Gründe, sie erinnerte sich nur zu gut an Karners ungute Art. Wenn sich womöglich beide für dieselbe Frau interessiert hatten …

Doch wenn Viktor wirklich hinter den Morden stünde, was war dann mit Mitzi? Und Martes Verleger, Stanislaus Weber? Konnte es sein, dass ausgerechnet ihr Cousin ein grausamer Massenmörder war? Es schien ihr zu seltsam, dass Viktor ausgerechnet dann in den Praterauen anzutreffen war, wenn sie selbst sich dort aufhielt. Er musste ihr nachgegangen sein. Genau wie Georg. Mit einem Mal überkam Marte Angst, wie viel der Mann wohl über sie und ihren geheimen Auftrag wusste. Wie lange hatte der ungeliebte Verwandte sie wohl schon beobachtet? Aber dieser Criminalbeamte, Gerstl, stellte mittlerweile eine noch größere Bedrohung für sie dar, nach allem, was er über sie herausgefunden hatte.

In Martes Kopf schwirrten die Gedanken durcheinander, sodass sie keinen richtig zu fassen vermochte, wie bösartige Hummeln flogen sie durcheinander.

»Es heißt, Sie hätten eine Bootsfahrt gemacht«, sagte der Criminalbeamte gerade. »Mit einem Herrn. Wer war das?«

»Ihr Zeuge muss mich verwechselt haben. Ich habe keine Bootsfahrt gemacht. Sagten Sie gestern? Da war doch das Wetter viel zu schlecht.«

»Streiten Sie nicht wieder alles ab, Fräulein von Marbach!«

»Ich? Wieso? Außerdem herrschte Aufruhr im Prater, kein feiner Mensch wäre am Vortag außer Haus gegangen und schon gar nicht hätte er sich unter die Demonstrierenden gemischt.« Sie kehrte alle Arroganz hervor, die ihr möglich war. In der Familie von Marbach hatte sie oft und oft ein Vorbild dafür gefunden. Marte selbst hielt einen solch herablassenden Ton eigentlich für unnatürlich, aber wenn es ihr jetzt half …

»Sie wissen von den Kämpfen, Fräulein von Marbach?«

»Nur das, was die Zeitungen schreiben. Suchen Sie den Mörder doch unter diesen … diesen Streithälsen von gestern.«

Prüfend blickte der Ermittler Marte an. »Wissen Sie, wann der Tote gefunden wurde?«

»Natürlich nicht.«

Sie maßen einander mit Blicken. Etwas klackte. Die Tür. Schritte waren zu hören, dann steckte Viola den Kopf zu ihnen herein. »Grüß dich, Malte! Du hast Besuch?« Sie öffnete die Tür nun ganz und trat ein. »Oh, Herr Gerstl. Guten Tag!«

»Fräulein Lazansky, grüß Gott!« Gerstl stand auf und verbeugte sich.

Wie dieser Gerstl plötzlich buckelte, als hätte er sich in ihre Freundin verschaut. Marte konnte es kaum fassen. Diese Verhaltensänderung! Seine plötzliche Freundlichkeit, fast untertänig – und dann wieder doch nicht.

»Wie geht es Ihnen?«, fragte er, ganz so, als befände er sich kraft seiner Stellung auf gleicher Augenhöhe mit Viola. So etwas sah man selten, waren doch ein Criminalbeamter und die Tochter eines reichen Seidenfabrikanten gesellschaftlich normalerweise meilenweit voneinander entfernt.

»Herr Gerstl!« Erfreut lächelnd kam Viola auf den Ermittler zu.

»Danke, ich wollte …« Viel umgänglicher als zuvor deutete er auf Marte. »Es gab da etwas, worüber wir sprechen …«

»Verstehe. Ich lasse Sie allein.«

Nein, wollte Marte rufen, unterdrückte diesen Impuls aber, so eine Reaktion würde sie nur noch verdächtiger erscheinen lassen. Also atmete sie tief durch und hoffte, dass Gerstl ihre Anspannung nicht bemerkte.

Viola machte Anstalten, den Raum zu verlassen, da sagte der

Criminalbeamte: »Wir haben alles besprochen, Fräulein Lazansky. Es gibt keinen Grund, warum Sie so schnell wieder gehen müssten. Bleiben Sie doch.«

Marte meinte, ihren Ohren nicht zu trauen. So freundlich war der Beamte noch nie zuvor gewesen.

»Möchten Sie Tee?«, fragte Viola und lächelte dabei erst Gerstl, dann Marte an.

Der Criminalbeamte zögerte kurz. »Gerne«, sagte er dann und lächelte ebenfalls. Das konnte ja noch heiter werden …

# 27

*Wien, Innere Stadt, 24. August 1848*

»Was sollen wir tun?«, fragte Marte ihre Freundin, als der Criminalbeamte endlich gegangen war. Sie hatten es sich auf dem Sofa bequem gemacht, auf dem Tisch standen Teetassen und eine Kanne. Gerstl mochte ihre wahre Identität aufgedeckt haben, aber er wusste nicht alles. Nichtsdestotrotz trug sie nach wie vor ihren Gehrock.

»Was war das für ein Gespräch?«, fragte Viola. »Ich dachte, wenn ich ihn zum Tee einlade, taut er ein wenig auf.«

»Gerstl weiß, wer ich bin.«

»Ach! War er wegen des Ermordeten hier?«

»Du hast von Karners Tod gehört?«

»Natürlich. Es stand in allen Zeitungen. Damit war zu rechnen, er war ein wichtiger Mann.« Viola deutete auf die neuesten Publikationen auf dem kleinen Tisch neben dem Sofa. »Weißt du, was mir eingefallen ist? Dieser selbstherrliche Offizier hat doch nie etwas anbrennen lassen, das wissen wir beide von früher, stimmt's?«

»Erinnere mich nicht daran, Viola!«

»Nun, es würd mich wundern, wenn ihm nicht eine seiner Liebschaften das Lebenslicht ausgeblasen hätte. Er hatte zig Affairen, mit Damen der Gesellschaft ebenso wie mit ... Na, du weißt schon. Ich hab da was läuten hören, kurz bevor du in Wien eingetroffen bist. Anna hat mir noch davon erzählt. Verdammt, jetzt bräuchten wir ihre Hilfe.« Violas Blick wanderte über das schmutzige Teegeschirr und dann durch den Raum.

»Was hat sie gesagt?«

»Irgendetwas von einem Heurigenmusikanten und seiner Tochter. Anna hat Major Karner gekannt. Leider, muss man sagen. Er war ja durch seine Position immer wieder in Wien und ist auch ihr nachgestiegen. Ich hab sie gewarnt, weil er dir so übel mitgespielt hat. Dabei war Karner kein Freund der Böhmen, ganz und gar nicht. Du hast sicher gehört, wie es jetzt in Prag steht. Windisch-Graetz hat die Stadt in Grund und Boden geschossen, die Böhmen werden noch mehr unterdrückt als vor dem Aufstand. Aber politische Ansichten sind bei einem wie Karner wohl etwas völlig anderes als seine privaten Gelüste.«

Marte schüttelte den Kopf. »Karner hat schon gegen die Czechen gewettert, als er mir den Hof gemacht hat. Ganz genau hat er meine Mutter damals ausgefragt, was es mit ihrer Zeit in Böhmen auf sich habe. Zum Glück ist sie in Krems aufgewachsen und hat nur nach Böhmen geheiratet. Aber mit dieser Abneigung gegen alles Slawische hätte sich der Major Karner mit dem feinen Herrn Weber zusammentun können. Dienen durften die Böhmen bei ihm, das ja. Natürlich für einen sehr kargen Lohn. Weber war bekannt für seine Knauserigkeit.«

»Da fällt mir wieder ein, Annas Schwester Marie war doch bei Weber in Dienst, das arme Mädel.« Viola setzte sich gerade hin und sah Marte fragend an.

»Stimmt, Annas Schwester hat bei Weber gearbeitet.«

Viola nickte. »Ausgenutzt hat er sie. Sie hat um jeden freien Nachmittag hart kämpfen müssen, bis Weber ihr das gestattet hat. Dabei wollte sie nur ihre Schwester besuchen. Ich hab sie selten hier bei Anna gesehen.«

Also hatten beide Schwestern Gründe, Weber zu töten – diese Marie wohl noch mehr. Ob Anna deshalb abgetaucht war? Sollte ihr Verschwinden gar ein Schuldeingeständnis darstellen?

»Unglaublich.«

»Diese jungen Dienstmädchen sind oft naiv und wollen das gar nicht wahrhaben. Anna ist auch so. Sie hat Weber immer verteidigt.«

»Deshalb hat Anna wohl auch geglaubt, Weber würde sie zur Ehefrau nehmen.«

»Einmal soll eine seiner Köchinnen an einer Abtreibung verblutet sein, ich weiß es von Jaroslav. Weber hat sie – so heißt es – dazu gezwungen. Er hat sie unter Druck gesetzt, ihr gesagt, dass sie nur ›ohne Bangert weiter in Stellung bei ihm bleibt‹. Professor Škoda soll damals die Sache untersucht haben, sagt der Jaroslav.«

»Du meinst Jaroslav Munčik?« Der Nationalgardist, mit dem Viola so schöngetan hatte, ging ihr nicht aus dem Kopf.

»Genau.«

Marte schüttelte den Kopf über diese neuen Offenbarungen. Sie wusste, wie es um unerwünschte Kinder oft bestellt war, um die Verzweiflung armer Frauen, die sich mit ihrer Arbeit kaum selbst durchbrachten. Früher hatte man wenigstens noch Kräuter gekannt, mit denen sich die Frauen selbst bei einer Schwangerschaft hatten helfen können. Heute, wo die neunmalklugen Doctores unter Ausschluss der Hälfte der Menschheit – der Frauen – agierten, kannten selbst Hebammen diese Geheimnisse nur mehr selten. »Kein Wunder, dass die Frauen zu verzweifelten Taten getrieben werden und manch Neugeborenes in den Brunnen werfen. Wo doch ein Abortus verboten ist.«

Viola nickte. »Es ist schlimm bestellt, wenn ein Kind nicht erwünscht ist.«

»Was ist eigentlich mit diesem Munčik?«

»Was soll mit ihm sein? Er hat als Gardist sicher viel zu tun in der Stadt, nach der Praterschlacht überhaupt.«

»Ich dachte, ihr wärt … befreundet?«

Viola öffnete den Deckel der Teekanne. »Komm, trink noch ein Tässchen Tee mit mir, Marte.«

»Gern.«

Viola schenkte ihnen beiden nach. »Ich bin mit Jaroslav in einer Weise verbunden, die man nur verstehen kann, wenn man gemeinsam auf den Barrikaden gekämpft hat.«

»Ach so, verstehe.« Marte nahm die volle Tasse entgegen. Sie war sich jedoch nicht sicher, dass sie wirklich verstand, was ihre Freundin mit dem Gardisten verband. Aber darum konnte sie sich jetzt nicht weiter kümmern, so neugierig es sie auch machte. Diese Todesfälle überdeckten einfach alle anderen Gedanken. »Was meinst du, Viola, ob Karner auch am Spittelberg Gast war?«

»Glaub ich nicht. Der hat sich das anderswo geholt. Die verheirateten Damen waren ihm ebenso zu Willen wie einige naive Mädel aus der Vorstadt. Es gab auch Gerüchte, dass er nicht immer ganz … friedlich gewesen sein soll, sagen wir es einmal so.«

»Ja? Meinst du das so, wie ich denke?«

»In der Tat. Gegenwehr, ein Nein – das hat er nur schwer akzeptiert. Aber das weißt du selbst.«

»Und wie. Das waren Zeiten!« Mit Schaudern dachte Marte an Karners Drohungen und wie er sie nicht und nicht in Ruhe lassen wollte.

»Deine dumme Mutter. Sie hätte dich tatsächlich so einem Lüstling zur Frau gegeben.«

»Tja, das liebe Geld … Meine Frau Mama hätte alles dafür getan, um wieder ins Casino zu gehen, um unsere Familie in der Hinsicht zu sanieren.«

»Gut, dass du dich der Heirat widersetzt hast. Wer weiß, was Karner mit dir gemacht hätte …«

Marte sah sich selbst misshandelt, mit blauem Auge und wehem Körper. Wenn er die Frauen zwang, wie Viola sagte, dann war sein gewaltsamer Tod nur gerecht gewesen. Dann hatte Georg in seiner Wut den Richtigen erwischt … auch wenn er übers Ziel hinausgeschossen sein mochte. Sie war sich immer noch nicht sicher, ob sie ihm glauben sollte, dass er den Offizier nicht umgebracht hatte.

»Dann waren sich die beiden Toten, Weber und Karner, also sehr ähnlich.« Marte spielte mit dem Griff einer Teetasse. Beide Mordopfer hatte es zu Recht getroffen. Auch in dieser Art von »Gerechtigkeit« lag eine Gemeinsamkeit.

»Sieht so aus. Wir müssen aktiv werden, Marte. Hast du Lust auf eine kleine Heurigenpartie? Suchen wir die Tochter dieses Musikanten auf, von der Anna erzählt hat. Sie soll eine der wenigen gewesen sein, die Karner zur Rede gestellt haben. In Neulerchenfeld lebt sie mit ihrem Vater, soviel ich gehört hab.«

»Du möchtest eine Ausfahrt machen? Ist es denn sicher genug auf den Straßen?« Marte saß nach Gerstls Fragen immer noch der Schreck in den Gliedern.

»Komm!« Viola klopfte sachte auf Martes Schulter. »Ein kleiner Ausflug wird dir guttun.«

# 28

*Wien, Vorort Neulerchenfeld, 24. August 1848*

Eine Stunde später saßen sie in einem Fiaker. Marte trug jetzt einen hellen Sommeranzug, zum Glück war es nicht allzu heiß geworden. Je weiter stadtauswärts sie kamen, desto mehr veränderte sich das Straßenbild. Die Pflasterung der Inneren Stadt und der Vorstädte wich nach und nach einfacheren Straßenbelägen, zunächst noch Schotterstraßen, in Neulerchenfeld angekommen, waren es nur mehr Sandstraßen. Nachdem sie ausgestiegen waren und der Kutscher davongefahren war, hängte sich Viola bei Marte ein, und sie gingen los.

»Wie wunderbar die Luft hier ist. Dieser Tag ist wie gemacht für einen Ausflug«, sagte Viola. Am Ende der Gasse zeichneten sich Gärten ab, sie passierten eine Kirche und spazierten weiter. Friedlich wirkte es hier, ganz im Gegensatz zu ihren letzten Erlebnissen in der Stadt.

Nach einem kurzen Spaziergang durch die Wiesen, bei dem sich Marte etwas beruhigte und einmal nicht an die unerklärlichen Todesfälle dachte, kehrten sie zu ihrem Ausgangspunkt zurück, um nach dem Musiker und seiner Tochter zu suchen. Dabei sah sie sich immer wieder vorsichtig um, ob ihr jemand folgte. Sie fühlte ständig eine leise Furcht, etwas zu übersehen, seit sie weder Georg noch die anderen Männer im Prater neulich bemerkt hatte. Vor allem Viktor ging ihr nicht aus dem Kopf, es wäre nicht auszudenken, wenn er mehr über ihre heimliche Mission herausbekäme. Aber auch Georgs Drohung beunruhigte sie. Sie mochte sich gar nicht ausmalen, zu was er fähig wäre aus Enttäuschung darüber, dass sie sich so weit auseinander gelebt hatten.

»Was zappelst du denn so, meine Süße?«

»Ich mache mir Sorgen. Diese Morde … Und während es mit den Herren Weber und Karner die Richtigen getroffen hat«, Viola grinste bei diesen Worten Martes, »tut es mir um die arme Mitzi richtig leid.«

Violas Lächeln gefror, sie blickte sehr ernst drein. »Wem sagst du das. Sie war so ein lieber Kerl. Die Sisi packt das wohl gar nicht. Mitzis Eltern leben schon lange nicht mehr, denen wenigstens ist ihr Anblick erspart geblieben. Ach«, Viola strich sich über die Augen, »wenn man mit der Mitzi befreundet war, hat man alles von ihr haben können. Sie hat ihr Leben selbst in die Hand genommen, als sie allein dastand. So viel hat sie noch vorgehabt. Sie wollte die Situation der Dirnen verbessern, für die Rechte ihrer Schwestern kämpfen. Sie war eine der Anführerinnen auf den Barrikaden. Die Mitzi hat sich das Leben nicht verdrießen lassen, so schwer sie's auch gehabt hat. Die ist auf die Straße für mehr Gerechtigkeit, für die Freiheit!« Voller Leidenschaft riss Viola einen Arm hoch. »Und schießen hat die können! Dass sich die Herren verstecken mussten. Komisch, dass grad die Mitzi ihrem Mörder nicht einfach ins Herz geschossen hat.«

»Na, wenn das wirklich wahr ist, dass Weber mit ihr Fesselspiele veranstaltet hat und dabei gern die wehrlosen Frauen schlug, dann wird sie wohl kein Schießeisen griffbereit gehabt haben.«

»Auch wieder wahr. Die arme Mitzi.«

Nun galt es, den Musiker aufzutreiben, mit dessen Tochter Anton Karner ein Verhältnis gehabt haben sollte. In den Gassen wurde es nun immer voller. Im ersten Lokal, das sie aufsuchten, herrschte triste Stimmung. Musik gab es gar nicht, nie, wie sie auf ihr Nachfragen erfuhren. Im nächsten Gasthaus hatten sie mehr Glück. Schon beim Eingang schallte ihnen eines der typisch wienerischen, leicht weinerlichen Lieder entgegen, begleitet von Geigentönen. Beim Näherkommen sahen sie allerdings, dass hier drei Männer musizierten. Also auch kein Treffer.

Sie betraten ein drittes Wirtslokal in der Gärtnergasse, das den Namen »Zum Goldenen Kegel« trug. Ein Gasthaus folgte hier auf das andere, und entsprechend viel war in den Gassen los. Im »Goldenen Kegel« hatte sich bereits ein buntes Publikum zusammengefunden. Sie vernahmen Musik, doch Marte und Viola mussten sich erst durch die Menge kämpfen, um etwas zu sehen. Ein älterer Musiker mit dunklen Bartstoppeln spielte Ziehharmonika, während eine junge, langhaarige Frau dazu sang. Doch was war mit der rothaarigen Musikantin los? Die Töne hörten sich selbst für Martes ungeübtes Ohr falsch an und ließen auch andere Zuhörer die Brauen runzeln. Viola und Marte nahmen an einem der wenigen freien Tische mit Blick auf den Garten Platz. Umgehend näherte sich eine Kellnerin. »Was darf ich bringen?«

Viola bestellte nach kurzer Beratung Weißwein für sie beide. Die Kellnerin nickte ohne ein weiteres Wort und ging. Sie saßen beinahe in der ersten Reihe und konnten das musizierende Duo genau beobachten. Doch der Gesang der jungen Frau blieb seltsam, irgendwie wirr, dazu bewegte sie ihre Arme fahrig durch die Luft.

»Sie kommt der Beschreibung nahe, die Anna mir gegeben hat«, flüsterte Viola Marte zu und lehnte sich dabei näher zu dem – für die Augen der anderen Gäste – gut gekleideten jungen Mann.

»Was habts ihr zu tuscheln?« Die Sängerin hatte mitten im Gesang abgebrochen und zischte Viola und Marte an. Dabei funkelten ihre Augen wie Blitze. Sie sprang auf und stürzte behände wie eine Katze auf Viola und Marte zu. Der ältere Musiker zog an ihrem Arm, wollte sie wieder auf ihren Platz drücken. Dabei murmelte er etwas Unverständliches. Die junge Frau sank wie gottergeben zurück auf den Sessel, von dem sie eben aufgesprungen war, und wischte sich die Augen. Sie schnäuzte sich, atmete zweimal heftig durch und sang dann mitten im Lied weiter. Gerade so, als ob nichts gewesen wäre. Der Ältere sagte etwas zu der jungen Frau, das für das Publikum unhörbar blieb.

»Lass mich, Papa!«, stieß die Sängerin mit einem Mal hervor und sprang wieder auf, sie stürmte auf Viola und Marte zu. »Was machts ihr hier? Wollts euch an meinem Schmerz weiden, ja? Zur Unterhaltung sind wir gut genug, gell? Aber sonst haltet ihr feinen Pinkel Abstand zur Vorstadt. Pah!« Ohne Vorwarnung nahm sie das auf dem Tisch stehende Glas und schüttete Viola den sauer riechenden Wein ins Gesicht.

Viola sprang auf, keuchte, wischte sich das Gesicht mit den Händen ab und starrte einen Moment lang auf ihr Kleid, auf dem sich die ersten Flecken abzeichneten.

»Lass sofort meine Freundin in Ruh«, zischte Marte und stand ebenfalls auf.

»Mit dir red ich nicht, du schiacher Hammel!« Die Sängerin war mit einem Schritt bei Marte und schubste sie mit beiden Händen an den Schultern, bis sie gegen die Wand hinter ihr stieß.

»Aufhören!«, schrie Viola und hielt einen Arm der Sängerin fest. Die ließ Marte los, stieß sie von sich, dass sie taumelte und zu Boden stürzte. Ihr Kopf stieß gegen die Tischkante. Benommen saß sie da.

Die Musikantin bearbeitete Viola mit der Faust.

»Und du erst, bist vielleicht auch so ein Gspusi vom Anton? Die ganze Zeit tauchen die Weiber da auf, seit er hier g'wohnt hat. Jetzt glotzen s' mich blöd an. Ja, ja, für eine Unterkunft war ich ihm gut genug.« Sie schüttelte Viola. »So red, wenn ich was g'fragt hab!« Die Seide von Violas Kleid riss an ihrer Hüfte und machte dabei ein scharfes Geräusch.

Marte krabbelte mühsam unter dem Tisch hervor und zog an einem Bein der Angreiferin. Die trat nach Marte und ließ kein bisschen in ihrer Attacke nach.

»Jetzt red ich einmal«, rief sie, während der Saal mucksmäuschenstill das Geschehen verfolgte. Der füllige Wirt lehnte sich über den Tresen und beobachtete die Szene grinsend.

Ein Gast weiter hinten im Raum hatte einen Sessel ergriffen und näherte sich mit stampfenden Schritten. Wie im Vorübergehen brach er ein Bein des Möbelstücks ab. Hoffentlich würde er ihr helfen! In einer Ecke wurden Wetten darauf abgeschlossen, wer in dieser Balgerei gewinnen würde. Die Widersacherinnen atmeten heftig. Klirrend fiel ein Glas zu Boden.

»Und selbst?«, stieß Viola hervor, während sie sich ein paar Strähnen ihrer schwarzen Haare aus dem Gesicht pustete. »Bist vielleicht selbst ein Gspusi von dem Herrn Anton, was?«

»Werd net frech, du auftakelte Schabrackn! Der Toni Karner war mein Verlobter!«

»Ah so?« Viola lachte gekünstelt auf. »Mein Beileid! Da hab ich aber was anderes gehört, du dumme Nuss!«

Marte griff nach der Tischplatte, um sich hochzuziehen. In dem Moment schoss eine pechschwarze Katze in den Saal und genau zwischen Martes Füße. Marte stolperte, ihr Fuß berührte weiches Katzenfell, das schwarze Wesen schrie, schlug seine Krallen in Martes Bein und biss durch den Stoff zu. Gleichzeitig trat das Fräulein Heurigenmusikantin mit ihrem Stiefel auf Martes Hand und blieb darauf stehen. Marte schossen die Tränen in die Augen, sie schrie auf, schlug mit der anderen Hand gegen das Bein ihrer Angreiferin. Die Musikantin drückte Viola gegen die Wand, blieb noch einen Moment stehen und machte dann endlich einen Schritt, weg von Martes Hand. Marte atmete tief durch, schüttelte die schmerzenden Finger. Die Katze rannte laut miauend weg. Auf allen vieren kroch Marte zu einem Sessel, tastete mit der nicht schmerzenden Hand danach. Blut sickerte durch den Stoff an ihrer Hose. Violas Kleid raschelte, während sie keuchend mit der Musikantin rang. Und dann legte diese Mamsell Viola die Hände um den Hals und drückte zu.

»Weg da!«, brüllte Marte. Sie griff nach der Schulter der Angreiferin, riss daran, sodass die Musikantin durch die Überraschung Viola endlich losließ, stolperte und selbst zu Boden ging. In ihrem Wahn stürzte sich die Sängerin auf Marte und umklammerte deren Bein, riss es ihr weg. Erneut taumelte Marte, suchte Halt, fand ihn nicht und stürzte. Sie fand sich in einem Knäuel aus Armen und Beinen am Boden wieder. Der Gestank der Bodendielen, von Bier auf Holz und unzähligen schmutzigen Schuhen schoss ihr in die Nase.

»Was ist hier los? Können Sie sich nicht benehmen?«, tönte da eine tiefe weibliche Stimme, die beinahe männlich wirkte. Ein Griff an der Schulter, kräftige Beine, die zwischen die Streitenden traten. Das dazugehörende Gesicht blickte streng auf Marte und die beiden Frauen auf dem Boden herab. Sie trieb sie alle drei auseinander.

Marte setzte sich auf, keuchte noch, doch erhob sich als Erste. Sie hielt Viola eine Hand hin, um ihr beim Aufstehen zu helfen. Besorgt blickte sie der Freundin ins Gesicht. »Alles in Ordnung mit dir, Liebe?« Die Stimme gehorchte Marte noch nicht ganz. Sie räusperte sich und blickte auf.

Vor ihnen stand eine Frau mittleren Alters in einem schwarzen Kleid mit weit ausladendem Rock.

»Das kann man ja nicht mit ansehen!«, sagte diese, als sie endlich alle standen. »Jetzt säubern Sie sich die Kleidung, dann setzen Sie sich und trinken einen Schluck.«

Viola sah etwas betreten zu Boden, und nacheinander nahmen sie tatsächlich alle Platz.

»So ist es besser«, sagte die Frau. »Und nun hören Sie mir gut zu. Kommen Sie nächste Woche am Donnerstag in den Volksgarten. Wir werden einen Demokratischen Frauenverein ins Leben rufen. Es geht um die Beteiligung am politischen Leben für unser Geschlecht. Schauen Sie vorbei, lernen Sie uns kennen, bringen Sie sich ein! Auch Sie, werter Herr!« Sie nickte Marte zu. »Mit uns gemeinsam können Sie Ihre Wut gewinnbringender einsetzen als bei so einer … Rauferei. Wie unter ordinären Gassenbuben!«

Marte blickte auf, direkt in die dunklen Augen der ihr unbekannten Dame.

»Aber sie hat …«, fing die Musikantin an und streckte den Finger nach Viola aus.

»Ich will nichts mehr hören.« Die Schwarzgekleidete winkte der Kellnerin.

Viola hustete und trank den letzten Schluck Wein, der sich noch in einem Glas befand.

»Wer sind Sie?«, krächzte sie, nachdem sie sich sichtlich gefasst hatte, in Richtung der unbekannten Dame.

»Karoline von Perin ist mein Name. Ich setze mich mit meinen Mitstreiterinnen dafür ein, dass sich das demokratische Prinzip in allen weiblichen Kreisen verbreitet. Wir fordern soziale Gleichberechtigung der Frauen. Da können Sie ernsthaft was bewirken, meine Damen.« Sie blickte zwischen Viola und der Musikantin hin und her und streifte Marte wieder mit einem seltsamen Seitenblick. Ob sie ihre Verkleidung durchschaut hatte? Marte wandte den Blick ab. »Sich wegen eines Mannsbildes so in die Haare zu geraten ist doch unwürdig!«

Marte wollte etwas sagen, überlegte es sich aber anders.

»Aber er ist tot«, sagte die Sängerin, die auf ihrem Sessel zusammengesunken war. Sie tupfte sich die Augen.

»Und?«

»Ermordet.«

»Auch wenn das jetzt sehr, sehr schlimm ist, mein Fräulein – Sie werden darüber hinwegkommen.«

»Was wissen Sie denn«, sagte die Musikantin und schnäuzte in ein Taschentuch.

Die Kellnerin kam, und Frau von Perin blickte in die Runde. »Trinken wir einen Schluck auf den Frieden, einverstanden?«

Alle nickten.

»Bringen Sie uns doch bitte noch etwas von dem Weißwein«, bat die Frauenrechtlerin dann.

»Sie sind für die Revolution?«, fragte die Musikantin nun Viola und deutete auf die roten Bänder, die Violas Hut schmückten.

Viola musterte die Musikantin kritisch. »Sie etwa auch?«

»Natürlich!«

»Es lebe die Freiheit!«, rief Viola, die Musikantin reckte einen Arm empor und mit einem Mal waren die Kontrahentinnen wie ausgewechselt und fingen miteinander zu tuscheln an. Was das Stichwort Revolution alles ausmachte.

»Frau von Perin«, wandte sich Marte an die Schwarzgewandete, »ich bewundere Ihre Schriften sehr.« Dabei rieb sie sich die nach wie vor schmerzende Hand.

»Das freut mich.« Die Frauenrechtlerin lächelte, während ihr Blick von Martes Hand über ihren hellen Anzug bis zu den kurzen Haaren glitt. Sie zwinkerte ihr zu. »Dieser ... nun ja, Aufzug ... ist aber nicht wirklich notwendig, oder?«, sagte sie leise.

Marte schenkte Karoline von Perin ein Lächeln. »Wie ungewöhnlich, dass man Sie ausgerechnet in Neulerchenfeld antrifft.«

Karoline von Perin blickte wissend. »Ich bin mit dem Fräulein Christine hier bekannt.« Frau von Perin wies auf die Musikantin. »Ihre verstorbene Mutter hat sich gemeinsam mit mir für die Sache der Frauen engagiert.«

Die Kellnerin kam zurück und knallte wortlos den Krug mit Wein auf den Tisch.

»Bevor wir hier zu rührselig werden, eine Frage, Fräulein Christine«, wandte sich Marte dann an die Sängerin. »Sind Sie auf Ihren Toni auch so losgegangen wie auf meine Freundin?«

»I weiß net, wovon du sprichst!«, fuhr Christine wieder auf.

»Hast du ihn gewürgt, bis er sich nicht mehr gerührt hat?« Viola hatte in einer raschen Geste Christines Arme umklammert. Vorbei war es wieder mit dem kurzen Frieden.

»Mein armes Töchterl!«, ließ sich da eine männliche Stimme vernehmen, die leicht weinerlich oder einfach nur betrunken klang. »So ein Verlust, dass der Bräutigam tot ist, und Sie lassen sie nicht in Ruh! Sie is in Trauer, mein Mädchen.« Der alte Musikant war mit einem Glas Weißwein in der Hand näher an ihren Tisch gekommen. Er legte einen Arm um Christines Schulter, als wären sie ein Paar. »Auch wenn er meiner Christine nicht das Wasser hat reichen können, der Herr Major.«

»Lass das, Papa.« Die junge Frau wand sich aus dem Griff ihres Vaters. Sie tat Marte mit einem Mal leid. Wie alt mochte Christine sein? Marte schätzte sie auf höchstens zwanzig.

Der Musikant wusste nicht, wohin mit seinen Händen, also verschränkte er sie vor der Brust. »Wir zwei sind uns alles, was wir haben, gell, mein Mädchen?«

»Hm, hm«, machte Christine und lächelte nur vage, dabei wich sie etwas von ihrem Vater zurück.

»Sie mochten also den Bräutigam der Tochter?«, fragte Viola. »Sein Tod ist sicher ein großer Verlust.«

»Major Karner war kein guter Mensch«, fuhr Karoline von Perin dazwischen.

»Was geht Sie das an?« Der Alte zuckte mit den Schultern und trank aus. »Aber Sie haben recht. Meine Christine hat sich was Besseres verdient als diesen merkwürdigen Offizier. Wenn ich einmal nicht mehr bin …« Er stellte das Glas auf den Tisch und ließ sich neben den anderen auf die Bank sinken, dabei rieb er sich über die grauen Bartstoppeln und stöhnte leicht auf.

»Papa, was is denn? Geht's dir nicht gut?«

»Lass, meine Liebe, ich bin nur ein bisschen müde.«

Kurz herrschte Schweigen an ihrem Tisch. Christine drückte die Hand ihres Vaters.

»Ich glaub, die Böhmen haben meinen Toni auf dem Gewissen«, sagte Christine und ließ ihren Vater nicht aus den Augen. »Er hat immer betont, wie schwer er's hat in seiner hohen Stellung. Da macht man sich Feinde, hat er gesagt.«

Rundum plauderten die Gäste gedämpft, der Wirt füllte fleißig ein Glas nach dem anderen. Die pechschwarze Katze von vorhin tauchte in der Tür zur Küche auf und sah einen Koch, der eben ein Tablett heraustrug, erwartungsvoll an.

Die Tür ging wieder auf. Ein muskulöser Hüne in blauer Jacke und grauer Hose stampfte herein, gefolgt von weiteren Männern.

»Christine!« Mit wenigen Schritten war der groß gewachsene

Kerl an ihrem Tisch. Er packte die Musikantin mit einer Hand an der Schulter und schüttelte sie.

Viola schrie auf. Marte ließ den Mann nicht aus den Augen und tastete nach ihrem Dolch.

»Oh nein, die Vorstadt-Garden«, rief ein Gast am Nebentisch.

Mit erstaunlicher Behändigkeit kniete sich der Hüne vor die Musikantin. »Christin', erhör mich endlich! Jetzt wo du frei bist …«

»Sind Sie sicher, dass sie was von Ihnen will?« Viola rückte automatisch näher an Christine.

»Heast, des geht di gar nix an!«, zischte der Hüne.

»Hansi! Was machst du hier? Woher weißt du von Tonis Tod?« Die Musikantin verzog die Mundwinkel nach unten. »Doch nicht aus der Zeitung? Du kannst doch gar nicht lesen.«

Der Mann zuckte zusammen, blieb einen Moment hocken und sprang dann auf. »Ein Mord spricht sich eben herum. Die Kameraden …« Er deutete auf die anderen Garden, die sich an einen Tisch setzten. Die Kellnerin brachte eifrig Brot und kalten Braten herbei.

»Was zu trinken!«, riefen ein paar der Männer, und einige fingen zu singen an. »Bier her, Bier her, oder i fall um …«

Hansis Blick wanderte von Viola über Karoline von Perin zu Marte und wieder zurück zu Christine. Er runzelte die Brauen. »Mit wem treibst du dich denn herum?«

»Lass mich in Frieden, Hansi, ich bitt dich.«

»Christine, wolltest du wirklich mit diesem … Meuchelmörder beinand sein? Sei froh, jetzt bist frei.« Er griff nach Christines Händen, doch sie entwand sie ihm wieder.

»Helfen Sie mir, Frau von Perin! Er steigt mir nach.« Christine strich sich eine Locke aus der Stirn.

»Lassen Sie die Frau in Ruhe!«, sagte Marte. Ihre Faust ballte sich fester um den Griff des Dolchs. Vielleicht half ja ein Gespräch »von Mann zu Mann«. Sie hoffte, dass der »Hansi« Genannte nicht an ihrer männlichen Identität zweifelte.

»Burschi«, rief der jedoch und stützte sich vor Marte auf dem Tisch ab, »halt di da raus! Des is a Sache zwischen der Christin' und mir. Host mi?«

»Eben nicht. Sie sehen doch, dass Christine …«

»Hansi«, sagte Christine mit fester Stimme und stand dabei auf,

»es hat keinen Sinn. Versteh endlich, dass wir zwei net z'ammpassen!«

»Na schön. Du wirst noch sehen, wohin di' des bringt.« Damit schubste er sie wie spielerisch. Christine, die von dem Stoß überrascht wurde, fiel halb auf Viola, neben der sie saß. »Du drohst mir nicht!«, schrie die Musikantin.

Mit einem Schlag wurde es still im Saal. Auch die Garden waren verstummt und glotzten herüber. Die Kellnerin verharrte in der Bewegung und huschte dann mit ein paar schnellen Schritten hinter die Schank. Der Wirt ließ den Krug, den er eben füllen hatte wollen, stehen und duckte sich. Marte zog den Dolch heraus und hielt ihn unter der Tischplatte bereit.

»Adieu!«, rief der große Mann, den Christine Hansi genannt hatte, und stapfte zum Tisch seiner Kollegen von der Garde. Marte steckte den Dolch wieder ein und griff nach ihrem Weinglas.

Hansi sah sich noch einmal um, setzte sich, schüttelte den Kopf. »Weiber!«

# 29

*Wien, Schmelzer Friedhof, 29. August 1848*

Auf in die Gerichtsmedizin in der Sensengasse! Franz Gerstl seufzte. Aber was blieb ihm übrig, wenn er Näheres über Anton Karners Todesursache erfahren wollte. Zum Glück untersuchte diesmal Professor Škoda selbst die Wasserleiche. Noch erfreuter – wenn das in dieser Situation überhaupt möglich war – war Gerstl über die Abwesenheit seines Vorgesetzten, Hauptmann Stern.

Die Leiche des Offiziers war bereits ziemlich aufgequollen, es war fast eine Woche seit ihrem Fund vergangen und die Zeit drängte ungemein, doch die Zustände in der Stadt hatten erst den Transport der Leiche und dann die Untersuchung selbst verzögert. Die Leichenfledderer hatten jede Menge zu tun, nachdem bei der Praterschlacht so viele Menschen getötet worden waren, und manch ein unpolitischer Todesfall mischte sich auch unter die zu sezierenden Leichen.

Der Gerichtsarzt fasste seine Ergebnisse nun für Gerstl zusammen. Er hatte kaum anderes gefunden, als das, was Gerstl schon am Fundort geahnt hatte: der in Prag eingesetzte Berufssoldat war erwürgt und danach ins Donauwasser geworfen worden. All dies führte Škoda widerwillig aus. Diese Stimmung Škodas entging Gerstl nicht. Er blickte den ihm bereits vertrauten Arzt fragend an.

»Ja, was soll's.« Škoda gab sich einen Ruck. »Einen Mann wie Karner zu untersuchen macht keine Freude.« Der Gerichtsarzt zögerte kurz, ehe er zu sprechen fortfuhr. »Sie wissen doch, was in Böhmen für ein Regiment geführt wird, seit Windisch-Graetz gesiegt hat?«

Gerstl nickte. Er konnte dem Gerichtsarzt nur zustimmen, hielt sich aber bedeckt, er war schließlich Beamter und hatte sich neutral zu verhalten.

»Manchem gönnt man direkt den Tod«, fuhr Škoda fort. Auf Gerstls beunruhigten Blick fügte er schnell an: »Natürlich nur fast.«

Am 1. September sollte Karner nun mit allen militärischen Ehren begraben werden. Die Leiche war zuvor in einer Wiener Kaserne aufgebahrt gewesen. Gerstl hatte vergessen, in welcher, weil es ohnehin egal schien – Karners Regiment hatte seinen Stammsitz in Prag. Gemeinsam mit Stauner fuhr er in einem Fiaker zum Schmelzer Friedhof im Westen von Wien. Wie üblich las ihm sein Kollege das Neueste aus den Zeitungen vor.

»Die Untertänigkeit der Bauern ist einstimmig aufgehoben worden«, berichtete er. »Da werden sich meine Verwandten draußen in Kottingbrunn aber freuen. Endlich ein sinnvolles Ergebnis des Freiheitskampfes.«

»Und andere wird die Bauernfreiheit verunsichern«, murrte Gerstl, der bereits neuen Ärger auf die Criminalisten zukommen sah. Doch Morde am Land fielen wenigstens nicht in seine Zuständigkeit. Das war auch schon was.

»Johann Strauss der Ältere«, las Stauner weiter vor, »präsentierte am 31. August seinen neuen Radetzkymarsch im Kurpavillon am Wasserglacis.«

»Hm, hm«, brummelte Gerstl. »Dieser Radetzky ... Wohin werden all die Freiheitsbestrebungen noch führen? Radetzky eilt von Sieg zu Sieg gegen die Freiheitskämpfer in Italien.«

»Lass uns hoffen, dass es für die Wiener Revolution besser ausgeht«, entgegnete Stauner und faltete seine Zeitung zusammen.

Sie waren auf der Schmelz angekommen und verließen den Fiaker. Salutschüsse waren zu hören, das Begräbnis begann schon. Gerstl trieb seinen Kollegen zur Eile an.

Zielstrebig gingen sie an den Grabreihen vornehmer Familien vorbei zu der ausgehobenen Grube, um die sich die Trauernden scharten. Die Totengräber hielten sich etwas abseits bereit, auffällig unauffällig in ihren schwarzen Talaren. Eine ganze Abordnung Soldaten in Galauniform stand stramm.

Gerstl blieb am Rand der Menge stehen und ließ seinen Blick über die Anwesenden schweifen. Ein paar abgerissene junge Männer drückten sich ebenso wie Gerstl und Stauner am Rand der Trauergesellschaft herum. Gut gekleidete Damen der besseren Kreise verdrückten Tränen und tupften sich mit Spitzentaschentüchern die Augen. Weiter hinten stand eine einfach angezogene junge Frau. Sie hielt eine Harmonika in Händen und schluchzte herzzerreißend.

Sie umklammerte das Instrument krampfhaft, dann knirschte sie mit den Zähnen, dass sich ihr Kiefer an den Wangen abzeichnete, und stellte es abrupt ab. Ein älterer Mann mit Dreitagebart neben ihr hatte den Arm wie schützend um sie gelegt. Gerstl meinte, eine gewisse Ähnlichkeit in den Gesichtern zu erkennen.

Eben ergriff ein reich mit Orden geschmückter Mann das Wort am Grab.

»Das ist Paul von Marbach«, flüsterte ihm Stauner zu, »der Prager Stadtcommandant.«

In den Büschen hinter Gerstl raschelte es, Wind kam auf. Es würde doch nicht ausgerechnet jetzt ein Gewitter über Wien hereinbrechen? Doch der Himmel hatte sich unmerklich eingetrübt, immer mehr Wolken ballten sich zusammen.

»Wir nehmen heute Abschied von einem tapferen Mann«, sprach Paul von Marbach. Hinter ihm zuckte ein Blitz am Himmel. »Anton Karner war ein Mann, der seinem Land in höchstem Maße gedient hat und dabei keine Gefahr gescheut hat. Ein Mann, der viel zu früh aus dem Leben gerissen wurde …«

Der Himmel war mittlerweile pechschwarz. Eine heftige Windbö bauschte die dunkle Soutane des Priesters auf und fegte einem schicken Soldaten sein Käppi vom Kopf. Irgendwo schepperte ein Blumentopf um. In diesem Moment fiel ein Schuss.

# 30

*Wien, Schmelzer Friedhof, 1. September 1848*

Marte kam viel zu spät. Erst am selben Morgen hatte sie es aus der Zeitung erfahren: Anton Karner wurde heute beerdigt. Sofort nahm sie, ohne jemanden zu informieren, einen Fiaker und fuhr allein zum Schmelzer Friedhof. Vielleicht würde sie dort auch Neuigkeiten aus der Stadt hören, die sie dem Earl berichten konnte. Ihr letztes Schreiben lag schon eine Weile zurück, von Maier hatte sie erfahren, dass es erfolgreich beim Earl angekommen war.

Marte schien es eine Ewigkeit zu dauern, bis sie den Eingang des Friedhofs erreichte. Ein Trauerzug vor ihr hielt sie zusätzlich auf. Acht schwarze Pferde waren vor einen prächtig geschmückten Leichenwagen gespannt, hinter dem eine unüberschaubare Menschenmenge herging.

»A schöne Leich!«, rief eine Frau, die sich aus einem ebenerdigen Fenster gelehnt hatte und den Zug verfolgte.

Als Marte an den reich geschmückten Gräbern zu der in der Zeitung angegebenen Grabreihe hetzte, nahm sie tumultartige Stimmen wahr. Je näher sie Karners künftiger Beerdigungsstätte kam, umso lauter wurde es. Der Himmel hatte sich dunkel eingewölkt, kurz darauf klatschten große, harte Regentropfen auf Martes Kopf.

Und dann sah sie die offene Erdgrube vor sich. Aus ihr ragten Unterarme, der dunkle Ärmel eines Fracks. Und dazwischen Rot. Viel Rot. Ein Rauschen setzte ein, und Marte brauchte einen Moment, bis sie realisierte, dass es der heftige Regenguss war, der auf die Blätter der neben dem frischen Grab stehenden Kastanien traf. Binnen Sekunden war sie durchnässt. Zum Glück wurde der Gehrock wenigstens nicht so durchsichtig wie der Stoff eines edlen Damensommerkleides.

Soldaten rannten durcheinander, ein Priester murmelte ein lateinisches Gebet. Frauen kreischten, der Donner grollte. Marte stürzte auf das Blut zu und auf das Schreien, teilte die Menge der Gaffer und stand endlich vor dem Geschehen. Sie erkannte Paul von Marbach in der Grube, ihren Onkel, den sie seit so vielen Jahren nicht gesehen hatte. Sein Brustkorb hob und senkte sich ein wenig. Er lag anscheinend bewusstlos in der matschigen Erde. In seiner Schulter klaffte ein Loch, in seinem Bauch ein noch größeres. Und es stank. Überall war Blut, es roch nach Exkrementen und versengtem Fleisch. Man musste ihm rasch helfen, so viel war Marte klar. Sonst würde ihr Onkel verbluten. Was war nur geschehen? Ein rascher Blick in die Runde, aber sie konnte keinen Schützen erkennen.

Der Verletzte stöhnte. Schüsse mussten ihn getroffen und in das offen stehende Grab geschleudert haben. Die Totengräber fluchten, während sie am Rand der Grube beratschlagten, wie sie den Verletzten herausholen könnten. Zumindest war kein Sarg unter Onkel Paul zu sehen, der stand ein wenig abseits. Die Arbeiter rutschten immer wieder im Matsch aus, während sie sich daran machten, Paul von Marbach heraufzuholen.

»Bewegen Sie ihn ja vorsichtig«, rief eine junge Dame im Rüschenkleid. »Sein Rücken könnte verletzt sein!«

Murrend kletterte einer der Totengräber in die lehmige Grube, glitt aus und fiel auf Paul von Marbach, was dieser mit einem Ächzen quittierte. Die Männer lösten eines der Bretter, die den Rand der Grube begrenzten. Sie legten Paul von Marbach vorsichtig darauf und hievten ihn über den Rand des ausgeschaufelten Grabes. Alle waren klatschnass, über die Gesichter troff der Regen.

Jemand pfiff auf einer Trillerpfeife, und Marte erkannte den Criminalbeamten Franz Gerstl. Der schon wieder! Er schrie nach Verstärkung, die nach einigen Minuten auch auftauchte. Währenddessen wies er einen Streifenpolizisten an, dann fiel sein Blick auf Marte. Er stockte mitten im Wort. Verd…!

Ein Ruck ging durch seinen Körper, er straffte sich und rief: »Keiner verlässt diesen Ort!« Er brüllte es noch einmal. »Wir wollen mit jedem Einzelnen von Ihnen sprechen.«

Alle redeten durcheinander. Donner grollte, immer wieder. Die Soldaten schrien ihr unverständliche Kommandos zu. Marte beugte sich zu ihrem Onkel. Auf das Durcheinander herumrennender

Menschen achtete sie nicht weiter. Vielleicht konnte sie ihm helfen, vielleicht war der geheime Besuch der medizinischen Vorlesungen doch zu etwas gut.

Gerstl stand mit einem Mal neben ihr, ohne dass sie ihn kommen gehört hatte. »Was machen Sie hier schon wieder?«, herrschte er sie an. »Dieser Mann braucht einen Arzt.«

»Lassen Sie mich machen, ich habe einige Kenntnisse. Mein Cousin ist Doctor der Medizin«, sagte sie zögernd. Dabei begutachtete sie vorsichtig die Wunden ihres Onkels.

»Onkel Paul?«, fragte sie leise. »Hörst du mich? Sag doch etwas, bitte. Ich bin es, Marte.«

Keine Antwort. Sein Bewusstsein war offenbar getrübt. Das mochte natürlich auch an ihrer Verkleidung liegen.

Wenn nur Rudolph hier wäre! Er könnte dem Onkel viel besser helfen. Marte seufzte. Aber er war nun einmal nicht hier. Also untersuchte sie Onkel Paul und legte einen behelfsmäßigen Verband an, was bei einer Bauchwunde nicht leicht war. Sie drehte Paul von Marbachs Körper leicht zur Seite. Etwas Weißes kam darunter zum Vorschein, es war blutverschmiert. Sie achtete nicht weiter darauf, sondern verarztete den Verletzten. Dabei drifteten ihre Gedanken ab zu der Zeit, als sie ihn zuletzt gesehen hatte.

Marte wandte ihre Aufmerksamkeit wieder dem Verletzten zu. Hier ging es um etwas Größeres, das offenbar auch ihre Familie, die Familie von Marbach, betraf – wenngleich sie noch nicht wusste, wie die Dinge zusammenhingen.

Inzwischen war ein Arzt eingetroffen, begleitet von zwei Gehilfen. Sie scheuchten Marte zur Seite. Der Doktor warf einen Blick auf Paul von Marbach, dann wies er die Gehilfen an, den Verletzten hochzuheben. »Er muss ins Spital!«

Sie verluden den Angeschossenen auf ihren Wagen und fuhren los. Ein Raunen ging durch die glotzende Menge.

Marte erhob sich ächzend. Niemand bemerkte, wie sie die Grube inspizierte, in der Paul von Marbach gelegen war. Ihr Blick wanderte über das weißliche Etwas, das sie zuvor ausgemacht hatte. Sie blickte sich nach Gerstl um, konnte ihn aber nirgends entdecken. Sie griff nach dem durchweichten Zettel. Es war ein Flugblatt. Na so was! Wer agitierte denn bei einer Beerdigung?

»Libertas Bohemia« war in großen Buchstaben darauf gedruckt. Libertas Bohemia – Freiheit für Böhmen. Sie musste unwillkürlich an Georg denken.

# 31

*Wien, Alser Vorstadt, 18. Oktober 1848*

Sechs Wochen waren vergangen – und dann tauchte Lajos wieder auf. Marte kam von einem Besuch bei Paul von Marbach zurück, ihr Onkel wurde seit Wochen privat von einem Arzt gepflegt, für dessen Bezahlung die Familie keine Kosten und Mühen scheute. Paul von Marbach hatte sich sogar dazu durchgerungen, ihr für die vorbildliche Versorgung seiner Wunden zu danken. Jetzt wollte er zur Erholung nach Karlsbad reisen. Sein Sohn Viktor sollte ihn begleiten. Marte konnte nur dankbar sein, wenn dieser Widerling ihre Stadt verließ.

Es war der 18. Oktober, und in Wien mehrten sich die Gerüchte, dass die kaiserliche Armee gegen Wien vorrücke. Schon im September hatte die Redaktion der »Geißel« an ihrem Verlagsgebäude in der Tuchlauben die schwarz-gelbe Fahne gehisst. Das verhieß nichts Gutes. Die meisten Geschäfte der Inneren Stadt hatten nachgezogen und ihre Schaufenster ebenfalls im kaiserlichen Schwarz-Gelb dekoriert. Die Revolutionsgegner waren erstarkt, sehr zu Violas Kummer. Selbst die Fiakerkutscher trugen schwarz gelbe Bänder am Hut, mit denen sie ihre Zustimmung zum alten System zeigten. Manch ein Kleinbürger schimpfte nun gemeinsam mit den Bürgersöhnen auf Juden, Studenten und Arbeiter. Der Constitutionelle Monarchistische Verein tat mit seinen Agitationen gegen die Freiheitskämpfer ein Übriges dazu, dass man sich vor einer Konterrevolution fürchten musste, die ihre Kräfte zum Schlag gegen die Demokratiebewegung sammelte. Derweilen forderten die Massen den Rücktritt der drei verhassten Minister: Kriegsminister Latour, Justizminister Bach und Arbeitsminister Schwarzer. Vor wenigen Tagen, in der Nacht vom 6. auf den 7. Oktober, hatten sich die Ereignisse dann überschlagen.

Marte hatte sich selbst erst durch einen Wust widersprüchlicher Informationen wühlen müssen, um die Geschehnisse zu rekapitulieren: Nachdem sich ein Grenadierbataillon aus der Gumpendorfer Kaserne geweigert hatte, gegen Freiheitskämpfer in Ungarn loszumarschieren, war es an der Taborbrücke zu Kämpfen gekommen. Die Straßenschlachten zwischen Bürgergarden der Inneren Stadt und der Leopoldstadt gegen andere aus dem Wiedner Viertel zogen sich bis in den Stephansdom. Selbst in der Kirche war geschossen worden. Dann gab es kein Halten mehr für die Masse, die bewaffnet zur Hofburg strebte. Kriegsminister Graf Latour wollte Zeit gewinnen, doch die aufgebrachte Menge hatte das Gebäude gestürmt. Als man des ungeliebten Ministers habhaft wurde, fand er einen grausamen Tod, seine Leiche wurde an einer Laterne aufgehängt zur Schau gestellt.

Eine weitere Eskalation war absehbar, das sah Marte sonnenklar. Sie hatte über all diese Ereignisse in einer neuen verschlüsselten Botschaft an den Earl berichtet. Die kaiserlichen Truppen rückten zum Sturm auf Wien vor. Man wollte die Freiheitskämpfer, die Windisch-Graetz und Konsorten als »Aufständische« bezeichneten, offenbar mit militärischer Kraft niederwerfen. Von Kaiser Ferdinand selbst kam keine offizielle Stellungnahme. Vorposten des ihn unterstützenden Kroatenheers unter dem Banus Jellačić, die bereits am 11. September die Drau überschritten hatten, sollten nahe am Linienwall gesehen worden sein.

Marte wollte eben das Schottentor passieren, als eine Stimme hinter ihr flüsterte: »Es hat geklappt, du wirst den Kaiser sehen.«

Sie fuhr herum. »Lajos! Hast du mich erschreckt!« Der Ungar hatte seine langen dunklen Haare zusammengebunden und lachte sie an.

»Wie hast du mich überhaupt erkannt?« Wie so oft trug sie einen ihrer Herrenanzüge, die ihr mehr Bewegungsfreiheit verschafften. Nur an jenem verhängnisvollen Tag, an dem sie Lajos im Prater kennengelernt hatte, hatte sie ein Kleid angezogen, weil sie sich ja als Liebespaar getarnt hatten. Und wie sie dann selbst fast wahrhaftig in die Rolle geglitten wäre ... Das durfte nicht mehr passieren, schließlich ging es um den Auftrag des Earls.

»Das ist mein kleines Geheimnis«, hauchte Lajos nahe an ihrem Ohr. Sie machte einen Schritt zur Seite. Nicht weil ihr der Ungar zuwider war, im Gegenteil. Sie musste sich zusammenreißen, ihm nicht zu offen zu zeigen, wie sehr sie sich zu ihm hingezogen fühlte. Noch mehr Verwicklungen konnte sie im Moment wirklich nicht gebrauchen, wo es schon mit Georg nicht einfach war. Er tauchte immer noch häufig an ihrer Tür auf, plauderte scheinbar harmlos mit Viola, wenn Marte selbst nicht zugegen war. Sie musste endlich eine Entscheidung treffen. Immer noch hoffte sie darauf, dass sich ihr Verhältnis zueinander bessern könnte. Aber es sah nicht danach aus, er hatte sein Auftauchen in den Praterauen nie mehr kommentiert oder sich dafür entschuldigt, dass er ihr nachgegangen war.

»Kaiser Gutinand der Fertige«, antwortete sie betont schroff auf die ersten Worte des Ungarn, »hat es doch, wie ich vernommen habe, nicht in der Stadt ausgehalten und ist in dieses Nest namens Olmütz geflüchtet.«

»Ebendort«, Lajos grinste immer noch, »wirst du ihm gegenübertreten, wenn auch inkognito. Gemeinsam mit einer Deputation aus dem Salzburger Land. Völlig unauffällig.«

»Eine kaiserliche Audienz in Olmütz? Ist denn das möglich?« Damit hatte sie nicht gerechnet. Sie blickte Lajos an.

Lajos nickte. »Das ist weit unauffälliger als hier in der Residenz. Du wirst schon sehen.«

»Da magst du recht haben. Danke, Lajos, für deine Vermittlung.«

»Wir werden zusammen reisen. Sei in vier Tagen beim Prater, dort wo wir uns zuletzt getroffen haben.« Er lächelte. »Ich freue mich!« Damit legte er ihr eine Hand auf die Schulter, ließ sie einen Moment dort liegen, dass Marte ganz warm zumute wurde. »Wir sehen uns, meine Liebe!« Und damit war der Ungar so schnell verschwunden, wie er zuvor aufgetaucht war.

Die nächsten Tage vergingen mit heimlichen Vorbereitungen für die Reise nach Olmütz. Es wurde nicht leicht, an Viola vorbei zu verschwinden, ohne ihr den Sinn und Zweck ihres Vorhabens zu offenbaren.

Letztlich griff Marte zu einer Notlüge. »Ich habe jemand kennengelernt.«

Viola war sofort Feuer und Flamme, lächelte und fragte sie neugierig aus. Marte erzählte ihr die halbe Wahrheit. »Ein Ungar. Ja, so süß! Richtig romantisch.« Und ein wenig stellte sie sich dabei vor, was wäre, wenn … Sie sah sich mit Lajos über die ungarischen Ebenen galoppieren, nur sie beide. Sah seine langen Haare im Wind flattern, und niemand stellte ihr mehr Fragen darüber, wie sie angezogen war. Endlich Freiheit!

Dass sie nicht in die ungarische Reichshälfte fahren würde, verschwieg Marte. Ja, sie verschwieg sogar den Namen ihres Begleiters, sosehr Viola auch bettelte.

Am 22. Oktober war es so weit. Marte hatte nur eine kleine Tasche gepackt, um nicht aufzufallen. Beim Prater wartete Lajos auf sie. Er hatte alles bestens geplant und vorbereitet. Bei strahlendem Sonnenschein bestieg Marte eine geräumige Kutsche, und los ging es. Sie überquerten die Donau und kamen nach langer Fahrt endlich nach Mähren. Nach mehreren Pausen, während der Lajos auch die Pferde wechselte, tauchten hohe Kirchturmspitzen am Horizont auf.

»Der Dom von Olmütz«, erklärte Lajos.

»Na endlich!« Marte war froh, die rumpelnde Fahrt zu Ende zu bringen. Sie wäre liebend gern Eisenbahn gefahren, allerdings benötigte man dazu einen Reisepass und einen sogenannten Linienpass, dazu noch eine Genehmigung der Polizey. So etwas wäre viel zu aufwändig geworden, und wer weiß, ob die Beamten nicht etwas von ihrem Doppelleben geahnt hätten. Deshalb reisten sie mit einer Kutsche.

Lajos stellte Pferde und Wagen am Stadtrand bei einem einfachen Wirtshaus unter, dann gingen sie zu Fuß weiter. Am Bahnhof der Kaiser-Ferdinand-Nordbahn herrschte bereits großes Gedränge. Dampfwolken kamen näher, eine Lokomotive wurde sichtbar. Menschen drängten auf den Bahnsteig und winkten zur Begrüßung. Lajos deutete Marte, und sie mischten sich unter die Wartenden vor der Bahnhofshalle.

Endlich kam der Zug schnaubend zum Stehen, die Türen wurden aufgestoßen, erste Besucher kletterten aus den Wagons und sahen sich suchend um. Die Wartenden begrüßten die Neuankömmlinge, immer mehr Menschen quollen aus den Wagons. Die Menge wurde unüberschaubar, alles strömte über die Gleise zum Bahnhofsgebäude.

»Deshalb hatte ich es so eilig«, erklärte Lajos. »Wir mischen uns unter die Salzburger Deputation.«

»Und das soll klappen? Man wird erkennen, dass wir nicht dazugehören. Was dann?«

»Schau doch, wie viele sie sind. Da fallen wir nicht auf. Und außerdem kenne ich ein paar der Vertreter. Mach dir keine Sorgen, benimm dich ganz normal. In Ordnung?« Dabei griff er kurz nach ihrer Hand und sah sie an.

»Ich werde mein Bestes geben«, murmelte Marte.

Lajos drängelte sich durch die Menge, immer Ausschau haltend. Gerade, dass Marte ihm folgen konnte, ohne von den anderen abgedrängt zu werden. Er schob sich näher an einen groß gewachsenen Mann und begrüßte ihn im Weitergehen freundlich. Lajos winkte Marte, näher zu kommen, und stellte sie vor. Ein weiterer Vertreter der Delegation klopfte Lajos von hinten auf die Schulter und begrüßte ihn ebenfalls. Während die Männer in ruhigem Ton Neuigkeiten aus Wien und Salzburg austauschten, fühlte sich Marte etwas ruhiger. Hoffentlich würde die Reise den ganzen Aufwand wert sein. Sie erwartete sich wertvolle Informationen von der kaiserlichen Audienz, die sie dem Earl in der Folge zukommen lassen konnte.

Vor dem Bahnhof stieg man nun in Kutschen, um in die Innenstadt zum Erzbischöflichen Palais zu fahren, wo der Kaiser untergekommen war. In den Straßen der böhmischen Stadt Olmütz herrschte reges Treiben. Handwerker ließen ihre Arbeit stehen und gafften den Wagen nach, die Kutscher trieben Passanten in fremder Sprache aus dem Weg. Ein Reiter schlug mit der Peitsche nach einem in Lumpen gekleideten alten Mann. Der heulte auf, aber der Reiter war längst weitergeritten. »Wir werden hier aufräumen!«, rief er dem Bettler über die Schulter auf Deutsch nach.

Die Deputierten achteten kaum auf das, was auf den Straßen vor sich ging.

»Die Salzburger wollen unseren Kaiser ihrer Unterstützung versichern«, erklärte Lajos halblaut. »Nicht wahr, Andreas?«, wandte er sich an den groß gewachsenen Mann, der mit ihnen in eine Kutsche gestiegen war.

Marte betrachtete den davonreitenden Peitschenschwinger. »Ich mache mir Sorgen um Wien«, sagte sie leise, an Lajos gewandt. »Man hört, dass Windisch-Graetz Truppen um die Stadt zusammenzieht.

Der kroatische Banus Jellačić soll das Oberkommando über diese Armee haben.« Schlimm genug, dass man den Freiheitskampf in Wien auf militärischem Weg niederschlagen wollte. Aber dass ausgerechnet Jellačić, der die Revolutionäre verachtete und dessen Truppen für ihre Grausamkeit berüchtigt waren, diese Schlacht anführen sollte, war ein schlimmes Vorzeichen.

Lajos nickte, bedeutete ihr aber, still zu sein. Sie passierten den Wenzelsdom und überquerten den Rathausplatz. Schließlich hielten sie vor einem lang gezogenen, zweistöckigen Gebäude mit weißer Fassade.

»Das Erzbischöfliche Palais«, erklärte Lajos. »Wir sind da.«

Die Kutschen stauten sich vor dem breiten Portal. Nacheinander stiegen die Delegierten aus. Einer der Salzburger Wortführer verhandelte umständlich um Einlass. Es gab einen Disput in Deutsch und Czechisch, dann gingen die Neuankömmlinge durch die Einfahrt. Hofschranzen in grauen Gehröcken eilten buckelnd herbei, flatterten aufgeregt herum und brachten alle noch mehr durcheinander. Nachdem man eine Weile wartend herumgestanden war, wurde die Delegation in einen großen Saal geleitet. Martes Nervosität stieg wieder. Für die Gemälde an den dunkel getäfelten Wänden, die die früheren Erzbischöfe von Olmütz darstellten, hatte sie kaum ein Auge. Sie hoffte endlich auf nähere Auskünfte darüber, was der Kaiser wirklich in Wien plante. Ob die Gerüchte stimmten, ob es wirklich zum Kampf kommen würde – das hieße Bürgerkrieg, wenn man es genau betrachtete.

Wieder galt es zu warten. Die Luft im Saal war stickig, Marte spürte einen Hustenreiz. Sie versuchte ihn zu unterdrücken, doch es gelang ihr nicht. Sie keuchte und hüstelte verstohlen in ein Taschentuch. Die Blicke einiger Umstehender trafen sie. Hatte man sie womöglich durchschaut? Nicht nur ihre Verkleidung in Männerkleidung, sondern gar, dass sie überhaupt nicht zur Delegation gehörte? Die Folgen wären nicht auszudenken. Sie drehte sich um und blickte direkt in die dunklen Augen Lajos'. Beinahe unmerklich nickte er ihr zu.

Nach langem Warten – womöglich hatte es eine Stunde gedauert, vielleicht auch mehr – öffnete sich die doppelflügelige goldgeschmückte Tür.

»Majestät!« Andreas, den Lajos zuvor begrüßt hatte, verbeugte sich tief.

In der Tür zeigte sich eine schlanke, etwas blass aussehende Gestalt, deren Kopf für die Statur viel zu groß wirkte. Kaiser Ferdinands Haaransatz war weit zurückgewichen, seit Marte ihn in ihrer Jugend einmal bei Hofe in Schönbrunn gesehen hatte. Zeit für Erinnerungen war jetzt aber nicht, denn rund um den Kaiser drängte ein ganzer Pulk von Beratern in den Saal.

Ein zusammengeklappter Reisethronsessel wurde gebracht und offenbarte nach dem umständlichen Prozess des Aufstellens eine plüschige rote Sitzfläche. Der Kaiser nahm nun ebenso umständlich Platz. Wie er sich den Kopf hielt, ob er tatsächlich Schmerzen hatte? Oder mochte dies nur mit den Strapazen der Reise zu tun haben und der Unsicherheit, die in seinem Reich herrschte? Egal wie, sie musste unbedingt mehr über seine Pläne für Wien herausfinden.

Einer der Salzburger trat vor und verlas eine Grußadresse des Salzburger Volkes an seinen geschätzten Kaiser. Er schloss mit den Worten: »Wir versichern Eurer Majestät, dass unser Volk wie ein Mann hinter Eurer Majestät steht!« Der bärige Mann verbeugte sich. Untertänigst trat er wieder zurück und mischte sich unter seine Landsleute.

»Die schändlichen Kämpfe in meinem Reich müssen ein Ende haben«, erhob Kaiser Ferdinand seine dünne Stimme. »Ich bin kaum darüber hinweg, was man meinem Statthalter in Prag angetan hat, ganz zu schweigen von dem ehrenvollen Offizier aus seiner persönlichen Garde. Schauerlich!« Der Kaiser sah bei seinen langsam hervorgestoßenen Worten zu einem seiner Berater auf, der an seiner linken Seite stand. »Wo sollen diese Attacken nur hinführen, Herrschaften?« Mit fliegendem Blick musterte er die Mitglieder der Deputation aus dem Salzburger Land. Dann schüttelte er den Kopf und blickte wieder seinen Berater an.

»Die Audienz ist zu Ende«, sprach dieser mit weit festerer Stimme als Kaiser Ferdinand. Dieser erhob sich, seine Berater umringten ihn und geleiteten ihn aus dem Zimmer, während einer den Thronstuhl zusammenklappte und ihm hinterhertrug.

Marte war verblüfft. Das sollte die ganze Audienz gewesen sein? Der Kaiser hatte rein gar nichts gesagt über die politischen Zustände, nicht einmal eine Andeutung war gemacht worden. Und für das die ganze Mühe? Sie suchte den Blick des Ungarn zu erhaschen, doch in der Menschenmenge konnte sie ihn nicht ausmachen.

Marte war aus alter Gewohnheit nahe am Eingang stehen geblieben. Sie ließ die Blicke über die Menge gleiten. Alle redeten durcheinander. Einige Männer waren in Tracht mit grünen Joppen und Lederhosen gekommen, andere im Hofstaat. Marte richtete ihre Aufmerksamkeit wieder auf den Kaiser, hinter dem sich eben die Tür schloss – und drehte sich nochmals um. Ein Gesicht in der Menge kam ihr bekannt vor. Es handelte sich wohl um einen Hofschranzen. Sie blickte neben sich zur Tür – und erstarrte.

Viktor, ihr Cousin, kam eben in den Saal herein. Als wäre es selbstverständlich, durchbohrte er Marte mit seinem Blick. Sie senkte die Augen, ihr Herz raste, und ohne darüber nachzudenken, machte sie einen Schritt zurück, noch einen, dann war sie draußen und rannte den Gang entlang ins Freie.

Zum Glück hatte Marte Lajos gleich wiedergefunden, nachdem sie so überstürzt den Audienzsaal verlassen hatte. Nun trieb er die Rösser an. Mit donnernden Hufen ging es zur Stadt hinaus. Endlich, eine halbe Stunde oder mehr musste seit der überraschenden Konfrontation mit Viktor vergangen sein, beruhigte sich Marte. Sie sah zum Kutschenfenster hinaus, die Straße hinter ihr war frei. Immer weiter zurück blieben die Türme der Stadt und zeichneten sich schwarz gegen den blutroten abendlichen Himmel ab. Viktor musste sie im Audienzsaal erkannt haben, trotz ihrer Männerkleider. Immer wieder fragte sie sich, was ausgerechnet ihr fieser Cousin in Olmütz beim Kaiser wollte. Sie hätte ihn damit konfrontieren sollen. Vielleicht war es ein Zufall, und er hatte aufgrund der Stellung seines Vaters mit den kaiserlichen Angelegenheiten zu tun. Oder hatten die beiden auf dem Weg nach Karlsbad hier Station gemacht? Nicht wirklich beruhigt ließ sich Marte in die Polsterung sinken.

# 32

*Wien, Innere Stadt, 26. Oktober 1848*

Nachdem sie zweimal übernachtet hatten und Lajos gegen viel Geld die Pferde gewechselt hatte, kamen sie im Lauf des Nachmittags endlich in Wien an. Aber was war das in den fünf Tagen, die sie weg gewesen waren, für eine Stadt geworden! Kaum noch wiederzuerkennen war ihre Heimat. Lajos sprach die Bewohner in den Vororten immer wieder auf die Lage in der Stadt an und fuhr große Umwege. Der Belagerungsgürtel Wiens durch die kaiserlichen Truppen war eng gezogen worden, doch Lajos erfuhr, dass die Währinger und die Nussdorfer Linie der freien Passage wegen noch geöffnet sei. Da man sie aber warnte, dass jeder Wagen auf mitgeführte Waffen visitiert werde, tarnten sie sich notdürftig als marktfahrende Bauern. Endlich erreichten sie die Stadt. Auf den Straßen gab es kein anderes Gesprächsthema mehr als die Belagerung. Menschen hasteten von hierhin nach dahin, beschafften sich Lebensmittelvorräte, Trupps der blaugewandeten Nationalgarden sammelten sich, ein ständiges Trommeln und Sturmläuten umgab sie.

Beim Prater verabschiedeten sich Lajos und Marte voneinander. Es dauerte eine Weile, bis sie vor dem Nordbahnhof einen Fiaker aufgetrieben hatte, um weiter zur Villa Lazansky zu fahren.

»Kaum ein Kutscher riskiert jetzt noch auszufahren, bei dem, was wir von Windisch-Graetz zu erwarten haben«, grummelte der Mann auf dem Bock. »Nur wenige trauen sich raus. Aber Geschäft ist Geschäft.«

»Ich entlohne Sie natürlich gut«, betonte Marte, und der Kutscher nickte zufrieden.

Unweit des Praters war eine riesige Barrikade aufgetürmt worden, ebenso in der Mitte der Jägerzeile in der Nähe des Carltheaters, bei der Rotensterngasse. Die Trommler riefen alle verfügbaren Kämpfer für die Freiheit zu den Waffen. Schüsse fielen, ein paar Männer schafften einen schreienden Verletzten auf einer Tragbahre weg.

Die Kutsche wurde immer wieder kontrolliert, aber da sie unbewaffnet waren – Martes Dolch war gut versteckt direkt unter ihrem Anzug –, durften sie weiterfahren.

Sie konnten gerade noch das Rotenturmtor passieren, ehe grimmige Nationalgardisten es versperrten und verrammelten. Hinter ihnen ging die Sonne unter und färbte die Wolken blutrot. Auch in der Rotenturmstraße und an vielen anderen Kreuzungen der Inneren Stadt baute man an Hindernissen, um die kaiserlichen Truppen abzuwehren.

Kampflärm war zu hören, als Marte vor Violas Palais aus der Kutsche stieg. Granateneinschläge ließen ihr schier das Trommelfell platzen, Schüsse peitschten durch die engen Gassen, Fensterscheiben zerbrachen klirrend. Aus einem Haus gegenüber schlugen Flammen, ein paar Bewohner stürzten flüchtend heraus. Überall Schreie. Männer mit Gewehren liefen an ihr vorbei. Ihr Blick wanderte zum verbarrikadierten Tor des Palais Lazansky. Ziegel und Bretter waren davor aufgetürmt worden, nur ein schmaler Zugang war gelassen worden. Marte betätigte heftig den Klopfer. Nur Sekunden später öffnete Viola, als wäre sie hinter dem Tor gestanden.

»Marte, da bist du endlich! Ich habe mir solche Sorgen um dich gemacht.« Viola umarmte Marte heftig und zog sie ins Haus. »Komm rein, schnell! Lass dich anschauen, geht es dir gut? Bist du unverletzt?«

»Es ist alles halbwegs gut ausgegangen, Viola, ja.« Bis auf Viktor, aber das musste jetzt zurückstehen. Sie war ihm ja noch einmal entkommen.

In der Einfahrt war, ebenso wie draußen vor dem Haus, Stroh aufgeschüttet worden. »Das soll die Wirkung von Bomben und Granaten schwächen«, erklärte Viola. »Hoffentlich geht alles gut!« Ihr Blick wanderte über die bereitstehenden Feuerspritzen und Löschkübel voller Wasser.

»Viola, wo ist denn die Munition?« Herr Lazansky kam heraus in die Halle, ein Gewehr in der Hand.

»Guten Abend.« Er winkte Marte mit einer Hand grüßend zu. Viola zeigte auf eine große Schachtel, woraufhin sich der Fabrikant abwandte und dann wieder durch dieselbe Tür verschwand, durch die er gekommen war.

Aus dem Salon drang Tumult. »Wir brauchen jeden Mann, um zu kämpfen!« schrie jemand.

»Kriegshetzer!«, brüllte ein anderer noch lauter. Waffen klirrten, dann schrien alle durcheinander, ohne dass man die Worte verstehen konnte. Von draußen hörte man wieder Granateneinschläge.

»Laut ist es hier.« Marte hielt sich kopfschüttelnd die Ohren zu.

»Das sind wir längst gewöhnt. Eigentlich hatte ich gedacht, wir feiern heute bereits den Sieg der Freiheit. Doch nun sieht es anders aus. Wir bereiten uns alle auf den Barrikadenkampf vor, Jaroslav ist da und ein paar Freunde. Ich habe zum Glück rechtzeitig Nahrungsmittel gehortet, sodass wir uns alle noch einmal stärken können. Heute gibt es fast nur mehr Schleichhandel. Du kannst dir vorstellen, welche Preise sie jetzt für Fleisch oder Milch verlangen. Hier sind Waffen …« Sie deutete auf einen Stoß Gewehre. »Du kannst doch schießen, Marte?«

»Wenn nicht, werden wir sie schulen«, ertönte eine kämpferische Stimme hinter Viola.

»Stimmt, Jaroslav.« Viola nickte Munčik zu, der in die Tür zum großen Salon getreten war. »Jaroslav ist herbeigeeilt, um uns zu holen.«

Die dunklen Augen des Czechen glänzten wie im Fieber, während er nach einem Gewehr griff und dann den Arm wie siegestrunken reckte. Seine blaue Jacke wirkte, wenn das möglich war, noch abgerissener als bei ihrem ersten Zusammentreffen. Die dunklen Haare fielen ihm in die Stirn, er sollte wirklich endlich zum Friseur gehen, aber darauf achtete jetzt natürlich niemand.

Marte stand immer noch hinter der Eingangstür. Wieder peitschten Schüsse durch die Gassen, Viola fuhr zusammen.

Marte legte ihre Überkleidung ab. »Ich habe auf der Fahrt hierher Schlimmes gehört.«

»Ja?« Viola griff nach Martes Arm.

»Hunderttausend Mann sollen unter Windisch-Graetz kämpfen«, sagte Viola. »Der Oberbefehlshaber hat ein Ultimatum an Wien gerichtet. A 23. Oktober hat er sein Hauptquartier in Hetzendorf bei Wien aufgeschlagen. Er fordert bedingungslose Kapitulation, stell dir vor«, sagte Viola. »Darauf wird die Stadt selbstverständlich nie eingehen.«

»Der Sicherheitsausschuss hat das Ultimatum strikt abgelehnt«, ergänzte Munčik mit seinem harten Akzent. »Seit heute ist auch der Reichstag für aufgelöst erklärt.« Seine Stimme wirkte zu laut in dem Flur. Violas Augen glänzten, während sie nur noch Munčik zu sehen schien. Dabei driftete ihr Gesichtsausdruck zwischen Verliebtheit und blinder Obsession hin und her, was Marte ziemlich beunruhigte – umso mehr, als Munčik eben Viola eng an sich drückte.

»Die meisten Familien sind geflüchtet, viele Frauen und Kinder meiner Freunde. Hauptsächlich die Männer halten in Wien die Stellung. Wir aber werden ein Frauenkorps bilden«, sagte Viola mit glühender Stimme, »um der hehren Idee der Freiheit zur Wirklichkeit zu verhelfen. Niemand darf untätig bleiben! Jetzt stehen Bürgersfrauen Seite an Seite mit den Frauen aus dem Volk! Wir werden diese gedungenen Söldner, die unsere Ideale zerstören wollen, vernichten und hinwegjagen.«

»Hoch!«, rief Munčik und reckte den Arm.

»Warst du bei der Versammlung des Frauenvereins, Viola?« Solche Reden kannte Marte gar nicht von ihrer Freundin.

»Wieso?«, fragte Viola und sah dabei nicht Marte, sondern Munčik an. »Wir müssen doch unsere so schwer errungenen Rechte verteidigen, ob Mann oder Frau, ob arm oder reich.«

Solche Reden hatte Viola früher nie geschwungen, sie war immer sehr praktisch veranlagt und hatte den Armen geholfen, wo es ging. Sie musste wirklich sehr in diesen Munčik verliebt sein.

Die Tür zum großen Salon öffnete sich. Marte erkannte die Dichterin Elisabeth Hagenberg, die bei Violas verunglückter Soiree ein rotes Kleid getragen hatte. Auch heute war sie in Rot gewandet, hatte ihre Röcke aber etwas hochgebunden. Hinter ihr standen einfach gekleidete Frauen, ein paar von ihnen meinte Marte am Spittelberg gesehen zu haben. Sie trugen Spaten und Hämmer.

»Geht's los?«, rief eine und steckte den letzten Bissen eines Brötchens in den Mund.

»Ja gleich, Liebe«, rief Viola. Zu Marte gewandt erklärte sie: »Es geht zum Barrikadenbau in die Jägerzeile, zu General Bem persönlich. Du bist doch dabei?«

Marte hüstelte. »Zunächst muss ich mich umziehen«, sagte sie.

»Der Kampf um die Freiheit ist mein Kampf!«, rief die rotgekleidete Dichterin, diesmal ohne Buch in der Hand und selbst ohne Schreibutensilien. Auch Miroslav Krahulin tauchte auf und hantierte mit einer Pistole, neben ihm erschienen weitere Nationalgarden mit ihren blauen Jacken und grauen Hosen. Sie schienen Böhmisch zu reden. Marte nickte grüßend in die Runde und drängte sich an den Anwesenden vorbei zur Treppe.

Im Gästezimmer zog sie sich um. Sie wählte eine dunkle Hose und ein frisches Hemd und warf ein paar kurze Notizen auf ein Blatt Papier. Man konnte nie wissen, wofür es gut war. Sie faltete den Zettel und steckte ihn ein. Angesichts der Barrikadenkämpfe kamen erstmals Zweifel in ihr auf, ob ihre Mission für die Briten wirklich richtig war … Dabei hätte es gerade jetzt genug zu schildern gegeben. Sie kämmte sich schnell die Haare und dachte an die unterwegs aufgeschnappten Gerüchte über Truppen aus Ungarn, die den Wiener Freiheitskämpfern zu Hilfe kommen sollten. Wer's glaubte, wurde wohl auch nicht selig. Hunderttausend Kämpfer hatte Windisch-Graetz unter seinem Kommando gesammelt und mit der Bahn nach Wien geschafft, um die aufmüpfigen Bürger der Residenz niederzuwerfen und auf den angeblich rechten Weg von Kaiser und Vaterland zurückzuführen. Sie standen vor den Toren der Stadt, bevölkerten die Vorstädte vom Spittelberg über den Laaerberg bis zur Spinnerin am Kreuz und waren angeblich auch sonst überall. Was konnte die Stadt dem entgegenhalten? Man sprach von zwanzigtausend Verteidigern, bestenfalls fünfundzwanzigtausend. Und dann die Andeutungen, dass es mit Waffen, Munition und Lebensmitteln nicht zum Besten stand. Marte sah ein furchtbares Los auf ihr liebes Wien zukommen. Sie seufzte. Natürlich würde sie mitkämpfen, um der Freiheit zum Sieg zu verhelfen. Und vielleicht kamen wirklich die Ungarn, um die Wiener in ihren demokratischen Zielen zu unterstützen.

Marte wunderte sich über sich selbst, während sie die Treppe hinunterstieg. Eine Schreibblockade, ausgerechnet bei so einem Auftrag, das war ein guter Witz. Als sie auf dem Treppenabsatz stehen blieb und die leidenschaftlichen Stimmen aus Violas Salon vernahm, durchzuckte sie plötzlich die Gewissheit: Sie wollte die Revolution nicht verraten, auch nicht für gutes Geld. Nicht an die Briten, die ihre konspirativen Informationen wer weiß wofür verwenden mochten, und auch nicht an sonst irgendwen. Zu viel hatte sie über Windisch-Graetz gehört, seine Härte, seinen eisernen Siegeswillen, um den Tod seiner Gemahlin in Prag zu rächen. Er sollte nicht gewinnen – schon gar nicht mit ihrer Hilfe. Sie würde die Zusammenarbeit mit den Briten aufkündigen. So charmant der Earl of Markham auch sein mochte, sie standen auf verschiedenen Seiten.

Mit neuer Kraft und froh über ihren Entschluss, betrat Marte den großen Salon, wo Viola eben kaltes Huhn mit Brot auftischte.

»Noch immer keine Hilfe gefunden?«, fragte eine dickliche, wie zu einer Wurst eingeschnürte Dame, die Marte als Industriellengattin Sonnenberg in Erinnerung war. Ihr Mann, der Fabrikant, hatte den Lokomotivenbau in Österreich vorangetrieben und war damit höchst erfolgreich, wie man hörte.

»Leider nicht. Ein Dienstmädchen findet man im Moment schwerer als eine Schusswaffe«, sagte Viola mit einem Lächeln. Marte fiel auf, wie betroffen Munčik bei diesen Worten dreinblickte. »Aber es geht schon. Im Moment arbeiten wir wegen des Belagerungszustands sowieso nicht in der Seidenfabrik, da kann ich den Haushalt übernehmen.«

»Für die Freiheit wahrlich ein geringer Preis«, sagte die Dichterin heiser. Die nicht mehr ganz junge Frau trug ihre Haare aufgesteckt und hatte sie mit einem blutroten Band geschmückt. Unerwartet zückte sie eine Pistole und zielte auf die Bilder an der Wand.

Heute stand im Salon nur ein Fenster offen, draußen wirbelte der Herbstwind das Laub durcheinander. Wie schnell die Zeit seit den Ereignissen des Sommers vergangen war. Sogar ihre Mutter hatte Marte wiedergesehen, im September noch, an Paul von Marbachs Krankenbett. Auch wenn sie einander nicht an die Gurgel gegangen waren, war das Zusammentreffen doch ernüchternd ausgefallen. Sophie von Marbach hatte ihre Tochter zwar einigermaßen freundlich begrüßt, aber mehr so, als hätte man sich vor Kurzem erst gesehen. Ein richtiges Gespräch war nicht zustande gekommen. Sie hatten das Thema von Martes Beziehung zu Georg und ihre gemeinsame Flucht aus Wien peinlich ausgeklammert, zum Glück hatte der Onkel Gesprächsstoff genug geboten, so etwas beherrschte die Mutter gut. Marte war das recht gewesen, war sie sich doch selbst immer noch nicht recht im Klaren gewesen, wie es mit ihr und Georg weitergehen sollte. Sein Verhalten sprach nicht für den Fortbestand ihrer Beziehung – doch etwas in ihr sprach immer noch auf den blonden großen Mann an. Und immer wieder dachte sie an Lajos, mit dem sie nach Böhmen gereist war. Ein ereignisreicher Sommer war zu Ende gegangen – und die drei Morde waren noch immer nicht geklärt.

Einer der Gardisten schlug wahllos ein paar Klaviertasten an. Andere stopften sich Brote in den Mund, während sie die Waffen kaum je aus der Hand legten. Es mochten an die zwanzig Leute sein, die sich im Palais Lazansky eingefunden hatten.

Viola brachte Nachschub aus der Küche und lächelte dabei. »Wir werden nicht nachgeben. Die Errungenschaften der Freiheit dürfen nicht untergehen.« Ihre Haare flatterten. »Nur der Champagner für den Sieg könnte knapp werden, davon war nicht mehr viel zu haben. Unser Weinkeller ist fast leer. Wenn wir erst gewonnen haben, Marte, musst du über diesen Kampf ein heroisches Buch schreiben. Das wäre doch wundervoll, nicht wahr?«

»Wir werden sehen.« Marte spürte selbst, wie zögerlich sie sich anhörte. Wenn nur Viola recht behielte und die Freiheit in Wien siegen würde. Doch die Übermacht der kaiserlichen Truppen unter Windisch-Graetz und Jellačić ließ ihr wenig Hoffnung ... »Dazu brauche ich erst wieder einen Verleger. Du weißt doch, seit Weber tot ist ...«

»Das kann ja nicht so schwer sein. Die Verlagshäuser werden sich um ein solches Werk reißen.«

Ein hagerer großer Herr kam von der Straße hereingestürmt und gesellte sich zu ihnen. Seine Nervosität war körperlich zu spüren. Seine Blicke wanderten unstet durch den Raum, während seine Finger über das Gewehr fuhren, als gehöre es nicht zu ihm. Endlich legte er es ab und wischte sich mit fahriger Geste eine Haarsträhne aus der Stirn. »Fräulein Lazansky! Ich danke für die großzügige Bewirtung in dieser schweren Zeit.«

»Vielen Dank, das ist doch selbstverständlich für mich.« Viola erhob sich und reichte dem Besucher die Hand. »Marte, darf ich vorstellen? Wenzel Messenhauser, er hat jetzt das Oberkommando über unsere Verteidigung. Herr Messenhauser – meine Freundin

Marianne von Marbach, eine Schriftstellerin. Sie haben vielleicht von Malte Berends gehört?«

Messenhauser nickte. »Natürlich.«

»Nun, *er* steht vor Ihnen.« Viola lächelte.

»Freut mich, Sie kennenzulernen«, sagte Marte.

»Die Freude ist ganz meinerseits«, erwiderte Messenhauser. »Sie haben sich dem Anlass entsprechend gekleidet, wie ich sehe.« Der Commandant wirkte mit seiner schlanken Gestalt und den feingliedrigen Händen sehr elegant und nicht gerade militärisch.

»Sind Sie nicht auch Dichter, Herr Messenhauser?«

»Da haben Sie recht. Doch in erster Linie bin ich Offizier«, sagte der Commandant und lächelte kurz, »und damit meiner Stadt zu Diensten in diesem schweren Moment.«

»Wie beurteilen Sie die Lage?«

»Ernst. Es ist wirklich ernst.« Messenhausers Hand zitterte, als er sich durchs Gesicht fuhr. »Wer weiß, wie es ausgehen wird. Wir haben zu wenig Waffen, zu wenig Munition und die Lebensmittel ... Davon will ich gar nicht sprechen. Jeder Kämpfer wird gebraucht.«

»Wir werden alle wie ein Mann zusammenstehen«, sagte Viola ruhig, und andere fielen ein.

Der Commandant nickte. »Ein weises Wort. Jeder Mann muss mit allen Mitteln kämpfen, jeder auf seine Weise. Ich suche noch zu vermitteln.«

Die Böhmen reckten die Arme, in denen sie Gewehre hielten. Einer von ihnen, er trug einen ziemlich zerknautschten Filzhut, blickte Messenhauser verächtlich an.

»Was für eine dunkle Zukunft liegt vor uns ...«, flüsterte ein kleiner Herr mit dickem Bauch, den Marte noch nie gesehen hatte.

»Möglicherweise«, antwortete Messenhauser und wiegte den Kopf hin und her, »es könnte vielleicht sein, dass eine Kapitulation der Stadt das Beste ist.«

»Niemals!«, ergriff Munčik das Wort, »wir Böhmen nehmen nichts mehr schweigend hin. Freiheit für Böhmen! Ein Staat für alle Slawen!« Er skandierte die Parole mit hochgereckter Faust, und nach und nach wiederholten andere seine Worte, andere skandierten »Freiheit für Böhmen«.

»Das Volk soll sich selbst Gesetz sein«, rief Viola, »dafür werden wir kämpfen. Seit den Märztagen bin ich noch stolzer darauf, Wien meine Vaterstadt zu nennen. Es ist der Anfang gemacht, der Freiheit ist die Gasse gebrochen.« Marte beobachtete, wie ihr Blick über die Menschen im Raum glitt und dann zu den Fenstern. »Es ist so still draußen, wie merkwürdig.«

»Zeit für Musik!«, rief ein junger Herr am Klavier. Im Gegensatz zu den blaugewandeten Nationalgarden trug er Zivil und wirkte in dem grauen Gehrock ungewöhnlich elegant in der Runde.

»Spiel uns was, Maestro!«, sagte Viola und eilte an seine Seite. Es erklangen die ersten Töne des Fuchsliedes, das die Studenten zu so etwas wie der Hymne der Revolution gemacht hatten. Nach und nach sangen alle mit. »Was kommt dort von der Höh, was kommt dort von der Höh …«

Marte plauderte mit Herrn Lazansky, der, gleichwohl er den Freiheitskampf ebenso leidenschaftlich unterstützte wie seine Tochter, sich Sorgen um sein Haus machte.

»Ich hoffe, Windisch-Graetz wird bereits vor der Stadt zurückgeschlagen«, sagte er. »Ich bin selbst so gut bewaffnet, wie ich kann.« Er trug den Schlapphut der Nationalgarden.

»Aber ja doch, Vater.« Viola legte ihre blasse, vornehme Hand auf seinen Arm. »Ich habe volles Vertrauen in unsere Garden.«

»In diese Männer hast du Vertrauen?« Lazansky deutete auf die Böhmen, die sich in Türnähe um Munčik scharten, und zog dabei eine Augenbraue hoch.

»Aber Vater, sie zählen zu den besten Kämpfern.«

»Tatsächlich? Dann hoffen wir, dass nachher noch alles steht, was wir aufgebaut haben.«

»Ganz sicher, Vater. Wir werden Windisch-Graetz und diesen ekelhaften Banus Jellačić rechtzeitig aufhalten und für immer aus unserer schönen Stadt jagen. Dafür wird General Bem mit aller Macht sorgen.«

»Dein Wort in Gottes Ohr, Fräulein Tochter.«

Marte dachte an ihren eigenen Vater, der vor ihrer Geburt verstorben war. Wie schön wäre es gewesen, wenn er für sie da gewesen wäre, wie es Ferdinand Lazansky für seine Tochter war.

Der Türklopfer unterbrach das Gespräch. Stimmen drangen undeutlich von der Straße herauf. »Helft, so helft, bitte!«

Viola rannte zum Fenster, Marte beugte sich neben ihr hinaus.

»Was ist los?« Der Herbstwind trieb Müll über die beinahe leeren Straßen, Scheiben klirrten. Direkt unter ihrem Fenster spielten sich tumultartige Szenen ab. Menschen drängten sich um jemand, der offenbar zu Boden gestürzt war, die Leute schrien durcheinander, ein Mann sah zu Marte hoch.

Eine junge Frau schrie: »Mord! Mord! Schon wieder ein Anschlag!«

»Fräulein von Sternberg, was machen Sie denn hier?«, rief Viola hinunter.

»Fragen Sie nicht so viel, holen Sie Hilfe!«, rief die Angesprochene herauf.

Auf der Straße lag ein Mann in einer Blutlache, direkt unter einer Straßenlaterne, deren Glas kaputt geschlagen worden war. Mitten in seinem Bauch klaffte ein Loch. Die Bauchschlagader, dachte Marte. Sie rannte los, ehe Viola reagieren konnte. Zu Martes Überraschung stand das Tor des Palais sperrangelweit offen. Schon war sie draußen, kniete neben dem Verletzten nieder. Zumindest war er nicht tot. Der heftig Blutende stöhnte, seine Gesichtsfarbe wirkte blässlich in der Nacht. Der Blutverlust! Marte schob das Jackett des Mannes mit der schmückenden gelb-schwarzen Kokarde etwas nach oben und drückte ihre Faust auf die Wunde, aus der das Blut pulsierend spritzte. Eine Stichwunde, das Messer musste herausgezogen worden sein. Sie erinnerte sich an eine Anatomievorlesung, bei der Doktor Rokitansky die Leiche eines Erstochenen obduziert hatte.

»Eine Bahre!«, kommandierte Marte und wunderte sich in einem Winkel ihres Bewusstseins über ihre eigene Forschheit. »Schafft ihn ins Haus, damit er in Sicherheit ist. Und holt Professor Škoda aus dem Allgemeinen Krankenhaus«, wies sie einen vorbeireitenden Passanten an. »Wenn Dr. Škoda nicht anwesend ist, fragen Sie nach Rudolph von Marbach oder einem anderen Arzt. Und machen Sie schnell, bitte!«

Der Mann in Zivil murrte, doch die Umstehenden drängten ihn loszureiten. Tatsächlich wendete er sein Pferd und ritt Richtung

Schottentor. Im selben Moment setzte Kanonendonner ein. Ein paar Männer legten den blutenden Unbekannten auf eine alte Holztür, die von der Barrikade an der Straßenecke geholt wurde.

»Wer ist der Herr?«, rief Marte, doch niemand gab eine Antwort. Schweigen herrschte, als zwei der Passanten den Schwerverletzten in Violas Haus trugen.

»Wohin mit ihm?«, fragte einer der beiden mit starkem böhmischen Akzent.

»In die Küche, hier entlang, bitte«, sagte Marte. »Dort steht wenigstens Wasser zur Verfügung.«

In der Einfahrt drückte sich Munčik herum, Krahulin neben ihm. Als sie zur Küche kamen, tauchte eine junge Frau neben Marte auf. Sie brauchte einen Moment, bis sie in ihr die Heurigenmusikantin, das Fräulein Christine, erkannte. Dass Viola jetzt zu ihr Kontakt hatte, überraschte Marte, aber für solche Gedanken war im Moment keine Zeit. Sie ging voraus und entzündete Licht in der – seit Annas Weggang – immer noch leer wirkenden Küche.

»Hier an der Ofenbank ist Platz«, wies Marte die Träger an. Indes kam Viola mit schwingenden Rockschößen herein.

»Oh Madonna!«, rief sie beim Anblick des Verletzten aus und trat näher heran, um gleich danach die Stirn zu runzeln. »Was habt ihr euch dabei gedacht?«, fuhr sie die beiden an, die den Blutenden hereingebracht hatten und die behelfsmäßige Trage eben vorsichtig abstellten. Ihre Köpfe fuhren fragend zu Viola herum.

»Ich dulde nicht, dass ein Konterrevolutionär meine Küche mit Blut besudelt!«, schrie sie und blickte erbost die aufgescheuchte Runde an. »Und ihr«, sie deutete auf die unbekannten Passanten, »verschwindet besser, bevor ich mich vergesse. Den nehmt ihr mit!« Viola kickte dem Blutenden mit dem Fuß in die Seite.

»Viola«, zischte Marte und stellte sich zwischen Viola und den Verletzten.

»Widerlich«, rief Viola, als hätte Marte nichts gesagt.

»Viola, er ist verletzt. Er braucht Hilfe.«

»Du weißt nicht, wer er ist, was, Marte?« Viola zog eine Braue hoch. »Sein Name ist Dominikus Albert. Er war der Henker der Stadt Wien und hat ungezählte Tote auf dem Gewissen. Und dabei spreche ich nicht von Mördern, die er zur Strafe gehenkt hat, sondern von politischen Feinden, die wegen Hochverrat dieselbe Strafe erfuhren. Alles, was diese Menschen sich zuschulden kommen ließen, war, dass sie sich für mehr Demokratie eingesetzt haben.«

»Er ist ein Mensch, Viola. Er gehört verarztet.« Marte war entsetzt über Violas Reaktion, sie wusste gar nicht, was sie sagen sollte. Sie schob sie ein Stück weg und kniete sich neben den Blutenden.

»Ich will ihn nicht mehr sehen.« Viola wandte sich ab. »Meinetwegen, tu, was du nicht lassen kannst, Marte. Aber schaff ihn hier raus. Wenn ich in einer Stunde zurückkomme, will ich hier keine Spuren mehr sehen.« Mit diesen Worten verließ die Tochter des Seidenfabrikanten die Küche.

»Abgestochen wie ein Schwein.« Die Dichterin hatte sich als Erste wieder gefangen. Sie trat näher und betrachtete das Opfer neugierig mit einem Blick, als wolle sie den Mann sezieren. »Wenn dahinter nicht eine schauderhaft leidenschaftliche Geschichte steckt. Mein Gott, wie aufregend.« Sie griff sich an den Busen.

Marte versuchte, nicht hinzuhören. Sie raffte Tücher an sich und drückte sie dem Verwundeten auf den Bauch. Wenn sie nur endlich die Blutung stoppen könnte. Wenn doch Rudolph hier wäre. Er wüsste genau, was zu tun wäre. Wenn sie eine Kutsche hätte. Was musste Viola ihr letztes Fahrzeug auch gerade jetzt den Barrikadenkämpfern zur Verfügung stellen.

»Kennt das Fräulein Christine auch diesen Herrn?«, ließ sich eine Männerstimme hinter Marte vernehmen.

»Hansi!«, schrie Christine auf, die sich unter die Schaulustigen in der Küche gemischt hatte. »Was machst du hier? Lass mich endlich einmal im Leben in Ruh.«

»Ich leg dir mein Herz zu Füßen, Christin', du!« Marte drehte sich nicht um, doch die Dielen knirschten laut. Der kräftige Bursch musste sich wirklich vor der jungen Heurigenmusikantin auf die Knie geworfen haben. »Willst es zertreten, das Herz, das für dich schlägt?«

»Steh auf. Ich will nichts von dir, versteh das endlich!« Christine umklammerte ihre Harmonika. »Du findest sicher eine andere. Bitte, verfolg mich nicht mehr, ich bitt dich.«

Die Leute mit ihren Liebesgeschichten! Hansi verfolgte Christine, und weil er sie zufällig mit dem Henker zusammen sah, verdächtigte er sie gleich, ein Verhältnis mit diesem zu haben. Krankhafte Eifersucht. Marte musste an Georg denken, der in Wien auch auf einmal solche Anwandlungen gezeigt hatte. Egal, jetzt galt es, diesen Verletzten hier zu verarzten.

Sie drehte sich um und bat einen der Garden, Wasser zu holen, damit sie die Wunde reinigen konnte.

Hansi stand ein wenig unsicher auf. »War er reicher als ich, ja?«, sagte er und zupfte an seiner blauen Jacke. »So wie der Offizier, dieser Karner, ja? Ist dir das alles mehr wert? Mehr als ich? Mehr als unsere Freiheit? Und jetzt gar ein Henker. Christin', du weißt nicht, was du anrichtest. An seinen Händen klebt Blut, Christin'. Das Blut Unschuldiger!« Der Bursche reckte sich, die Muskeln an seinen Armen bewegten sich unter dem Stoff. »Es lebe die Freiheit!«, rief er laut, andere fielen ein. Mit seinem schweren Stiefel trat er dem Schwerverwundeten plötzlich in die Seite wie zuvor Viola. »Ein ehrlicher Tischler zählt halt nix heutzutag.« Er hob das Kinn und blickte Christine an. »Es wird dir noch leidtun, Christin'. Sehr leid.« Damit wandte er sich zum Gehen.

»Moment«, sagte Marte, »bitte, bleiben Sie noch einen Moment. Haben Sie gesehen, wie dieser Mann angegriffen wurde?«

Der Tischler verharrte mitten im Schritt und drehte sich langsam um. »Wie bitte?«

»Haben Sie gesehen, was passiert ist? Konnten Sie beobachten, wer diesen Mann verwundet hat?« Sie deutete auf das Opfer. Endlich schien die Blutung nachzulassen, doch noch immer lag der Verletzte teilnahmslos da, sein Gesicht war blass und glänzte vor Schweiß.

Zögernd schüttelte der Tischler den Kopf. »Nein«, sagte er. »Ich bin erst näher gekommen und hab den Menschenauflauf schon von Weitem bemerkt. Ich wollt nur zur Christin'.«

»Du bist mir also doch nach!«, schrie die Musikantin.

Unglücklich sah Hansi sie an. »Ja, ich … ich möcht an deiner Seite sein, dich beschützen in diesen Zeiten!«

»Na schön.« Marte nickte ihm zu, und er ging mit gesenktem Kopf.

»Hat schon jemand die Criminalbeamten verständigt?«, fragte Marte dann.

»Höchste Zeit«, rief ein ihr Unbekannter, wahrscheinlich auch ein Böhme, der in der Nähe der Küchentür stand. »Wird sofort erledigt.«

Der Verletzte stöhnte auf, als hätte er die letzten Worte verstanden. Marte musste an Violas und Hansis feindselige Bemerkungen denken, die sie gegen den Henker hervorgestoßen hatten. Gewalt beschwor eben immer neue Gewalt herauf, so viel war ihr klar. Hoffentlich würden die Menschen wieder lernen, miteinander auszukommen, wenn nur erst diese Belagerung vorbei war.

# 33

*Wien, Innere Stadt, 26. Oktober 1848*

»Es hat die Richtigen getroffen.«

Marte fuhr bei diesen Worten herum und berührte versehentlich den Schürhaken, der neben dem Küchenherd hing. Scheppernd fiel das Eisending zu Boden. Viola trat eben durch die Tür und kam mit glühendem Blick auf Marte zu. »Viola? Du willst doch nicht sagen …« Marte senkte ihre Stimme zu einem Flüstern. »Wolltest du den Mann etwa … töten?«

»Ich? Aber wie kommst du darauf?« Viola drehte sich schwungvoll herum.

»Was ist denn mit Ihnen, Fräulein Christine?«, wandte sie sich an die Musikantin, die neben dem Verletzten stand. »Woher sind Sie denn so plötzlich gekommen? Ich erinnere mich jedenfalls nicht daran, Sie eingeladen zu haben.«

»Haben Sie auch nicht«, erwiderte die Musikantin und stieß mit dem Fuß gegen einen Mülleimer. »Ich bin mit einem Freund mitgekommen.«

»Ach ja, und wer …?«

»Lasst die Christin' in Ruh!« Da war er wieder, der lautstarke Tischler. Marte stöhnte auf.

Die Dichterin sagte: »Sicher war es ein betrogener Künstler, der zumindest Weber ermordet hat. Einer wie Sie, Alfred.« Sie tupfte einem Grüngewandeten, an den sich Marte vage von dem Abend ihrer Rückkehr erinnerte, mit dem Finger auf den Bauch.

Der Mann, der an den Küchentisch gelehnt dastand, zuckte zusammen. »Aber was erlauben Sie sich!«, rief er und schob die Hand der Dichterin weg, dabei berührte er einen Stapel Teller, die prompt zu Boden fielen. Marte beobachtete, wie der Verletzte kurz die Augen öffnete, sie aber gleich wieder schloss.

»Und Böhme sind Sie auch noch, Alfred, nicht?«, warf ein älterer Herr ein, den Marte nicht mit Namen kannte.

»Ach, genügt das heutzutage für einen Generalverdacht wegen

Mordes?«, fuhr der Grüngekleidete auf und trat mit dem Fuß nach den Scherben.

»Ich habe etwas gefunden, als Paul von Marbach so heimtückisch niedergeschossen wurde«, zischte Christine. Marte erinnerte sich jetzt wieder, dass sie die Musikantin und ihren Vater auf Karners Beerdigung gesehen hatte. »Bei den Kastanien lag damals ein Flugblatt. ›Libertas Bohemia‹ stand darauf.«

»Reden Sie nicht in Rätseln, Teuerste. Wovon sprechen Sie?«, entgegnete Alfred.

»Ich habe davon gehört«, rief die Dichterin. »Freiheit für Böhmen.« Sie sah in die Runde. »Jetzt sagen Sie nichts mehr, was? Was ist mit Ihnen, liebe Viola? Die Böhmen liegen Ihnen ein bissl viel am Herzen, nicht wahr?« Sie lachte auf.

»Wie steht es mit Ihnen und der böhmischen Sache?«, warf Herr Lazansky ein, der sich neben seine Tochter stellte. »Auch Sie, werte Frau Hagenberg, erzählen allzu gerne von dem Blut, das für die Freiheit hingegeben wird.«

»Das meine ich doch allegorisch«, sagte die Dichterin laut, und ihre Stimme klang schriller als sonst. »Ich bin keine Mörderin!«

Einen Moment starrten alle die Frau an. Marte bemerkte die Stille, die für einen Moment herrschte.

»Was ist mit dem Verletzten?« Gerstl, der Criminalbeamte, stand im Raum. Endlich würde die Sache untersucht werden, bevor noch Schlimmeres passierte.

Die Anwesenden scharrten mit Füßen, Gläser wurden umgestoßen, Bewegung Richtung Tür entstand. Die Scherben der Teller knirschten unter den Fußsohlen, als immer mehr nach draußen wollten. Der kleine Stapel Brennholz, der neben dem Herd übrig geblieben war, wurde umgeworfen. Ein Mann stieß gegen eine Bratpfanne, die blank poliert über dem Herd hing, und hielt sich den Kopf. Ein Spülzuber voll schmutzigem Geschirr stand auf dem Boden und wirkte jetzt als Hindernis, vor dem sich die Menschen stauten. Ein junger Mann schnappte sich einen Besen und hielt ihn wie eine Waffe vor sich her, um sich den Weg zur Tür zu bahnen.

»Bringen Sie den Verletzten sofort ins Allgemeine Krankenhaus. Dringend. Das sehe ich auf den ersten Blick«, befahl Gerstl, während sein Blick wissend zu Marte wanderte.

Zwei Männer hoben den Mann vom Boden auf, der noch immer auf dem ausgehängten Türbrett lag. Marte erhob sich von der Ofenbank.

»Sie können mir sicher sagen, was passiert ist, nicht wahr?«, fragte Gerstl.

»Der Mann wurde auf der Straße angegriffen, wir haben Hilfeschreie gehört. Ich bin sofort hinaus …«

»… und haben den Verletzten erstversorgt?«

»Natürlich, was sonst? Ich habe als Einzige hier ein paar medizinische Kenntnisse. Also sah ich es als meine Pflicht an, dem Mann zu helfen. Hoffentlich kommt er durch.« Marte schluckte und dachte wieder an Violas Worte. Die wünschte sich wohl das gegenteilige Ergebnis.

»Das ist ja löblich, Herr Berends.« Gerstl trat einen Schritt näher und fuhr mit leiser Stimme fort: »Oder soll ich Fräulein von Marbach sagen? Egal, wer Sie sind, eines ist merkwürdig: Sie tauchen ständig in der Nähe von Verbrechen auf. Zu Ihrem Verleger, Herrn Weber, hatten Sie ein mehr als kompliziertes Verhältnis, das ist mittlerweile bekannt. Er wollte Ihr neues Buch nicht verlegen. Major Karner ist Ihnen nachgestiegen, als Sie im Prater wer weiß was zu tun hatten. Auch dafür haben wir Zeugen. Ihrem Onkel stehen Sie auch nicht gerade freundlich gegenüber, wenn man sich so umhört. Er hat Sie und Ihre Mutter seinerzeit aus dem Haus geworfen. Ein Grund mehr, eines Tages auf Rache zu sinnen. Und die Dirne Mitzi … nun ja, es heißt, Ihr – wie soll ich sagen – Verlobter habe mit ihr verkehrt.«

Georg am Spittelberg? Das wurde ja immer merkwürdiger. Hatte sie die letzten Jahre neben einem Unbekannten verbracht, oder hatte sich Georg so sehr verändert, seit sie nach Wien zurückgekehrt waren?

»Nur dieser Henker passt nicht ins Schema.«

»Ich hätte ihm wohl kaum Erste Hilfe geleistet, wenn ich ihn zuvor hätte töten wollen, oder?« Gelassen bleiben, Marte! Sie blickte Gerstl aufrecht in die Augen. Dabei war ihr gar nicht wohl in ihrer Haut. Vor der Küchentür entstand Unruhe. Die beiden Männer, die den Verletzten ins Krankenhaus bringen wollten, wurden offenbar aufgehalten und blieben stehen.

»Das ist wahr. Nun, vielleicht hängt dieser Mordversuch nicht mit den anderen Taten zusammen.«

»Doch, das tut er!« In der Küchentür tauchte eine grimmige Gestalt auf. Sie hatte einen Schlapphut tief ins Gesicht gezogen und hielt eine Pistole in jeder Hand.

Marte bemerkte noch, wie Gerstl neben ihr scharf die Luft einsog, als die Gestalt, die rechte Hand mit der erhobenen Waffe voran, in die Küche trat.

»Wir Böhmen lassen uns nichts mehr gefallen. Den Aufstand in Prag haben wir verloren, aber jetzt wird es Zugeständnisse geben müssen.« Die Gestalt schob den Hut etwas höher und gab sich damit als Jaroslav Munčik zu erkennen. Die Waffen in seinen Händen hätten Marte nicht verwundert angesichts der Kämpfe in der Stadt. Beunruhigend war jedoch, dass er die Waffenläufe wahllos auf die Menschen in der Küche richtete.

»Jaroslav, was machst du da?«, fragte Viola. »Steck doch die Waffen weg.«

Gerstl beugte sich zu Marte und fragte leise: »Wer ist der Mann?«

Marte flüsterte: »Ein böhmischer Gardist, Jaroslav Munčik heißt er.«

In diesem Moment streckte Krahulin eine Hand nach Munčik aus, setzte zum Sprechen an. Doch der ließ ihn nicht zu Wort kommen. »Diese Exekutionen sind erst der Anfang. Sie sind der Weg zur Freiheit für mein Land. Es wird ein Strafgericht geben, bis alle Schuldigen an der böhmischen Niederlage gefasst und ihrer gerechten Verurteilung zugeführt sind. Tod Windisch-Graetz! Tod dem Haus Habsburg!«, brüllte er, seine Stimme überschlug sich. »Freiheit für Böhmen! Rache für alle ungesühnten Tode! Gerechtigkeit für die böhmischen Opfer!«

»Jaroslav, du willst doch nicht sagen, dass …« Viola schlug die Hand vor ihren Mund.

Kanonendonner mischte sich mit Schüssen, die in der Nähe fielen, aber nur gedämpft in die Küche drangen.

»Doch. Ich will.« Munčik fuhr herum und richtete eine der beiden Pistolen auf Viola. »Webers Tod war nur der Anfang. Das Scheusal hat meine kleine Schwester in den Tod getrieben.« Er schluckte. »Sie war noch so jung.«

Viola machte einen Schritt auf ihn zu. »Deine Schwester … Sie war die Köchin, die er zur Abtreibung gezwungen hat?«

»Jana war erst fünfzehn. Das Gift war nur recht und billig für ihn. Und es war so leicht, ihm das Morphium zu verabreichen. In seinem Größenwahn war er sich selbst so sicher, dass er gar nicht mit einer Attacke gerechnet hat. Er hat mich nicht einmal gekannt.«

»Aber Jaroslav!« Viola trat, mutig geworden, einen Schritt näher.

»Bleib, wo du bist!« Munčik richtete eine Pistole auf Violas Kopf. Es war die in seiner Linken, registrierte Marte fast unbewusst. »Stanislaus Weber hatte eine Bestrafung am dringendsten nötig. Ich bin meinen Lebensweg nicht gegangen, damit sich am Ende nichts verändert. Ich habe mich doch nicht aus dem Dreck hochgekämpft … Jana ist vor mir nach Wien gegangen und hatte schon eine Stellung gefunden. Doch als ich auch endlich angekommen bin, war sie schon fast nicht mehr am Leben.« Er wirkte für einen Moment, als ob er sich in seiner Erinnerung verlieren würde. Ein kleines Lächeln umspielte seine Mundwinkel. Dann straffte er sich, alles an ihm straffte sich. »Anton Karner konnte ebenso wenig ungeschoren davonkommen wie Weber. Nicht nach dem, was er bei der Niederwerfung unseres Freiheitskampfes in Prag verbrochen hat.« Munčik fuhr sich über die Augen. »Es gab so viele Tote. Man hat unseren gerechten Kampf für Gleichberechtigung einfach niedergeschossen. Meine Freunde Miroslav, Johan und ich sind auf Karners Truppe getroffen, kurz vor der Prager Burg. Wir wollten …«, Munčik schüttelte den Kopf, »… egal. Miroslav ist geflüchtet, aber Johan geriet in Karners Schussfeld. Ich habe mich vor ihn gestellt, er war so viel jünger als ich, ein unerfahrener Kämpfer. Karner hat mich niedergeschlagen und meinem Kameraden vor meinen Augen in den Kopf geschossen. Nicht zufällig. Er hat gewartet, bis ich hinsehe. Ich konnte es nicht fassen, dass ich ihn ausgerechnet in Wien wiedersehen musste. In Wien, wohin ich mich nach der Niederlage meiner Heimat geflüchtet habe. Auf meinen eigenen Füßen bin ich einen Großteil des Weges gegangen. Erst das letzte Stück hat mich ein Bauer mitgenommen, versteckt in seinem Heuwagen.« Er ließ die Waffe kurz sinken, doch ein Scharren war zu hören, woraufhin er sie sofort wieder hochriss. »Keine Bewegung! Sonst …«

Alle lauschten, unfreiwillig und doch gebannt. Die Dichterin stand mit offenem Mund da, Ferdinand Lazansky und seine Tochter sahen sich kurz an.

»Karner sollte leiden. Todesangst wollten wir ihm bescheren, so wie wir sie ständig erlebt haben, seit Windisch-Graetz den Befehl gab und Karner alles niedergeschossen hat, was ihm in den Weg kam. Ein langsamer Tod für diesen Schuft, das war angemessen. Ich bin ihm an die Gurgel gegangen, ganz langsam habe ich zugedrückt. Interessant, wie er noch gestrampelt hat, als er schon auf der Erde lag. Dann ab mit ihm ins Wasser, mit diesem Abfall.« Munčik nickte.

Marte schluckte und unterdrückte einen Hustenreiz, sie wagte nicht aufzustehen, um sich einen Schluck Wasser zu nehmen. Wenn dieser Munčik die Wahrheit sagte … dann hatte Georg die Wahrheit gesagt, als er ihr in die Praterauen gefolgt war. Dann hatte er Karner tatsächlich nicht getötet …

»Bei Paul von Marbach ist mir leider ein Fehler passiert.« Munčik hob die andere Hand. »Man sollte immer selbst schießen. Beim nächsten Mal.« Seine dunklen Augen glühten, während sein Blick über die kleine Versammlung glitt, der er, wie er so in der Tür stand, den Fluchtweg verstellte.

Kurz dachte Marte daran, zu schreien und dadurch Aufmerksamkeit zu erregen für das, was sich im Innern des Palais Lazansky abspielte. Gerstls Männer mussten draußen sein, oder vielleicht war Dr. Škoda schon in der Nähe.

»Ruhig. Keine Schreie!« Munčik fuchtelte mit beiden Pistolen. »Sonst kann ich für nichts garantieren.« Für einen Moment fixierte er Marte mit der Mündung einer Waffe. Dann schwenkte er wieder zu Viola. Dann zu dem Mann auf dem Boden. Der jammerte und starrte Munčik an, doch immer wieder flatterten seine Augenlider.

»Und schließlich er hier«, sagte Munčik schließlich. Er verpasste dem Verletzten den dritten Tritt in die Seite. »Ein Henker, der so viele gerechte Kämpfer auf dem Gewissen hat.« Munčik hob die Waffe in der rechten Hand und richtete ihre Mündung auf den Kopf des Liegenden. »Das weiß ich von meinen Landsleuten hier in der Stadt.«

»Aufhören!«, schrie Marte. »Nicht auf einen Wehrlosen!«

»Geht Sie gar nichts an!«, brüllte Munčik zurück.

»Was ist mit Mitzi?«, rief Viola, deren Stimme sich in dem ganzen Wahnsinn immer noch ruhig anhörte.

»Mitzi? Die hat sich selbst auf dem Gewissen. Wenn sie sich jemandem wie diesem Weber hingibt.« Munčik spuckte auf den Boden, die Pistole immer noch auf den Verletzten gerichtet.

In diesem Moment tauchte hinter ihm eine Gestalt auf. Zunächst war es nur ein Schatten gegen die Lampe, die im Gang brannte. Marte hielt die Luft an. Munčik streckte einen Arm nach ihr aus, steckte dann eine Pistole in den Hosenbund und packte mit der frei gewordenen Hand Viola um die Mitte.

# 34

*Wien, Innere Stadt, 26. Oktober 1848*

Gerstl atmete tief durch. Jetzt auch noch eine Geiselnahme! Die Situation wurde immer komplizierter. Als genügte es nicht, dass sie wie die wilde Jagd vom Criminalgericht zum Palais Lazansky geritten waren und sich erst mit der Parole »Im Namen des Gesetzes!« einen Durchlass beim Schottentor erkämpft hatten. Von einem Verletzten war bei der Alarmierung die Rede gewesen, bei ihrer Ankunft hatten sie den Tumult wahrgenommen, und Gerstl hatte sofort Schlimmeres befürchtet. Sie hatten sich an den Stimmen orientiert und sich zu deren Mittelpunkt vorgearbeitet und dann aufgeteilt. In der Küche fand Gerstl den Verletzten, während sich Stauner knapp am Türrand postiert hatte. Wo war er jetzt, wenn man ihn brauchte? Sie hatten alle die Geständnisse Jaroslav Munčiks gehört, und nun hatte dieser Mann auch noch Viola Lazansky als Geisel!

»Dieser Mann muss seiner gerechten Strafe zugeführt werden«, hörte man die laute Stimme von Munčik. Eben zerrte er Viola Lazansky näher zu sich und umklammerte sie. In einem entfernten Winkel seines Bewusstseins tat Viola Lazansky ihm leid. Doch jetzt musste er vor allem retten, was zu retten war.

Viel leiser jetzt sprach Munčik nun zu Fräulein Lazansky in ihrem blauen Seidenkleid: »Du bist mir doch nicht böse, Liebe? Für diese hehre Sache lohnt es sich zu kämpfen. Auf Seiten der Freiheit stehst du, Viola?« Mit einer raschen Bewegung postierte er die Dame des Hauses als menschlichen Schutzschild vor sich. Das Fräulein aber zuckte nicht mit der Wimper. Herausfordernd starrte sie Gerstl an.

Gerstl erkannte Stauner im Gang draußen und versuchte, Blickkontakt aufzunehmen. Ein Böhme zweifelhafter Abkunft und ein mehrfacher Mörder als Gast in einem bürgerlichen Haus, wer hätte das früher für möglich gehalten? Obwohl … Gerstl war schon viel in seiner Laufbahn untergekommen. Er hob eine Hand, um Stauner ein Zeichen zu geben.

Munčik fuhr herum. »Sie! Lassen Sie das! Rühren Sie sich nicht.«

Viola Lazansky verdrehte die Augen und keuchte irgendwas, das Gerstl nicht verstand.

»Lassen Sie Fräulein Lazansky los!«, rief Gerstl. »Sie kann nichts dafür.«

»Sie ist auf meiner Seite.« Munčik zeigte überraschend weiße Zähne, als er den Mund zu einem Grinsen verzog. Mit einem Ruck verstärkte er den Druck auf den Hals seiner Geisel. Viola Lazansky zuckte und hob hilfesuchend die Hände.

In diesem Moment fiel ein Schuss. Einen Moment lang herrschte Stille, dann schrien alle durcheinander. Stauner rannte auf Munčik zu, eine rauchende Pistole in der Hand. Der Böhme rief etwas Unverständliches, Blut drang aus einer Wunde an seinem Knie. Er taumelte und ließ Viola Lazansky aus, die stolpernd ein paar Schritte machte und wieder stehen blieb. Munčik schrie weiter, brach mitten im Wort ab und stürzte zu Boden. Mit schmerzverzerrtem Gesicht drückte er seine Hand auf das blutende Knie.

Dann ging alles sehr schnell. Streifenpolizisten stürmten die Küche. Stauner steckte seine Waffe ein und legte dem verletzten Munčik Handschellen an. Fräulein von Marbach kümmerte sich um Viola Lazansky. Sie gingen an Gerstl vorbei zu einem Küchentisch. Kurz stutzte er in dem ganzen Aufruhr – hatte ihm Fräulein Lazansky wirklich zugezwinkert? Aber das bildete er sich wohl ein.

Gerstl gratulierte Stauner und schüttelte ihm die Hand. »Gelungene Aktion!«

Stauner zuckte mit den Achseln und deutete auf einen uniformierten Polizisten. »Er hat getroffen, mein Schuss ging daneben, weil sich Munčik wegbewegt hat. Der Mann ist ein guter Schütze.«

»Habe ich Sie endlich. Lange hat das gedauert. Sie haben sich seit Webers Tod der Vernehmung entzogen.« Gerstl fixierte den am Boden liegenden Munčik. »Nun, das wird die Sache nicht leichter machen für Sie. Ihr Geständnis spricht Bände.«

Der Böhme wollte auffahren, verzog aber vor Schmerzen das Gesicht. Seine Pistolen waren zu Boden gefallen und wurden eben von einem uniformierten Polizisten sichergestellt.

»Eine Frage hätte ich noch. Was war mit dem Flugblatt?«

»Ich habe Freunde, Landsleute, die in Wien studieren. Sie stammen aus gebildeteren Kreisen als ich. Sie haben dennoch zu mir gehalten, weil wir ein gemeinsames Ziel haben: Die Befreiung unserer Heimat von dem habsburgischen Joch. Ein Student hat den Text für das Flugblatt verfasst.« Munčik lachte auf. »Das hat Sie in die Irre geführt, was?«

»Libertas Bohemia«, murmelte Gerstl und schüttelte den Kopf. »Verbindet ihn und dann führt ihn ab!«

Er näherte sich der Dame des Hauses, während zwei Uniformierte den Mörder wegführten. »Schon wieder Blutvergießen in Ihrem Haus, Fräulein Lazansky?« Er hob eine Braue und lächelte ein wenig. »Kommt ein bisschen häufig vor, nicht wahr? Können Sie mir etwas über die Geschehnisse berichten?«

»Natürlich.« Viola Lazansky nickte heftig, die Seide ihres Kleides raschelte.

»Der Reihe nach, bitte. Sie wissen, ich kam erst später hinzu. Ich habe zwar noch Munčiks Geständnis gehört, aber wie kam es eigentlich dazu?«

»Setzen wir uns doch in meinen Salon.« Fräulein Lazansky winkte ihm mitzukommen. Sie verließen gemeinsam die Küche, um in Ruhe über das Geschehen zu sprechen. Fräulein von Marbach kam ebenfalls und brachte eine Flasche Schnaps mit. Sie und Gerstl setzten sich, während Viola Lazansky beunruhigt aus dem Fenster blickte. Der Kampflärm kam immer näher, wurde lauter und lauter, mischte sich mit Schreien. Sofort beugten sie sich alle drei aus dem Fenster. Das Schottentor musste gestürmt worden sein. Eine Abordnung kaiserlicher Truppen trieb sechs oder sieben Nationalgarden vor sich her. Sie kamen die Gasse entlang und würden gleich beim Palais Lazansky sein.

»Ich muss los!«, stieß Fräulein Lazansky hervor. »Ich kann dem nicht untätig zusehen. Sie können hierbleiben, Herr Gerstl, wenn Sie möchten. Oder kämpfen Sie mit für die Freiheit?« Ihre Augen leuchteten siegesgewiss, während sie sich eine Strähne des glänzenden schwarzen Haares hinters Ohr strich. Fragend sah sie ihn an.

»Nun, ich als Beamter … wobei ich den Idealen der Freiheit nur zustimmen kann.«

»Dann kommen Sie.«

Zu dritt verließen sie den Salon. Draußen in der Halle stand Herr Lazansky und half ihnen, für jeden ein Gewehr auszuwählen. Er legte eine Hand auf Violas Schulter und schien etwas sagen zu wollen. In sein Zögern hinein sagte Viola: »Danke, Vater. Ich habe das Schießen geübt.«

Sie verließen vorsichtig das Palais Lazansky. Granaten explodierten, eine Kanonenkugel traf das Haus gegenüber. Mit lautem Rumpeln stürzte der Rauchfang ein, als Franz Gerstl mit Viola Lazansky und Marianne von Marbach das Haus verließ. Überall wimmelte es von Bewaffneten, und alle reichten sich mutig die Hände. »Auf geht's!«

Am letzten Oktobertag fiel die Stadt Wien, die für viele eine Bastion der Freiheit gewesen war. Als eine der letzten Barrikaden überrannten die Kaiserlichen jene an der Jägerzeile, wo Viola Lazansky Seite an Seite mit Franz Gerstl und Marianne von Marbach und weiteren tapferen Menschen kämpfte. Auch andere Frauen waren hinzugestoßen und gaben genauso wenig auf wie die Männer.

Die kaiserlichen Truppen waren nun überall in die Innere Stadt vorgedrungen, nachdem auch noch das verbarrikadierte Burgtor gestürmt worden war. Die Kroaten wüteten, brandschatzten und raubten. Kaum einer hatte ihrer Gewalt etwas entgegenzusetzen, ohnmächtig in ihrer Wut, ohne Waffen und Munition, blieb den Wienern nur, die einmarschierenden Sieger verächtlich auszupfeifen. Als das letzte Scharmützel gegen die schwarz-gelben Kaiserlichen am Stock-im-Eisen-Platz geschlagen und verloren war, wurde es still in der Stadt.

Erschöpft hatte sich Fräulein Lazansky nach langem Kampf an der großen Barrikade am Praterstern geschlagen gegeben. Sie wehrte sich noch gegen die Aussichtslosigkeit, lange nachdem Nordbahnhof und Zuckerfabrik in Brand geschossen worden waren. Franz Gerstl machte ihr die Aussichtslosigkeit der Lage klar. Sie sollten besser ihr eigenes Leben retten, hatte er gerufen. Jetzt, wo er Viola Lazansky kennengelernt hatte, war er mehr denn je dafür, dieses Leben so lange zu genießen, wie es irgend möglich war.

Fräulein von Marbach hatte zunächst an ihrer Seite auf der Rotensternbarrikade gekämpft, war jedoch von ihnen getrennt worden, als die Niederlage immer wahrscheinlicher geworden war.

Und so flüchteten sie, während der Himmel hinter ihnen in schwefelgelb-rotem Feuerschein versank, vorbei an den komplett zerstörten Häusern entlang der Jägerzeile. Nichts war heil geblieben, auch das Odeon, in dessen großem Saal Gerstl früher auch ab und zu das Tanzbein geschwungen hatte, brannte; überall stieg dunkler, dichter Rauch auf und brachte sie zum Husten. Flammen loderten aus den Fenstern. »Mir graut vor der Zukunft«, war das Einzige, was Viola auf dem ganzen Weg hervorbrachte.

Sie versteckten sich in einem halbwegs intakten Flügel des Carltheaters. Aufseufzend legten sich Gerstl und Viola nun in einer Loge nieder, ihre Waffen hatten sie weggeworfen. Gerstl betrachtete Viola, wie sie sich mit den Fingern durchs rußverschmierte Gesicht fuhr. Wie durch ein Wunder waren sie beide unverletzt. Ihre Augen wirkten müde, als sie ihm sachte mit einem Finger über die Wange strich. »Gute Nacht«, flüsterte sie und war dann abrupt eingeschlafen.

Nach unruhigem Schlaf, aus dem sie nur notdürftig erholt erwachten, zogen sie am nächsten Morgen zurück in die Stadt, wobei sie sich am Schottentor als Flüchtige ausgaben. Widerwillig wurden sie durchgelassen.

Der Weg war schrecklich. Verwundete und Tote lagen herum, viele Häuser brannten noch. Das Glas der Laternen war zerbrochen. Windisch-Graetz hatte eine Proclamation überall anschlagen lassen, die vorgab, wie er den »Rechtszustand« in der Stadt Wien wiederhergestellt wissen wollte.

»Pah!«, sagte Viola nur, und Gerstl musste kurz grinsen, obwohl es nichts zu lachen gab.

Die Stadt Wien samt der Vorstädte war offiziell unter Belagerungszustand; alle anderen Behörden waren der Militärbehörde unterstellt. Nationalgarden und Akademische Legion galten als aufgelöst. Waffen waren binnen achtundvierzig Stunden abzuliefern. Wer sich nicht daran hielt, wurde standrechtlich behandelt. So sahen die Regeln der Windisch-Graetzer Proclamation aus. Politische Vereine waren geschlossen, Versammlungen von mehr als zehn Personen verboten. Und wer all diesen Anweisungen nicht gehorchte, drohte vor dem Militärgericht zu landen. Außerdem waren die Barrikaden sofort zu entfernen und die Pflasterung wiederherzustellen.

Geknickt passierten sie eine Kirche, an der die weiße Fahne wehte. Die Barrikaden wurden bereits von den früheren Revolutionären niedergerissen, damit die einrückenden Soldaten keinen Widerstand mehr sahen. Männer lieferten voller Unmut ihre Gewehre bei einem Hauptmann ab. Viola seufzte ein ums andere Mal. Gerstl war froh, dass sie ihre Waffen nicht mehr bei sich hatten.

Als sie erschöpft und durstig an der Mölkerbastei ankamen, trauten sie ihren Augen kaum. Das Palais Lazansky stand noch, wenn es auch zahlreiche Einschussstellen aufwies und die meisten Fensterscheiben zu Bruch gegangen waren. Herr Lazansky ließ sie bereits nach kurzem Klopfen ein.

»Ist Marte hier?«, fragte Viola als Erstes.

»Nein. Aber …« Ferdinand Lazansky umarmte seine Tochter. »Bist du gesund?«

»Mir geht es so weit ganz gut.« Sie deutete auf Gerstl. »Du erinnerst dich an den Criminalbeamten Franz Gerstl, Vater?«

»Natürlich, wie auch nicht.«

»Was ist mit dir, Vater, wie ist es dir ergangen?«

»Ich bin nicht verletzt, falls du das meinst.«

»Das ist gut. Das ist mehr, als man erwarten kann.«

»Möchtest du ein Bad nehmen, Viola? Und Sie, Herr Gerstl? Oder lieber etwas zu essen? Viel habe ich nicht anzubieten, aber es wird genug für alle da sein.«

Gerstl bedankte sich. »Gerne. Wir haben seit gestern nichts mehr zu uns genommen, außer Wasser. Die Verteidigung … leider stand es wohl schlechter um uns, als man uns gern glauben gemacht hat.«

»Ich weiß.« Ferdinand Lazansky nickte. Sie gingen durch die Halle nach hinten in die Küche. »Die Verteidiger haben noch bis zuletzt Haussuchungen gemacht, um mehr kämpfende Männer zu finden. Dann die Lebensmittel, sie sind viel zu rasch zur Neige gegangen. Der Hunger hat unsere Kräfte geraubt und Zwietracht gesät und Raub und Mord verursacht. Es gab viel zu wenig Munition, auch weil so viel sinn- und ziellos verschossen wurde. Ich habe es selbst gesehen. Ich wollte einschreiten und Anweisungen geben, aber was hätte es schon geholfen, ich bin nur ein einziger Mann in diesem irrsinnigen Tumult. Sogar Messenhauser hat in seinen letzten Appellen zugegeben, dass es keine Munition mehr gibt. Doch wie auch immer, wir haben unser Bestes gegeben.«

»Das haben wir.« Viola nickte müde, während sie in der Küche ausgehungert von einem Stück kaltem Braten abbiss.

Mit den wenigen Essensresten gingen sie hinüber in den großen Salon. Doch wie sah es hier aus? Gerstl konnte nicht fassen, was in dem eleganten Raum geschehen war. Sesselpolsterungen waren offenbar mit Säbeln aufgeschlitzt worden, die Tür zum Raum nebenan war aufgebrochen worden. »Vater!«, rief Viola und ging zum Fenster, fuhr mit einer Hand über den glaslosen Rahmen.

Ferdinand Lazansky bemerkte Gerstls Blicke. »Sie haben nach versteckten Kämpfern gesucht. Viele wollten zuletzt nicht mehr kämpfen in dieser aussichtslosen Sache.« Auch seine Stimme wirkte müde.

»Unfassbar. Ich muss sofort die Berichte in den Zeitungen lesen«, rief Viola.

»Es gibt keine Zeitungen«, antwortete ihr Vater.

»Wie?«

»Windisch-Graetz hat alle Publikationen verboten.«

»Das gibt's ja nicht!« Viola stemmte die Hände in die Hüften. »Ist das wirklich wahr? Irgendwelche Zeitungen werden doch wohl erscheinen dürfen?«

»Nein. Im Moment wird gar nichts veröffentlicht. Man weiß gar nichts. Gerüchte machen die Runde, aber was davon wahr ist – ich weiß es nicht.«

»Das fasse ich nicht.« Sie ließ sich kraftlos auf einen Sessel sinken.

»Nur das hier gibt es.« Ferdinand Lazansky hielt ein halb zerrissenes Flugblatt in der Hand.

Gerstl trat neugierig näher.

»Das habe ich in den letzten Stunden der Kämpfe gestern in die Hand gedrückt bekommen.«

»Von Freiligrath«, las Viola laut. *»Was Manifest noch, was Bescheid! Was Bitten noch und Geben! Was Amnestie und Preßfreiheit – Tod* *gilt es oder Leben! Wir rücken an in kalter Ruh', wir beißen die Patrone, wir sagen kurz: Wir oder du! Volk heißt es oder Krone!«* Sie blickte auf. »Das will ich auch meinen!«

Stumm sahen sie sich alle drei an. Die Stille war nach den letzten Kämpfen ungeheuerlich. Sie saßen zusammen, wagten sich kaum zu rühren, schon gar nicht auf die Straße. Sie warteten auf irgendetwas, etwas Unbekanntes.

Mitten in die Stille hinein klopfte es laut an der Haustür. Sofort sprang Viola auf, doch Gerstl war schneller. »Besser, ich gehe nachsehen«, sagte er.

Draußen war es finster. Die Straßenlaternen brannten nicht. Er war erstaunt, Fräulein von Marbach vor der Tür zu erkennen. Einen Moment starrte er sie nur an. Ihr Gesicht war schwarz von Ruß, ebenso wie ihre eigentlich blonden Haare, die ihr in alle Richtungen vom Kopf abstanden.

»Der Gasometer«, erklärte sie, »der Gasometer in Erdberg hat gebrannt, heißt es. Deshalb gibt es kein Gas, und ohne Gas keine Beleuchtung.«

»Ach so.«

Stumm begleitete Gerstl den falschen Herrn Berends in den Salon.

»Marte!«, rief Viola stürmisch. Die Frauen umarmten einander. Gerstl kam sich wie das fünfte Rad an einem Wagen vor, doch Viola ließ ihn noch nicht fort.

»Bitte, bleiben Sie, Herr Gerstl«, rief sie ein ums andere Mal. »Wer weiß, in welche Gefahren Sie draußen geraten könnten. Warten Sie lieber ab.« Auf die Nacht im Carltheater kam sie an diesem Abend nicht mehr zurück.

Ein paar Tage nach dem Ende der Kämpfe, als der Alltag wieder einigermaßen notdürftig in Gang kam, meldete sich eine alte Frau beim Pförtner am Criminalgericht.

»Ich habe eine Aussage zu machen«, krächzte sie und deutete dabei auf einen zerknitterten Zeitungsausschnitt in ihrer Hand. »Bei Herrn Gerstl, steht hier.«

Der Portier blickte sie zweifelnd an. »Sie können lesen?«

»Werden Sie nicht frech, junger Mann! Natürlich bin ich des

Schreibens und des Lesens kundig. Ich war vor langer Zeit Gesellschaftsdame bei der Fürstin Schwarzenberg.«

Der Portier nickte, als würde er sich verbeugen, und hielt den Mund.

»Es ist wichtig, junger Mann«, fuhr die Frau fort. »Ich weiß etwas über den Mord an dem Freudenmädchen im Sommer.«

»Na schön. Ist zwar schon eine Weile her, aber bitte. Erster Stock, zweite Tür links.« Der Portier wies ihr den Weg. Draußen war es merkwürdig still.

»Schon vergessen? Ich kann lesen«, sagte die Alte laut. »Sie können mir ruhig die Türnummer sagen.«

»Schon gut, Mütterchen«, sagte der Portier, »Zimmer 44. Alles Gute!«

Schnaufend stampfte die Alte kurz darauf in Gerstls Amtsstube, wo der Criminalbeamte an seinem Schreibtisch saß, Aktenberge vor sich. Das Aufarbeiten geklärter Mordfälle verlangte immer eine Unmenge an Schreibarbeit, die er hasste. Er ließ sich von Stauner dabei helfen, doch unterzeichnen musste er die Berichte mit eigener Hand. Stauner war nur mehr ein Schatten seiner selbst, seit er kaum noch Zeitungen zu lesen bekam, und wenn, dann nur solche, in denen über den Sieg von Windisch-Graetz gejubelt wurde. Immerhin kannte er verlässliche Quellen, denen zufolge an die zweitausend Menschen im Kampf um die Verteidigung der Freiheit ihr Leben gelassen hatten.

»Man kann stolz auf sie sein«, hatte Stauner gemurmelt, als sie nach den Kämpfen wieder im Criminalgericht zusammengetroffen waren, um ihre Arbeit zu tun, »aber mir wäre lieber, sie lebten noch.« Damit war alles gesagt, und sie waren seither nicht mehr auf ihre Erlebnisse während der Belagerung Wiens zu sprechen gekommen.

»Ich weiß etwas über den Mord an dem Freudenmädchen Mitzi«, sagte die Alte und fing heftig zu husten an, sie hörte gar nicht mehr auf damit.

»Bitte.« Gerstl reichte ihr ein Glas Wasser. Sie trank gierig.

»Ihr Name?«

»Tut nichts zur Sache. Ich habe gesehen, wie die Mitzi umgebracht wurde. Meine bescheidene Bleibe liegt gegenüber vom Gasthof Goldapfel. Einer der Stammkunden von dem armen Mädchen hat es wohl gerngehabt, wenn die Leute ihm bei seinem Treiben zusehen konnten. Er ließ die Vorhänge offen, wenn er das Mädchen ans Bett gefesselt hat, und dann … Na, eines Tages ist er dann verschwunden, aber das Mädchen ist geblieben. Sie konnte sich nicht mehr fortbewegen. Wenn Sie verstehen …«

»Ich denke, ja. Dann hat er sie also auf dem Gewissen?« Dann waren also alle Morde des Sommers geklärt. In Gerstl machte sich ein Gefühl der Erleichterung breit.

»Davon bin ich überzeugt.«

»Wie sah der Mann aus?«

»Beleibt, graue, lockige Haare. Ziemlich dichte Haare. Und prächtige Gewänder. Den Namen kenne ich leider nicht.«

»Das macht nichts. Die Beschreibung ist eindeutig.«

Gerstl war froh, dass er auch diesen Aspekt der Mordfälle noch aufgeklärt hatte. Dann hatte also tatsächlich Stanislaus Weber die Mitzi auf dem Gewissen.

Als die Alte gegangen war, erzählte er das Gehörte Stauner und bat ihn, einen ausführlichen Bericht anzufertigen. Dann beschloss Gerstl, zur Feier des Tages etwas früher heimzugehen und … Ja, heute würde er es wagen. Er würde Viola Lazansky aufsuchen. Er wollte fragen, ob sie mit ihm ausgehen wollte. Erst gestern hatte Stauner ihm erzählt, demnächst solle das Carltheater wiedereröffnet werden.

# Epilog

*Wien, Innere Stadt, 11. November 1848*

Es war bereits Mitte November, und die Stadt versuchte, die Kämpfe zu vergessen. Doch beim Anblick der vielen dem Erdboden gleichgemachten Häuser fiel das schwer, ebenso angesichts der vielen Männer, die vor das beim Mauthaus am Tabor eingerichtete Kriegs- und Standgericht gebracht und erschossen worden waren. Messenhauser war tot, ebenso Robert Blum, der eigentlich in seiner Funktion als Abgesandter des Frankfurter Parlaments Immunität genießen hätte sollen. Marte hatte sein Tod erschüttert. Dass es so weit hatte kommen können! Es hatte eben keine Einigkeit mehr gegeben im Bemühen um die Freiheit. Und so hatte die Reaction siegen können.

Eines Morgens beschloss Marte, einen Fiaker zu nehmen und in die Kirchengasse in der Alser Vorstadt zu fahren. Mit Georg hatte sie ein endgültiges klärendes Gespräch geführt. Sie konnte einfach nicht mehr mit ihm zusammenleben.

In Herrenkleidung verließ sie nun das Palais Lazansky, einen der jetzt so begehrten Zylinderhüte auf dem Kopf, mit dem die Revolutionäre von ehedem vorgaben, häuslich und harmlos geworden zu sein. Sie wollte das Atelier des Blumenmalers Ewald Maier nochmals aufsuchen.

»Kein Weiterkommen, sehn S'? Überall das Gerümpel.« Der Kutscher im schwarzen Mantel schüttelte den Kopf, aber Marte war nicht gewillt, auf eine Diskussion einzusteigen. Froh musste sie sein, dass sie noch lebte. Froh, dass sie nicht einen Kopf kürzer gemacht worden war.

Sie seufzte und betrachtete die Straßenzüge aus dem Kutschenfenster. Sie und Viola konnten kaum über das Erlebte sprechen. Nun herrschte Fürst Windisch-Graetz mit blutiger Hand in der Stadt, und man munkelte von der Abdankung des Kaisers Ferdinand. Nach wie vor durften keine anderen Publikationen außer der Wiener Zeitung erscheinen. Und selbst die durfte nur offizielle Verlautbarungen drucken.

»Was ist denn mit Ihnen, mein Herr?« Der Kutscher hatte sich zu ihr umgedreht. »Sie sind so schweigsam. Ist Ihnen nicht gut?«

»Es geht schon. Ich bin müde. Fahren Sie nur.«

Am Ziel angekommen, zahlte Marte eilig und stieg aus. Der Kutscher lüftete seine Melone, die Rösser trabten los.

Still war es hier heraußen vor den Stadtmauern, viel zu still, wie an so vielen Orten in der Stadt. Der Tod hing noch in der Luft. Wie versteinert waren die Menschen, angesichts dessen, was sie erlebt hatten. Fast jeder hatte irgendwen in den Kämpfen verloren, selbst Kinder waren von Granaten verletzt worden.

Marte ging die Häuserzeile entlang. Auch hier waren viele Fassaden durch die Kämpfe in Mitleidenschaft gezogen worden. Endlich war sie bei dem Haus angelangt, in dem Maiers Atelier lag. An der Vorderfront waren die meisten Fenster eingeschlagen; das grün gestrichene Haustor musste eine Kanonenkugel getroffen haben, es bewegte sich quietschend im Wind. Marte drückte es auf und trat in den Hof. Eine Katze strich ihr leise maunzend um die Beine.

»Wer bist denn du?«, Marte bückte sich kurz zu dem rot getigerten kleinen Tier. Die Katze schnurrte und lief dann davon, sah kurz zu dem Ateliereingang und verschwand unter einem Hollerbusch.

Marte näherte sich dem Atelier. Die Fenster wirkten schmutzig, auch wenn sie intakt waren. Die Katze kam wieder und miaute. Marte klopfte an die Glastür des Ateliers. Nichts rührte sich. Sanft, aber beharrlich presste die Katze ihren Kopf gegen Martes Beine.

»Soll ich dich mitnehmen, hm? Aber was soll ich mit dir? Meine Freundin Viola hat schon eine Katze, weißt du …« Dann fiel Marte ein, dass sie die weiße Mieze seit ihrer Rückkehr nach den Kämpfen nicht mehr gesehen hatte.

Marte klopfte noch einmal, länger diesmal. Noch immer nichts. Als sie sich gegen die Tür lehnte, um hineinzusehen, gab diese nach. Staub wirbelte auf. Hier war schon lange niemand gewesen. Womöglich hatte der Maler sein Atelier wegen der Kämpfe verlassen müssen.

Sie sah sich um, stieg über ein paar umgefallene Bilderrahmen, stolperte. Eine Farbpalette lag auf dem Boden, ungewöhnlich. Martes Herz fing zu klopfen an. Nein. Nicht schon wieder. Nicht wieder ich! Aber ein Toter mehr würde sie doch nicht mehr durcheinanderbringen. Sie schob mit der Fußspitze einen auf dem Boden liegenden Becher zur Seite. Der Geruch der Farben wurde von etwas anderem überdeckt. Sie ging weiter – und erstarrte.

Menschliche Arme, auf denen jede Menge Fliegen saßen, streckten sich unter einer schiefen Staffelei hervor, auf der ein leerer Rahmen lehnte. Marte trat näher – und hielt sich die Hand vor den Mund. Die Beine waren ebenso dicht von Fliegen bevölkert. Fauliger Geruch ließ sie nach Luft ringen. Sie hielt sich die Hand vor den Mund und rannte zum Ausgang. Knirschend barst die Farbpalette unter ihren Sohlen, sie stolperte über ein zerbrochenes Sesselbein. Sie riss die Tür auf – und lief einem Mann in die Arme, der die Tür eben von außen öffnen wollte. Erst auf den zweiten Blick erkannte sie Lajos. »Was denn, was denn?« Seine Worte klangen leise und beruhigend.

Marte würgte. »Ein Toter«, keuchte sie. »Da drin. Im Atelier.«

»Komm.« Lajos griff nach ihrem Arm. »Komm mit. Wir … wir gehen ein wenig spazieren.«

»Aber …«

Widerstrebend ließ sich Marte von dem gläsernen Atelier wegführen. Sie gingen und gingen, lange, stumm. Vor einem Tor mit hebräischen Buchstaben blieb Lajos stehen. »Der jüdische Friedhof Währing.« Der Ungar lächelte Marte schwach an, während er ihr das Tor aufhielt.

»Hier ist ja kein Mensch.« Marte atmete immer noch zu schnell, das Bild des Toten in Maiers Atelier stand ihr vor Augen.

»Es ist bei den Juden nicht üblich, die Gräber der Angehörigen aufzusuchen«, sagte Lajos. »Friedhöfe gelten als unrein. Meine Familie ist selbst jüdischen Glaubens.«

»Ach.«

»Ja. Also komm. Hier können wir ungestört reden.«

Ein Mann harkte neben dem Eingang Erde und hob nur kurz den Kopf, als die beiden an ihm vorbeigingen. Sie passierten die Gräber der Familie von Arnstein, dann der Familie Epstein, gingen an großen Gruften vorbei ebenso wie an kleinen Grabsteinen, manche mit einem Fisch, andere mit einer Muschel oder auch gar nicht verziert.

»Nebenan ist der christliche Friedhof, nicht wahr? Dort wurden doch die getöteten Arbeiterinnen und Arbeiter von der Praterschlacht begraben.« Marte sah Lajos an und versuchte sich zu erinnern. Es war einfach zu viel in der letzten Zeit passiert, um sich alle Einzelheiten zu merken.

»Stimmt.« Lajos sah sie nicht an.

»Was – was ist passiert?« Marte brachte die Worte nur stockend heraus.

»Dein Cousin.«

»Rudolph?« Wieder erschien das Bild des Toten vor Martes innerem Auge. Wer war der Mann gewesen? War es der Blumenmaler Ewald Maier?

»Nein, nicht Rudolph. Dem geht es gut. Er ist nur vorsichtig und bewegt sich nicht viel durch die Stadt. Nein, ich meine Viktor von Marbach.«

»Er … liegt da in diesem …« Sie deutete mit einer Hand in die Richtung, aus der sie gekommen waren.

»Ja. Er hat mich angegriffen. Ich musste mich wehren.«

»Der Tote ist … Viktor?« Wie unglaublich. In Marte stieg kurz ein Gefühl von Erleichterung auf, doch so einen Tod hätte sie nicht einmal ihrem grausamen Cousin gewünscht.

»Ja.« Lajos war unter einer alten Linde stehen geblieben und ließ Marte nicht aus den Augen. Vor der Gruft daneben buddelte ein Eichkätzchen im Laub.

»Er ist nicht im Kampf gefallen?«

»Nein. Er war als Spitzel für die Kaiserlichen tätig. Das habe ich erst zum Schluss erfahren. Wahrscheinlich …« Lajos sah sich mehrmals um, bevor er weitersprach. »Es ist anzunehmen, dass er dir nachspioniert hat bei deiner Mission für die Briten.«

»Das … das gibt's ja nicht!«

»Doch.«

»Deshalb hat dieser Gerstl so gut über mich Bescheid gewusst. Viktor muss ihm von unserem Treffen in den Praterauen berichtet haben.«

»Mein Freund Ewald hat deinen Cousin entdeckt, wie er neugierig um sein Atelier geschlichen ist. Ich war gerade zu Besuch.« Lajos setzte sich wieder in Bewegung, Marte folgte ihm.

»Und?«

»Ewald musste flüchten. Die Staatspolizey hat von seinen Aktivitäten erfahren.«

»Oh.« Marte schwieg einen Moment. »Woher bist du jetzt eben so schnell gekommen? Bist du mir am Ende auch gefolgt?«

Er hob lächelnd die Schultern. »Ich musste, ja. Bitte erzähl es niemand …«

»Was soll ich nicht weitererzählen? Nun sag schon!« Nicht auch noch Lajos! Marte konnte es wirklich nicht leiden, wenn man ihr auf ihren Wegen folgte. Sie dachte an die Momente im Prater, als sie sich vorgestellt hatte, ihrer beider Spiel wäre Wirklichkeit. Aber wenn der Ungar jetzt solche Züge an den Tag legte …

»Ich verlasse die Stadt. Morgen schon. Wenn es«, kurz warf er einen gehetzten Blick auf die Grabsteine, »wenn es klappt.«

Einen Moment sahen sie sich an. Da war so viel, das unausgesprochen geblieben war. Marte versank in den dunklen Augen des Ungarn und stellte sich sie beide kurz als Paar vor: der forsche Rittmeister und die Adelige mit dem Nebenerwerb …

»Kommst du mit?«, fragte Lajos unvermittelt und blieb stehen.

»Was? Wie meinst du das?«

»Komm mit. Begleite mich.« Er nahm ihre Hand. »Ich brauche deine Unterstützung.«

»Aber … aber das ist …«

»Nicht wegen mir. Wir brauchen eine schriftkundige und versierte Assistentin. Für die Freiheitsbewegung. In Ungarn. Libertas Hungaria.« Lajos lächelte.

»Wie bitte?«

Lajos nickte. »Freiheit für Ungarn.«

»Libertas Hungaria? Das klingt ja wie …«

»Wie Libertas Bohemia. Genau. Also? Lässt du dir mein Angebot zumindest durch den Kopf gehen?«

Sie lächelte. »Ja. Ja, das mache ich. Ganz sicher.« Sie hängte sich bei Lajos ein. Gemeinsam spazierten sie an den engen Grabreihen entlang zurück zum Ausgang. Diesmal betrachtete Marte die Inschriften auf den Grabsteinen genauer, so sie in lateinischen Buchstaben gehalten waren. Hier lag ein Fräulein Faltenberg, dort ein Ehepaar Fischl.

Ja, sie würde über Lajos' Angebot nachdenken. Denn für ein sesshaftes Leben war sie wirklich nicht geschaffen, das wusste Marte jetzt.

Der Gärtner werkte immer noch beim Ausgang. Langsam und gründlich kehrte er die welken Blätter von den Wegen und schob sie unter einem Lindenbaum zu einem großen Haufen zusammen.

# Nachwort

Diese Geschichte ist ein Roman, in dem vieles erfunden ist. Nicht erfunden ist Professor Škoda, nach dem die Wiener Skodagasse benannt ist. Er war einer der Vertreter der zweiten Wiener Medizinischen Schule, seine Erkenntnisse gelten als Basis der modernen Diagnostik. Neben Kaiser Ferdinand »dem Gütigen« und Staatskanzler Metternich haben auch Windisch-Graetz und Jellačić auf der Seite der Kaiserlichen tatsächlich gelebt, ebenso wie Wenzel Messenhauser als Kommandant Wiens in der Oktoberrevolution. Auch Karoline von Perin ist eine historische Persönlichkeit, desgleichen Betty Paoli.

Die historischen Gegebenheiten habe ich nach bestem Wissen und Gewissen recherchiert. Wo nicht genügend Information vorhanden war, habe ich meine Phantasie spielen lassen. So ist etwa die Mode, die während der Revolutionsmonate getragen wurde, nicht exakt belegt. An einer Stelle heißt es, die feinen Damen hätten sich einfacher als üblich gekleidet, um den Revolutionären nicht aufzufallen und keine Gewalttaten zu provozieren.

Marte, Viola und die anderen tragen daher das, was im Biedermeier – das streng genommen mit der Revolution endet – üblich gewesen zu sein scheint, von mir jedoch an die Verhältnisse einer unsicheren Situation in der Stadt während der Freiheitskämpfe angepasst wurde.

Was die Ermittlungsorgane betrifft, habe ich mir einige Freiheiten genommen, da die genauen Vorgänge für das Revolutionsjahr – oft auch als Sturmjahr bezeichnet – nicht recht nachvollziehbar sind. An einer Stelle heißt es, man wolle keine »Prügelpolizey« mehr. So ermittelt in meiner Geschichte ein Beamter des Criminalgerichts, ihm zur Seite uniformierte Kollegen.

Auch die örtlichen Gegebenheiten habe ich ein wenig für meine Geschichte »angepasst«. So findet sich der Narrenturm tatsächlich bis heute im Bereich des früheren Allgemeinen Krankenhauses, allerdings ist Martes Fluchtweg nicht exakt dem damaligen Straßenverlauf angepasst. Hier habe ich mir eine gewisse Freiheit genommen.

Die Vorgänge des Jahres 1848 in der Stadt Wien sind recht anschaulich dokumentiert (vgl. Literaturliste), auch wenn sie heute größtenteils aus den Schullehrbüchern verschwunden sind. Naturgemäß, wie es in so gut wie allen Kriegen passiert, zeigen diese Schilderungen im Nachhinein zumeist die Sicht der Sieger – der kaiserlichen Truppen rund um Windisch-Graetz. Man mag sich fragen, was hätte passieren, was vermieden werden können, wenn diese ersten Bemühungen um Demokratie Erfolg gehabt hätten … statt von einem schwachen Kaiser und seinen Beratern niedergeschlagen und zusammengeschossen zu werden.

Nach dem Sieg von Windisch-Graetz lag die Stadt in Schutt und Asche. Viele sogenannte Aufständische wurden gefangen genommen, verurteilt, viele von ihnen zum Tode. Darunter waren Bürger, Künstler und freie Geister.

Stattdessen feiern wir heute nach wie vor Kaiserin Sisis Zeit in den Schulen oder im Tourismus. Und die Namen der brutalen Gegner des Freiheitskampfes von 1848 schmücken nach wie vor Straßen und Gassen der Stadt – das macht etwas in den Köpfen ihrer Bewohnerinnen und Bewohner. Das zeigt, wo es langgeht, das zeigt, was gewünscht und als rechtens angesehen wird. In der Ersten Republik wurden aber auch Straßen und Plätze nach Revolutionären benannt, unter anderem der Achtundvierzigerplatz.

Die Lektion von 1848 wurde gut gelernt: Wer aufmuckt, wird einen Kopf kürzer gemacht. Das hat Tradition – und sich auch in der nationalsozialistischen Diktatur wieder gezeigt, als so wenige aktiv gegen die Nazis vorgingen.

Eigentümlicherweise hat man aber Künstlern wie Johann Strauss und Nestroy später ihre revolutionäre Zeit »verziehen« …

Erstaunliche Parallelen zeigen sich zwischen der Zeit vor der Revolution und heute: Ein übergroß aufgeblähter Verwaltungs-/Beamtenapparat, Regierungen, denen jedes Verständnis für die Regierten – das Volk – abhanden gekommen ist, Not und Armut (heute: Finanzkrise und Arbeitslosigkeit) und vieles mehr.

Dieses Buch ist in Wien, Niederösterreich und auf der Ostseeinsel Fehmarn und während des Krimistipendiums Trio Mortale in Wiesbaden entstanden – bei Hitze und bei Regen, unter Sturm, Eis und

Schnee. Ich danke allen, die mir bei meiner »Ermittlungsarbeit« halfen. »Zeugenberichte« und »Spuren« fanden sich auf die unterschiedlichste Art. Besonderer Dank an jene Kollegen und Kolleginnen, die den »Abschlussbericht« freundlicherweise testgelesen und mich bestärkt haben.

Über aktuelle Lesetermine und weitere literarische Aktivitäten erfahren Sie auf meiner Webseite, wo Sie auch meinen Newsletter bestellen können.

*Anni Bürkl*
www.texteundtee.at

# Buchtipps & Quellen


Berthold Auerbach: »Tagebuch aus Wien.« Breslau, 1849.

Marie von Bodenhausen/Hrsg. von Benno Imendörffer: »Zwei Wiener Mädchen-Tagebücher aus dem Jahre 1848/49.« Wien, Jahr 1927. (Öst. Nationalbibliothek).

Carl von Borkowski: »Donner der Revolution.« Wien, 1988.

Gabriella Hauch: »Frau Biedermeier auf den Barrikaden. Frauenleben in der Wiener Revolution 1848.« Wien, 1990.

Herwig Knaus/Wilhelm Sinkovicz: »Wien 1848. Reportage einer Revolution.« Wien, 1998.

Brigitte Mazohl-Wallnig: »Bürgerliche Frauenkultur im 19. Jahrhundert.« L'Homme Schriften, Wien/Köln/Weimar, 1995.

Anton Schütte: »Die Wiener Oktoberrevolution, aus seinem Tagebuche.« Prag, 1848.

Ingeborg Weber-Kellermann: »Frauenleben im 19. Jahrhundert. Empire und Romantik, Biedermeier, Gründerzeit.« München, 1983 (mit Originalquellen zum Alltag jener Zeit).


Weblinks

Zeitungen aus dem Jahr 1848 im digitalen Lesesaal der Nationalbibliothek: http://www.onb.ac.at/

Das zeitgenössische Tagebuch von Benjamin Kewall wurde kürzlich wiederentdeckt: http://www.zeit.de/2010/25/A-Revolution